동화의
사랑

동화의 사랑

1판 1쇄 찍음 2016년 3월 16일
1판 1쇄 펴냄 2016년 3월 23일

지은이 | 최양윤
펴낸이 | 고운숙
펴낸곳 | 봄 미디어

기획·편집 | 정수경 김민지

출판등록 | 2014년 08월 25일 (제387-2014-000040호)
주소 | 경기도 부천시 원미구 소향로17, 304(두성프라자) (우)420-864
영업부 | 070-5015-0818 편집부 | 070-5015-0817 팩스 | 032-712-2815
E-mail | bommedia@naver.com
소식창 | http://blog.naver.com/bommedia

값 9,000원

ISBN 979-11-5810-194-7 03810

동화의
사랑

최양윤

장편

소설

contents

프롤로그
∞∞∞∞∞∞∞∞∞
다른 만남

이번에도 깽판을 치면 카드고 차고 모두 압수라는 말에 그녀는 호텔 앞에 서서 입술을 질끈 물었다. 그 뻣뻣하던 재인이도 결혼하니 변한 거 봐라, 했던 엄마 황 여사의 말을 떠올렸다.

재인 언니는 재인 언니고 나는 나지라고 말을 했다가 등을 한 대 얻어맞았다. 그리고 오전부터 황 여사의 손에 끌려다니며 머리부터 발끝까지 꾸몄다.

오빠인 상화는 5년 전 굴지의 건설 회사 딸과 결혼을 성사했고, 그녀의 동생인 인화도 작년에 국내에서 제일 큰 통신

기업의 후계자이자 변호사인 남자와 결혼을 했다. 문제는 서른이 다 되어 가도 결혼할 생각이 없는 윤동화였다.

재인의 엄마 송 여사와 절친한 친구이자 라이벌 사이인 황 여사는 말끝마다 '어휴, 내가 전생에 쟤한테 무슨 빚을 졌길래'라고 하곤 했다. 둘 결혼 잘 시켜 놨으면 됐지 왜 욕심을 더 부리냐는 말에 황 여사의 손바닥이 또 날아왔다. 옆에서 그걸 보고 있던 윤 회장은 '두 사람이 전생에 부부였나 봐'라며 웃었다.

'도하가구' 둘째가 그렇게 괜찮다며 공을 들이더니 물을 먹은 모양이었다. 둘째가 갑자기 결혼을 하게 됐다며 그쪽에서 더 괜찮은 상대를 소개해 주었다는 것이다. 어차피 동화도 그쪽엔 관심이 없었다. 그냥 어려서부터 친하게 지낸 오빠 정도였지 결혼 상대자로는 전혀 아니었다.

"이름이 뭐라고 했더라……."

워낙 대충 듣고 나온 통에 기억도 잘 나질 않는다. 하지만 호텔 내 라운지 카페에 들어서는 순간 전화를 하지 않아도 누구인지 바로 알 수 있었다. 바깥에 있는 분수를 보며 반듯한 자세로 앉아 있는 남자의 옆모습은 한눈에도 '저 오늘 선 보러 나왔습니다'라고 쓰여 있었기 때문이었다. 동화는 그대로 뚜벅뚜벅 걸어가 자리에 앉았다. 인기척에 놀랐는지 남자가 고개를 돌렸다.

사람은 원래 뒷모습에서도 앞모습이 보인다고 했다. 뒷모습을 보고도 잘생겼겠구나 생각은 했다. 그런데 생각보다 훨씬 잘생긴 얼굴이다. 어디선가 본 것 같기도 하고. 이런 얼굴이 흔할 리는 없는데.

"오늘 선보러 오신 분 맞죠?"

"네, 그렇습니다."

또 한 번 놀랐다. 보통 저렇게 잘생기면 목소리라도 깨지 않나? 베컴처럼. 아니, 그건 너무 나간 건지도 몰랐다. 남자의 목소리는 낮고, 진중하며 울림이 있다. 그런 목소리가 깔끔하기 쉽지 않은데 그렇게까지 느껴진다. 역시 모든 것의 완성은 얼굴이라서 그런 걸까? 대체적으로 외모는 100점 만점에 110점 정도 주고 싶다. 그동안 만나 왔던 남자들이 죄다 평균 이하와 같은 탓도 있다.

"이야기 들으셨나 모르겠네. 운동화예요. 지금은 작은 샵 하나 운영하고 있고."

"죄송합니다. 저도 갑자기 나오게 된 거라 자세히 듣지 못했습니다."

그렇게 말하며 남자가 앞으로 명함을 내밀었다. 그리고 보니 선 자리에 나오면서 명함을 받는 건 처음이었다. 그동안 봐 왔던 남자들은 앉자마자 거들먹거리며 '내 주식이, 내 자산이, 내 사업이'라며 자랑하기 바빴다. 재벌 2세, 재벌 3세라며 유세를 떠는 것도 잊지 않고 말이다.

동화가 낮게 숨을 내쉬며 팔을 뻗었다. 간단히 스케치가 된 바이올린이 왼쪽에 박혀 있고 그 옆으론 '음악가 권무진'이라고 적혀 있다. 음악가? 황 여사가 옆에서 뭐라고 했었는데 자세히 기억이 나지 않는다.

그보다 음악가라니. 왠지 모를 거리감이 느껴진다. 그러니까 대체적으로 예술을 하는 사람들을 이해하는 건 조금 어렵다고 해야 하나.

"바이올린과 피아노를 가르칩니다. 때에 따라선 클라리넷도 하고."

"교순가요?"

"아닙니다. 대학에도 강의를 나가긴 하지만 저는 학원을 운영 중입니다."

"아, 학원."

명함 뒤를 돌려 보자 그의 말대로 바이올린, 피아노, 클라리넷이 적혀 있다. 주소를 보니 그녀의 샵에서도 그리 멀지 않다. 잠깐, 친구 영인이 건물주인 그 7층에 있는 음악 학원인가? 영인이 운영하는 1층 카페에서 거의 시간을 보낸다고 해도 과언은 아니었다. 정확히 이야기하자면 영인의 건물은 아니고 영인 남편의 건물이긴 하지만 말이다.

"여기 아는데. 1층 카페 자주 가거든요. 친구가 하는 카페라."

"크레마 7그램?"

"네."

"거기 건물주였던 거 같은데."

"맞아요."

기억난다. 그의 학원은 건물에서 유일하게 월세를 단 한 번도 밀리지 않고 5년째 자리를 지키고 있다고 했다. 남자는 의외로 소박한 모양이다. 월세로 들어가 작은 학원을 운영하다니. 왜 망나니 윤동화에게 보내진 건지 알 것도 같았다.

"욕심 많아요?"

"네?"

"난 별로 욕심 없는데. 집에서 저한테 뭐 주겠다고 하지도 않고. 그래도 괜찮으면 우리 결혼할래요?"

남자는 황당한 얼굴을 하고 있었다. 자리에 앉아 아직 주문을 하지도 않고 몇 마디 대화를 나눈 것뿐인데 결혼 이야기를 꺼내서 그런 건가? 하지만 어차피 이쪽 결혼 패턴은 거의 비슷했다. 정략이나 조건을 맞춰 보고 하는 결혼 아니던가. 윤동화의 소문이 워낙 이상하게 퍼진 통에 요즘엔 딱히 선 자리도 안 들어왔었는데 이번엔 너무나 월등한 외적 조건을 가진 남자다.

"아, 전 아이스 아메리카노 주세요. 그쪽은요?"

"전 따뜻한 걸로 주십시오."

가까이 다가온 직원에게 말을 하고 동화는 무진을 물끄러미 바라보았다. 남자는 여드름 한 번 나 본 적이 없었던 것처럼 피부가 무척이나 좋았다. 머릿결도 좋고 풍성한 데다, 악기를 다루는 사람이라서 그런지 손도 무척이나 컸다. 정말 외적으로는 모든 것을 타고난 모양이었다.

남들은 얼굴 뜯어먹고 살 거냐고 묻곤 했다. 그때마다 동화는 그랬다. 화났을 때 못생긴 얼굴 보면 더 화나더라고. 그러자 친구들이 까르르대며 웃었다. 네 말이 맞긴 맞다면서. 저 정도 얼굴이면 뭐 문제 될 건 없다. 아마 부부 모임에 나가면 외적으로는 가장 월등할 것이다. 그 정도면 됐지, 뭐. 동화는 남자의 재력이나 능력엔 별 관심이 없었다.

"형제 있어요?"

"누나 있습니다."

"닮았어요?"

"네."

"누나도 미인이겠네요?"

그 말에 남자는 다소 황당하다는 듯 낮게 소리 내며 웃었다. 이 나라는 잘생긴 남자들이 희귀해서 조금만 잘생겨도 자신의 외모가 뛰어나다는 걸 아주 잘 알고 있는 게 문제다. 이 남자 역시 그런 대우를 받고 살아왔을 것이다.

"예쁩니다."

"그럴 것 같아요. 그런데 왜 이 자리에 나오셨어요? 보아하니 여자가 궁할 것 같진 않고 떠밀려 나오셨을 것 같은데."

"신세를 진 분의 부탁이라."

그 말에 동화가 고개를 끄덕였다. 그러니 그녀의 결혼하자는 말에 그리 황당한 얼굴을 했을지도 모른다는 생각이 들었다. 저런 타입의 남자는 웬만해선 쉽게 이런 자리에 나오지 않는다.

"결혼이 급하신 건 아니고?"

"급하기도 합니다."

"그럼 저하고 해요."

"윤동화 씨는 결혼이 급합니까?"

남자는 표정을 잘 숨기지 못하는 모양이다. 놀란 얼굴을 감추지 못하고 그녀를 보며 묻고 있었다.

"네."

"하나만 물어도 됩니까?"

"많이 물어보셔도 돼요."

그녀의 말에 무진의 굳었던 표정이 조금은 풀렸다. 모르는 사람 앞에서는 농담조의 말도 잘 뱉지 않는데 이상하게 오늘은 들어섰을 때와 전혀 다른 마음으로 행동하고 있었다. 역시 잘생긴 얼굴을 보고 마음이 풀려서인가.

"결혼이 뭐라고 생각합니까?"

"우리나라에선 안 하면 불효, 하면 무덤?"

"그런데 왜 하려고 합니까?"

그 물음에 '딱히 효녀가 아닌 것 같은데' 라는 뉘앙스가 깔려 있다는 것쯤 쉽게 알 수 있었다. 동화가 픽 웃었다. 그때 직원이 다가와 테이블 위에 커피를 놓아 주었다. 따뜻한 커피를 시킬걸. 그동안 마음에 들지 않는 상대만 만나 빨리 마시고 나갈 요량으로 아이스를 시키던 게 버릇이 됐다.

"죄송한데 따뜻한 커피 한 잔 더 주실래요?"

"알겠습니다."

직원은 친절한 미소를 남기며 돌아섰다. 그때 무진이 따뜻한 커피 잔을 그녀의 앞으로 밀어 주었다.

"제가 잠시 후에 마시겠습니다."

"고마워요. 참, 제가 결혼하려는 이유는 뭐. 협박 때문에요."

"협박?"

"이번에도 깽판 부리고 결혼 안 하면 지원을 싹 끊는다고 했거든요. 뭐, 이쪽 사람들 그렇잖아요. 능력 없으면 그냥 물려받거나 차려 준 걸로 사는 거. 제가 그 능력 없는 인간들 중 하나거든요."

그녀가 가진 유일한 장점 하나가 자격지심이나 열등감이 없다는 것이었다. 그런데 무진은 이런 이야기가 재미있는 모양이다. 가볍게 웃는 것을 보니.

"권무진 씨는 왜 결혼이 급한데요?"

"어머니 건강이 많이 안 좋으십니다. 제가 빨리 결혼하는 걸 보고 싶어 하세요."

"음…… 불치병이신가요?"

"네. 암 말기입니다."

이럴 땐 뭐라 위로를 해야 하나. 남자는 이미 마음의 준비까지 하고 있는 듯 꽤나 덤덤한 표정이었다. 동화는 저도 모르게 침을 꿀꺽 삼켰다. 그때 직원이 다가와 커피를 내려놓았다. 잠시 커피 잔을 물끄러미 바라보고 있던 무진이 설탕을 넣고 젓지 않은 채 가져가 한 모금 마셨다.

"죄송해요. 뭐라 위로해야 할지 몰라서."

"괜찮습니다."

저 무덤덤한 모습이 마음에 걸린다. 하지만 그녀는 말만 직설적으로 하는 편이었지 속마음을 쉽게 꺼내는 타입이 아니었다. 서툰 위로 같은 것도 하는 게 쉽지 않았다. 동화가 입술을 한 번 꾹 깨물다 고개를 끄덕이며 말했다.

"그럼 결혼을 전제로 진행할까요?"

"사랑이 없어도 괜찮습니까?"

역시 예술가다. 이런 데에서 사랑 타령이라니. 하지만 왠지 저 말에 뒤통수를 한 대 맞은 것 같기도 했다. 언제 사랑을 갈구한 적이 있었던가? 없었다.

"사랑으로 사는 사람이 몇이나 되겠어요. 사랑도 시간 지나면 다 정이지. 우리도 정으로 살아요."

"정이 빨리 쌓였으면 좋겠군요."

무진이 웃었다. 동화도 따라 웃었다. 그렇게 잘 해결될 줄 알았던 결혼 이야기가 몇 시간 뒤에 다른 상황을 몰고 올 거라고는 그때까지만 해도 상상하지 못했다.

1

이상과 다른

　맞선을 보고 기분이 좋은 건 아마 처음이지 싶었다. 그래서 깔끔하게 무진과 내일 만나기로 약속을 했다. 사실 같이 저녁까지 먹고 싶었으나 일이 이렇게 될 줄 모르고 선약을 잡았다는 무진의 말에 동화는 뭐가 문제냐, 내일 만나자고 했다. 크레마 7그램에서 보기로 하고 인사를 한 뒤 백화점에 들렀다.

　사실 쇼핑도 귀찮아서 잘 하지 않는데 이렇게 기분이 좋을 때 즉, 분기에 한 번 정도는 직접 발품을 팔곤 했다. 매장에 들어서자마자 불편한 힐을 던져 버리고 신상으로 나온 플랫슈즈로 갈아 신었다. 움직이기 불편한 원피스도 벗고 편한 슬랙스에 니트로 바꿔 입었다.

"세탁하지 않고 입어도 괜찮으시겠어요?"

오전에도 이곳에 와서 황 여사와 함께 쓸어 간 터라 매니저는 아주 친절하고 성실하게 그녀의 곁에 붙어서 걱정을 해 주었다. 물론 그건 황 여사가 이 백화점의 VIP이기 때문일 것이다.

"불편한 것보다 이게 낫죠. 아, 이거 다섯 개 포장해 주세요."

카드를 건네고 포장이 될 동안 샵으로 전화를 걸었다. 10분 내로 가니 뭐 먹고 싶은 게 있으면 말하라는 소리에 매니저이자 친구인 경진은 당당하게 피자를 외쳤다. 피자만 먹으면 소화가 잘 되지 않는다는 걸 알면서 경진은 늘 간식으로 피자를 외친다. 하여간 웬수라고 말하며 전화를 끊고 화면을 이리저리 움직여 간단히 피자 주문을 완료하자 포장이 다 되었다는 이야기가 들려왔다.

"뭐야, 운동화가 여긴 웬일이야?"

익숙한 목소리에 고개를 돌리자 임신한 배를 불룩 내밀며 걸어오는 영인이 보였다. 재인의 동생인 그녀는 부모님들끼리 친하기도 했지만 성씨도 같아서 어려서부터 유독 친하게 지낸 친구였다. 그런 영인이 저렇게 시집을 빨리 가 벌써 둘

째까지 가질 줄은 꿈에도 몰랐다.

"백화점에서 운동화를 다 보고, 내가 오늘 뭘 잘못 먹었나?"

"못 하는 말이 없네. 오늘 특별히 기분 좋은 일이 있어서 그러니까 너도 이쪽에서 하나 골라. 내가 하나 사 줄게."

"무슨 일인데?"

"너 내일 커피집 올 거지?"

"응. 내일 물건 도착한다며."

"아, 우리 집에서 가구 맞췄니?"

"정신 좀 차리고 살자, 친구야."

동화는 수입 가구를 들여오는 샵을 운영하고 있었다. 말만 미술학부를 나왔지 사실 뭘 해야 할지 몰랐다. 유학을 다녀왔지만 딱히 작품을 만들고 싶은 생각도 없었고 그림을 그리고 싶지도 않았다. 황 여사는 아예 신경을 덜 쓰는 걸로 하자면서 수입 가구 샵을 차려 주었다. 그래도 워낙 눈이 까다로운 통에 꽤나 괜찮은 가구들을 들여왔더니 제법 판매가 되고 있었다.

"그나저나 무슨 기분 좋은 일인데 그래?"

영인은 그렇게 말하면서 앞에 놓인 스카프를 목에 가져갔다. 하여간 돈 잘 버는 남편을 두고 있으면서 공짜라면 사족을 못 쓴다.

"응, 이 언니가 곧 겨…… 아니다. 내일 봐."

"궁금하게 왜 이래?"

"빨리 골라. 나 가게 들어가야 돼."

"하여간, 성질은 급해서. 내가 대충 고른다, 골라."

그래 놓고 영인은 제일 비싼 신상품을 골랐다. 평소 같으면 살짝 타박을 했겠지만 배 속에 애도 있겠다, 기분도 좋다싶어 동화는 그저 영인을 보며 웃었다.

"차까지……."

"아뇨, 괜찮아요. 가벼운데 뭘요. 수고하세요. 영인아, 내일 보자."

커다란 쇼핑백 하나에 작은 것들을 모두 한꺼번에 집어넣고 동화는 백화점을 나섰다. 오늘은 그럭저럭 운수가 꽤 좋은 날이다.

샵에 들러 직원들에게 스카프를 하나씩 돌리고 경진과 수다를 떨었던 것까지는 좋았다. 황 여사에게 줄 머플러가 포장된 상자를 들고 집에 들어갔다. 그런데 들어가자마자 등에서 불길이 일었다.

"너 대체 엄마 물을 얼마나 먹이려고 그래!"

"아, 엄마! 또 왜 그래? 얌전히 선까지 보고 온 사람한테!"

"어머, 어머, 어머. 애 거짓말하는 것 봐?"

황 여사는 기가 막히다는 듯 이제 머리를 짚고 쓰러질 연기까지 하고 있었다. 대체 누가 거짓말을 하고 있단 말인가.

"거짓말은 무슨. 내가 왜 거짓말을 해. 전화해서 들려줘? 나 진짜 권무진 씨랑 선 제대로 보고 왔다니까?"

"잠깐, 잠깐. 누구라고? 선본 남자가?"

"권무진이래, 음악가고."

동화가 가방에서 명함을 꺼내 앞으로 내밀었다. 명함을 받기도 전에 황 여사는 기가 막힌다는 얼굴로 비틀거리더니 소파로 가서 앉았다.

'저 아줌마가 왜 저래. 선 잘 보고 온 딸한테.'

동화는 소파 맞은편으로 가 앉으면서 테이블 위로 선물을 내려놓았다. 평소 같으면 바로 선물을 향해 눈길을 줄 텐데 황 여사는 머리가 지끈거리는지 관자놀이를 꾹꾹 누르고 있었다.

"음악가?"

"응. 나도 엄청 의외다 싶더라? 생긴 거 완전 잘생겼어. 배우 있잖아. 유지혁? 걔 뺨치더라. 엄마, 나는 얼굴 뜯어먹고 살려고."

"잘생겨?"

"엄청. 맞다, 영인이 시부모님이 주신 건물 있잖아. 커피

21

집 있는 건물. 거기 유일하게 월세 한 번도 밀린 적 없는 학원이 권무진 씨 거라고 하더라. 되게 인연 신기하지? 나 결혼하려고."

"그래. 영인이네 건물이고 뭐고 다 좋…… 뭐?"

결혼이라는 단어에 황 여사의 눈이 번쩍 뜨였다. 과거에 있었던 일로 결혼이나 연애에 대한 환상이 완전히 깨져 버린 것 같아 신경 쓰였던 게 이만저만이 아니었다. 게다가 곧 그 남자가 또 한국에 들어온다고 하지 않았던가. 어떻게든 빨리 결혼을 시켜야만 했다.

"얘."

"응?"

"아빠한텐 우선 조용히 하고 만나, 알았지?"

"알았어. 근데 엄마. 왜 내 등 때린 거야?"

그때 입주 가정부인 포항댁이 와서 과일과 홍차를 내려놔 주었다.

"잘 먹을게요, 아줌마."

"오늘 선 잘 보고 왔어?"

"네. 정말 잘생겼어요."

"영준 엄마. 오늘부터 휴가였죠? 잠깐만 기다려요."

황 여사가 자리에서 일어나더니 안방으로 들어갔다. 동화가 재빨리 포항댁에게 선물 상자 하나를 내밀었다.

"이게 뭐야?"

"선물이에요."

"선물?"

"그냥 하는 선물이요."

"이런 걸 받아도 되려나?"

"당연하죠. 부담 갖지 마세요."

얼굴이 고운 포항댁에게도 잘 어울릴 거라고 생각되어 하나 샀다. 벌써 10년 넘게 집안일을 봐 주고 있는 고마운 분이었다. 황 여사가 안방에서 나오더니 봉투를 건네며 휴가 동안 푹 쉬고 오라는 말을 해 주었다. 두 사람은 포항댁을 배웅하고 다시 자리에 앉았다.

"너 선 상대 제대로 안 봤지?"

"무슨 소리야?"

"내가 언제 권무진이랬어? 조상진이라고 했지."

끝이 무슨 진이라고 했던 것 같다고 생각했다. 그래서 아무 의심도 하지 않았다.

"뭐? 음악가? 그래, 무슨 음악 하는데?"

"바이올린 한대. 피아노도 가르치고 클라리넷도 하고."

"그 남자가 그렇게 마음에 들어?"

동화는 잠시 고민에 빠졌다. 만약 그냥 이 정도면 괜찮다고 타협을 했다 말하면 황 여사는 당장 다시 그 조상진이라는 남자를 잡아 올 것이다.

"첫눈에 반한 것 같은데?"

"원래 네가 보기로 했던 조상진은 성형외과 의사에 조 병원 물려받을 후계자야. 이래도 안 흔들려?"

"엄마. 그러다 나 진짜 결혼 안 하는 수가 있어."

"아냐, 아냐. 알았으니까 아빠한텐 비밀로 하고 만나. 물어봐도 그냥 '만나 보고 있어요'라고 말하고."

"조상진, 아빠가 물어 온 사람이야?"

여전히 머리가 지끈거리는지 황 여사는 관자놀이를 손가락으로 꾹꾹 누르며 고개를 저었다.

"그건 아니야. 그래, 학교는 어디 나왔다니? 부모님은 뭐 하시고?"

"안 물어봤는데."

그런 이야기는 하나도 묻지 않았다. 그냥 어머니가 암 투병으로 얼마 남지 않으셨다는 것 정도밖에. 하지만 그 이야기는 하지 않는 게 좋을 것 같았다. 만약 여기서 무진과의 결혼이 틀어지면 황 여사와 윤 회장은 어떻게든 다른 남자를 끌어와 결혼을 시킬 것이다. 차라리 조금이라도 마음에 든 무진이 나았다.

"그래, 그거야 내가 알아보면 되는 거고."

"뒷조사하지 마."

"애, 그걸 어떻게 안 하니?"

"엄마, 나 진짜 죽는 꼴 보고 싶어?"

동화의 목소리가 평소처럼 낮아졌다. 그 말에 황 여사의 얼굴이 새파랗게 질리는 게 보였다. 이건 이 집안에서 협박으로 통한다. 사실 어려서부터 말 잘 듣고 사춘기에 반항 한 번한 적 없는 딸로 커 왔다. 그래서 두 사람은 동화를 다루기 편한 자식이라고 생각했었다. 하지만 5년 전의 그 일은 동화에 대한 생각을 완전히 뒤바꾸고 말았다.

"그래도 어느 정도는 좀 알아야……."

"엄마, 정경훈 알지?"

"지휘자?"

"그 사람 소개로 나온 거래. 그 정도면 검증받았다는 거 아니야?"

클래식에 대해선 문외한인 동화도 세계적 지휘자인 정경훈 정도는 알고 있었다. 무진은 그분이 스승님이었으며 참 고마운 분이라고 했다. 거기다 정경훈은 꽤나 알아준다는 로열 패밀리 집안 출신이었다. 결국 황 여사가 끙 소리를 내며 고개를 끄덕였다.

"엄마가 말하는 게 무슨 뜻인지는 알겠어. 아빠한텐 그냥 적당히 말할게."

황 여사에게 사 왔던 선물을 안기고 위층으로 올라왔다. 방으로 들어와 옷도 갈아입지 않고 그대로 침대로 드러누웠다. 사실 약간은 충격이다. 상대를 아예 잘못 알고 가서 대화를 나누고 결혼 이야기까지 하다니. 지금쯤이면 무진도 상대를 잘못 알았다는 걸 알게 되지 않았을까? 동화는 핸드폰을 들었다. 그리고 명함을 꺼내 들어 무진의 번호를 하나하나 눌렀다.

남자의 핸드폰 연결음은 기본음이었다. 하긴, 오늘 무진은 하얀 셔츠에 기본 검정 슈트를 입고 있었다. 선 자리에 넥타이 하나 하지 않은 남자라니. 독특하다 생각하면서도 음악가라는 말에 고개를 끄덕였었다.

—네, 권무진입니다.

핸드폰을 타고 들려온 목소리가 꼭 입체 사운드 같다고 생각했다. 그래, 이 남자는 목소리가 무척이나 좋았다.

"저 윤동화예요."

—네, 윤동화 씨. 그런데 제가 조금 전 이야기를 들었는데……

"네. 선 상대가 바뀌었다는 말이죠?"

—그렇습니다.

"혹시 그 상대 다시 보기로 하셨어요?"

—네. 죄송합니다.

"아뇨, 괜찮아요. 그런데 저는 권무진 씨가 마음에 들거든요. 그 선 언제 보세요?"

핸드폰 너머로 아무 말이 없다. 전화가 끊겼나 싶어 동화
는 핸드폰을 확인했다. 여전히 시간은 잘 흘러가고 있다. 그
럼 아직 끊긴 건 아니라는 뜻이었다.

―내일 점심시간에 보기로 했습니다.

"저는 내일 2시까지 카페에 가 있을게요. 그 여자분보다
제가 마음에 들면 나오세요. 아니면 안 나오셔도 돼요."

―네?

이보다 더 황당할 수 없다는 목소리가 들려왔다. 동화는
왠지 전화상의 권무진이 더 마음에 든다는 생각이 들었다.

"내일 꼭 뵐 수 있길 바랄게요. 이만 끊어요."

❖　　　❖　　　❖

끊긴 전화를 황망히 바라보았다. 그리고 핸드폰 화면의 조
명이 꺼질 때까지 그저 멍하니 서 있었다. 주말은 특별한 일
이 없는 한 늘 학원을 쉬었다. 곧 입시철이라 교습이 필요한
아이들 몇은 두고 말이다.

학원 규모는 그다지 크다고 할 수 없다. 바이올린을 켤 수
있는 방 세 개, 피아노가 들어가 있는 방 세 개, 그다음 응접
실과 원장실이 전부였다. 처음부터 학원생을 많이 받을 생각

도 없었다. 무진은 지금 여기가 자신에게 가장 잘 맞는 곳이라고 생각됐다.

몇 년 전부터는 인연이 있는 지휘자님의 부탁으로 대학에 강의를 나가고 있었고 실제로 교수 제안을 받기도 했다. 하지만 무진은 교수 제안을 거절했다. 자신은 자유롭게 아이들을 가르치는 게 좋은 것이지 굳이 줄을 세워 예술가로의 길로 안내하고 싶지 않다는 게 이유였다.

누군가는 그를 보고 욕심도 없냐고 했고 누군가는 이기적이라고 하기도 했다. 그 이기적이라는 건 가지고 있는 재능을 낭비하고 있다는 이유였는데 글쎄, 정확히 11년 전 완전히 연주회를 떠나면서 그는 그나마 가지고 있는 재능도 잃고 말았다.

"……수? 권 교수?"

"아, 교수님."

소파에 앉아 있던 무진이 재빨리 자리에서 일어섰다. 곧 한국에서 있을 연주회로 하루하루를 바쁘게 보내고 있을 경훈이 온 것이었다. 무진이 자리에서 일어서며 차를 타려고 했지만 경훈은 학원으로 오기 전 카페에 들른 모양이었다. 탁자 위에 캐리어를 두고 앉으며 재킷을 벗고 있었다.

"내가 마실 건 원래 잘 챙기잖아. 그나저나 그런 자리 내키지도 않았을 텐데 괜히 미안하게 됐어."

"아닙니다."

"오늘도 부담 많이 됐을 텐데 내일 안 나가도 돼. 전화해서 거절하면 되니까."

무진은 잠시 입을 다물었다. 그러고 보니 윤동화라는 여자에 대해 아는 게 하나도 없다. 샵을 운영한다고 하기는 했지만 정확히 어떤 곳인지 알지도 못한다. 그럭저럭 이야기를 유추해 볼 때 있는 집안의 철없는 아가씨 정도였다.

기억나는 건 새까만 긴 생머리에 유난히 반짝이는 큰 눈이 예쁜 사람이라는 것 정도? 그리고 그녀는 그가 마음에 든다고 했다. 그게 어떤 의미인지는 모르겠지만.

"교수님도 어렵게 말씀하셨을 텐데 안 나갈 순 없죠."

"나가 주면 고맙지. 당황했겠네, 그쪽도."

"전혀 당황한 것 같지 않던데요."

"그래?"

"네."

"어떤 식으로?"

경훈은 그의 선에 대해 크게 관심을 보이고 있었다. 그가 아는 한, 지난 3년간 무진이 누군가를 만나는 것을 보지 못했다. 무진은 그가 키우고 싶은 제자였고 지금도 그럴 수 있다고 믿었다. 천재라 일컬어지고, 수많은 주목을 받았던 무진이 돌연 은퇴를 선언하고 종적을 감추었을 때도 경훈은 아무 말하지 않았다. 그저 무진이 다시 연락을 해 올 때까지 기다렸다.

연락이 다시 오기까지는 2년이라는 시간이 걸렸다. 경훈은 무진이 폐인 몰골이 되어 있다면 다시 데려다 혹독하게 훈련을 시킬 생각이었다. 하지만 2년 만에 만난 무진은 여전히 멀끔한, 잘생긴 모습을 하고 있었다. 예전보다 눈빛이 더 가라앉고, 말이 조금 줄었다는 것 말고는 크게 다를 게 없었다. 하지만 그래서 다시 무진을 그 세계로 끌고 가지 못했다.

"내일 원래 보기로 했던 상대를 만나고서 마음에 들지 않으면 나와 달라고 하던데요."

무진은 묻는 것에 솔직히 대답하는 사람이었다. 경훈 역시 그것을 잘 알고 있었다.

"자네는 그 아가씨가 마음에 들고?"

"그런 게 어딨겠습니까. 겨우 한 시간 남짓 본 게 다인데."

"다시 만날 의향은 있고?"

경훈의 눈빛이 장난스럽게 변했다. 무진은 그것을 보면서도 모른 척했다.

"글쎄요."

경훈은 세계적인 지휘자임에도 불구하고 소탈하며 유머러스한 사람이다. 그리고 입이 참 가볍다. 아마 여기서 무진이 그 여자를 다시 만날 의향이 있다고 말을 한다면 곧 이쪽 사람들은 '권무진이 결혼을 한다'고 알게 될 가능성이 농후했다.

사실 동화를 다시 만나도 걱정이다. 원래 무진의 선 상대였던 여자는 조 병원의 후계자를 만났다고 했다. 조 병원이라면 전국에 체인이 몇 개나 있는 병원이다. 동화는 자신의 집안을 그저 그런 졸부 정도로 취급했지만 조 병원의 후계자를 만날 정도면 흔치 않은 집안의 자제일 것이다.

무진은 평범했다. 돌아가신 아버지는 소방공무원이셨고 어머니는 교편을 잡던 선생님이셨다. 그가 남들과 조금 다른 이력을 가지고 있기는 했지만 그건 모두 과거의 영광일 뿐이었다. 약속을 거절하기 위해 동화에게 한 번 더 전화를 했지만 받지 않았다. 내일 만난다면 아마 정중히 거절을 해야 할 것이다.

"조상진을 만날 정도라면 상대편 여자도 꽤나 있는 집안 자제일 텐데. 다시 보자고 했을 정도면 우리 권 교수가 꽤나 마음에 들었다는 소리 아닌가?"

"아시잖습니까. 제 사정."

"자네 사정이 뭐가 어때서? 그러니까 우리 학교에 빨리 교수직으로 오래도. 강 교수가 자네 끌고 오긴 했지만 내 말 한마디면 시간 강사는 그만해도 된다니까. 총장님도 계속 자네에게 권유하고 계시고."

교수를 하고 싶은 것도 아니었지만 교수라는 직함을 가지게 된다고 해도 글쎄. 무진이 픽 웃으며 고개를 저었다.

"교수님, 리허설 안 가셔도 됩니까?"

"에이, 재미없는 사람 같으니."

경훈이 티켓을 테이블에 두고 자리에서 일어나며 재킷을 걸쳐 입었다. 내일 있을 공연에 오라는 뜻이었다.

"좋아하시는 프리지아 사서 갈게요."

"같이 와."

"네?"

"그 잘못된 선 상대가 되었든, 보기로 했던 상대가 되었든."

"알겠습니다."

"혼자서는 오지 말란 뜻이야."

"노력하죠."

"참, 내 바이올린 권 교수에게 줄까 하는데."

무진이 고개를 저었다. 경훈이 가진 연주용 바이올린 세 개는 최소 10억 이상의 가치를 가진 물건들이다. 그런 바이올린을 받아 봤자 제대로 사용하지 못할 것은 뻔하다.

"자네 델 제수 소리 좋아하잖아. 특히 저음에 강한 자네가 사용하기엔 딱인데 말이야."

"제가 가져오면 더 이상 명기가 아니게 될 겁니다."

"아니, 이미 유언장에도 써 놨어. 자네가 가져가야 할 거야."

아무리 경훈이 장난을 좋아해도 저런 목소리가 농담이 아니라는 것은 무진도 잘 알 수 있었다. 그만큼 경훈과 함께한 세월은 오래되었다.

"교수님."

"내일 봐."

경훈이 재빨리 빠져나갔다. 제대로 배웅도 하지 못한 채로 경훈이 사라져 버린 공간을 멍하니 보던 무진이 한숨을 길게 내쉬었다. 그때 핸드폰이 울렸다. 화면을 확인한 무진의 얼굴에 부드러운 미소가 피어올랐다.

"그래, 예진아."

아침부터 부지런을 떠는 동화의 모습을 황 여사가 혀를 차며 바라보았다. 딸이 5년 만에 자발적으로 저리 꾸미는 모습을 보니 기분이 나쁜 것만은 아니었지만 그래도 역시 아직은 그 상대 남자가 탐탁잖다.

동화가 말렸으나 황 여사는 권무진이라는 남자의 신상 조사를 부탁했다. 이름이 왠지 낯익다 했더니 10년 전까지만 해도 다시없을 바이올리니스트로서 유명했던 남자였다. 인화와 함께 연주회를 간 적도 있었다.

그는 열네 살에 커티스에 입학해 최고의 연주회를 다녔다.

국제 콩쿠르를 쓸었던 것도 유명했다. 들어 보니 커티스는 1년에 바이올린을 다루는 학생을 두세 명밖에 뽑지 않는 명문 중의 명문으로, 그 정도면 실력이 검증된 것과 다름이 없었다. 줄리어드 음대보다 들어가기 더 어렵다고 들었던 것도 같다. 그런데 10년 전 돌연 은퇴를 했다는 게 석연치 않았다.

소방공무원이었던 아버지는 화재 진압 사고로 돌아가셨고 어머니는 고등학교 교사였으나 현재 암 투병 중에, 누나는 대학 병원에 재직 중인 어찌 보면 평범하다고 할 수 있는 집안 구성원이었다.

마음에 들지 않았지만 차라리 동화에겐 그런 집이 더 나을지도 모른다는 생각이 들었다. 대체 어디서 황당무계한 유언비어가 퍼진 건지 모르겠으나 동화에 대한 평판이 좋지 않아 마담뚜들도 손 들지 않았던가. 조 병원은 아들이 그런 유언비어를 신경 쓰지 않는다고 해서 응했던 것인데 당장 거기 다시 내보내면 동화가 죽겠다 난리였다. 머리가 지끈거려 관자놀이를 꾹꾹 눌렀다.

거기다 문제는 남편인 윤 회장이었다. 큰딸에 대한 사랑이 각별한 양반이 그런 집안이 마음에 들 리가 없다. 남자가 한때 아무리 날고 기던 음악가라고 할지라도 지금은 그냥 평범한 동네 음악 학원이나 운영하지 않던가. 너무 기울어졌다.

"엄마, 그렇게 나만 보고 있을 거야? 약속 있다 하지 않았어?"

그녀가 사 온 머플러가 마음에 들었는지 황 여사는 그것을 어깨에 두르고 있었다. 분명 또 모임에 나가서 우리 딸이 사 줬다고 자랑을 할 것이다.

"어차피 너도 곧 나간다며. 같이 나가면 되잖아."

"차 따로 움직이는데 뭘 같이 나가."

"인정머리 없는 년."

"참 교양 있으십니다."

"엄마를 놀리니?"

마지막으로 입술에 틴트를 바르고 마무리한 동화가 자리에서 일어났다. 장례식장을 가는 것도 아니고 온통 새까만 차림새라니.

"어디 장례식장 가니?"

"엄만, 원래 블랙이 어울리기 힘들거든? 근데 난 블랙 잘 받잖아."

터틀넥 위로 코트를 입으며 동화가 다시 한 번 거울을 확인했다. 윤 회장이 그나마 해외 출장 중이라 다행이라고 해야 하나. 황 여사는 다시 한 번 눈치껏 조 병원에 대해 물어볼 요량으로 동화의 얼굴을 바라보았다.

"왜, 엄마. 할 말 있어? 용돈이라도 주시게?"

"엄마가 용돈 받아야 할 나이 아니니?"

"그럼 뭔데?"

왼쪽 손목에 시계를 차며 가방을 드는데 황 여사가 지갑을 꺼내 들었다. 그냥 농담으로 한 말이었는데 정말로 용돈을 줄 모양이었다. 동화가 재빨리 앞으로 손바닥을 내밀자 황 여사가 밉지 않은 눈길로 흘기며 동화의 손에 수표를 쥐어 주었다.

"너 차도 바꿔야 할 것 같다며."

동화가 웃으며 수표를 주머니로 집어넣고 황 여사의 팔에 팔짱을 꼈다. 같이 계단을 내려가며 고개를 끄덕였다.

"오래 타서 그런가? 좀 말썽이네."

"그러게 진작 바꾸랬잖아."

"이제 10년 탔거든?"

사실 상화가 타던 차를 물려받았다. 원래 차에 욕심이 없기도 했거니와 멀쩡한 차를 뭐하러 파냐 싶어 동화가 타고 다녔다. 초보 운전 시절부터 같이해 와서 꽤나 정이 들었는데 요즘 심심치 않게 고장이 나고 있었다.

누군가는 수리 비용이 더 나오겠다며 놀리기도 했다. 사실 이제껏 든 수리 비용만 해도 중고차 한 대 살 정도의 비용은 되지 않을까 싶었다.

"내일 엄마하고 좀 보러 가자."

"엄마가 사 주시려고?"

"그럼 네가 살래?"

"아니. 난 엄마 진드기잖아."

"잘 만나고 오고."

"못 만날 수도 있는데."

"뭐?"

차고로 내려와 황 여사에게 끼고 있던 팔짱을 풀었다. '이 무슨 황당한 소리야' 하는 얼굴로 황 여사가 차에 올라타기 전 동화를 보았다. 동화가 어깨를 들썩이며 자신의 차 운전석 문을 열었다.

"어제 전화했는데 상대가 바뀌어서 미안하다고 하더라고."

"그래서?"

"그래서는. 원래 맞선도 보고 그 상대보다 내가 더 마음에 들면 오라고 했지."

"뭐? 그 주제에 감히 우리 딸을 퇴짜 놔?"

"아직 퇴짜 놓은 거 아니거든? 그리고 주제라니. 엄마, 누구나 평등한 민주주의 사회에 살고 있는 사람들끼리 그런 말하지 맙시다?"

"얘!"

"다녀올게요."

더 이상의 잔소리를 피하기 위해 재빨리 차에 올라타 시동을 켰다. 몇 번 버튼을 누르던 동화는 한숨을 내쉬었다. 이제 정말 차를 보내 줘야 할 모양이었다. 시동이 걸리지 않은 적이 몇 번 있었지만 그러다가도 시간이 지나면 걸렸는데 오늘은 아니었다. 그때 운전석 문이 열렸다.

"태워 줄게, 타고 가. 이거 불안해서 어디 보내겠니?"

"아빠 차 한 대 끌고 나갈게."

차고에 차는 총 네 대가 있다. 윤 회장이 출퇴근을 할 때 타고 다니는 차 한 대와 황 여사의 차, 그리고 그녀의 차와 윤 회장이 황 여사와 드라이브를 할 때 직접 몰고 다니는 스포츠카가 있었다. 황 여사의 눈길이 스포츠카로 향했다.

아무리 있는 집 자제라지만 저런 배기통이 울리는 스포츠카를 타는 건 부담스럽다. 근엄한 윤 회장의 차와 스포츠카를 두고 고민하던 동화가 하는 수 없이 차에서 내려 황 여사의 차로 다가갔다.

"태워다 줘."

"너 저 차 은근히 싫어하더라?"

"시끄럽단 말이야."

"누군 타고 다니고 싶어도 못 타."

"아이고, 돈 많으셔서 좋겠습니다?"

"애는. 빨리 타, 이러다 늦겠다."

황 여사가 시동을 걸자 차고 문이 열렸다. 고급 주택가를 황 여사의 차가 조용히 움직이기 시작했다. 이런 차도 제법 괜찮을 것 같았다.

"차라리 이 차를 날 주고 엄마가 하나 사지?"

"어디서 엄마 피를 빨아 먹으려고. 이거보다 싼 거 사 줄 거야."

"너무하시네. 엄만 아빠한테 사 달라고 하면 되잖아."

"아빠한텐 내가 너 못 사 주게 할 건데? 얻어 타기 싫은가 봐?"

"에이, 엄마도."

"그나저나 그 남자 안 나오면 어쩔 거야?"

"학원이 바로 위니까 쫓아 올라가 볼까."

"넌 자존심도 없니?"

"첫눈에 반했는데 그 정도는 해야지."

그 말에 황 여사가 끙 소리를 냈다. 물론 이렇게 아무렇지 않은 척 말하고 있었지만 동화 역시 속으론 정말 무진이 나오지 않는 게 아닐까 은근히 걱정되기도 했다. 그가 나오지 않는다면 정말 어쩔 수 없는 일이었다. 그런데 왜 이런 인연을 놓치고 싶지 않다는 생각이 문득 떠오른 것일까? 스스로가 생각해도 어처구니없는 일이라 그저 웃고 말았다. 황 여사가 그런 동화를 보며 마음에 들지 않는 듯 혀를 찼다.

2시 15분.

이미 그녀의 샵에서 배달 온 가구들은 제자리에 놓여 있었고, 영인은 흥미로운 얼굴을 한 채 동화를 보고 있었다. 팔짱을 낀 채 앉아서 한쪽 눈썹을 치켜 올린 동화가 자리에서 일어섰다.

"어? 야, 윤동화 너 어디 가!"

엘리베이터 하나가 딱 좋게 1층에 있다. 바로 올라선 동화가 거칠 것 없이 7층을 눌렀다. 조용히, 그러나 빠르게 움직인 엘리베이터가 곧 7층에 도착했다. 뚜벅뚜벅 걸어가 바로 앞에 있는 투명한 유리창에 시선을 주자 학원 안이 훤히 보인다. 하지만 불이 꺼져 있고 인기척도 없었다.

"아, 진짜. 나 물 먹은 거야?"

재밌다는 얼굴로 그녀를 살피고 있던 영인에게 뭐라고 말을 해야 할까. 그리고 집에 가서 또 황 여사에게는 뭐라고 말을 꺼내야 하는 걸까. 황 여사는 '우리 딸을 차?'라며 더 화를 낼지도 모르겠다.

동화가 다시 엘리베이터에 올라탔다. 카페로 돌아와 자리에 앉자 영인이 끙 소리를 내며 그녀의 앞에 자리 잡았다.

"어디 다녀온 거야?"

"7층."

"7층? 거기 무진 씨네 학원 아니야?"

"무진 씨?"

"여기 단골이야. 그리고 한때 유명했던 바이올리니스트잖아."

"유명했다고?"

"그래. 미남에다 유례없는 천재라고 얼마나 유명했는데. 그 것도 몰랐, 어머? 무진 씨 오셨네요?"

그 소리에 동화의 고개가 절로 돌아갔다. 뛰어왔는지 남자 는 머리카락이 살짝 흐트러져 있고 숨도 급히 내뱉고 있다. 동화는 의외라고 생각했다. 어제 딱 한 번 봤던 것뿐이지만 왠지 그는 흐트러짐 하나 없이 살아왔을 것 같았기 때문이었 다. 아니, 흐트러짐을 용납하지 않을 거라고 생각했었다.

오늘 무진은 검정 슬랙스에 흰 셔츠, 검은 모직 코트를 입 고 있다. 동화는 그의 깔끔한 옷차림이 마음에 들었다. 거기 다 그녀와 같은 컬러로, 같이 지나가는 걸 사람들이 본다면 아마 커플이라고 생각할 것이다.

"안녕하십니까."

그가 자연스럽게 영인에게 인사를 건넸다. 영인은 여전히 호기심 가득한 눈을 감추지 못하고 있었다. 하지만 시어머니 께 전화가 왔다며 다급히 자리를 피했다. 동화가 일어나 무 진을 보았다.

"앉으세요."

"죄송합니다. 사실⋯⋯."

"저 차려고 나오신 거예요?"

그의 눈이 살짝 커졌다. 동화가 왼쪽 손목을 들어 시계를 보았다. 정확히 2시 24분이다. 남자는 정말 급하게 뛰어온 건지 이마에 살짝 식은땀도 묻어 있다. 그럼에도 불구하고 가까이 다가온 남자에게선 아주 좋은 향기가 났다. 은은한 비누 향은 설마 이 남자가 샤워를 하고 물기를 닦지 않은 건가 착각까지 될 정도였다.

잠시 당황한 표정을 짓고 있던 무진이 이내 가볍게 웃으며 고개를 저었다.

"우선 한숨 돌리고 이야기 좀 할까요? 따뜻한 커피로 드시 겠습니까?"

"네."

어제 아이스커피를 시켰다 따뜻한 커피를 또 시킨 것을 기억하는 모양이었다. 무진이 슬쩍 미소를 짓고는 카운터로 걸어갔다. 동화는 무진의 모습을 물끄러미 바라보았다. 저 정도의 외모에 유명한 바이올리니스트였다면 인기가 많았겠다 싶었다.

그런데 왜 선 자리에 나온 것일까? 역시 아픈 어머니가 있는 남자와는 결혼할 여자가 많지 않았던 것일까? 그리고 보니 무진이 몇 살인지도 알지 못했다. 아무래도 여기서 이야기를 하면 안 되겠다 싶어 동화가 자리에서 일어나 직원 앞으로 걸어갔다.

"정민 씨, 미안한데 우리 커피 테이크아웃 잔에 좀 넣어 줄래요?"

"네. 그럴게요."

무진의 시선이 느껴졌다. 하지만 동화는 무진을 보지 않았
다. 추출되는 에스프레소만 물끄러미 바라보았다. 고작 15분
밖에 참지 못하고 학원까지 올라갔다는 말은 아무래도 하지
않는 게 좋을 것 같았다. 영인에게도 입단속을 단단히 시켜
야 할 필요가 있었다. 커피가 나오자 한 잔을 무진의 손에 들
려 주었다.

"우리 나가는 겁니까?"

"위로 올라가서 이야기하시죠?"

동화의 말에 무진이 고개를 끄덕이며 그녀를 안내했다. 어
찌 보면 무례할 수도 있다. 겨우 두 번째, 그것도 잘못 봤던
선 상대였는데 무작정 자신의 공간을 오픈하는 건 꺼려질 수
도 있을 것이다. 하지만 무진은 너무나 아무렇지 않은 얼굴
이었다.

엘리베이터에서 내린 무진이 지문을 찍어 문을 열었다. 그
리고 그녀가 먼저 들어갈 수 있도록 옆으로 비켜섰다. 동화가
살짝 고개를 숙이고 안으로 들어섰다. 순간 그가 다가왔을 때
맡았던 그 비누 향이 은은히 코끝을 자극했다. 이 남자 특유
의 향인 모양이었다. 향수가 아니라면 이 정도의 지속력을 가
지긴 힘들 것이다.

"이쪽으로 앉으세요."

무진이 소파를 가리키며 말했다. 원목의 바디에 빈티지 느낌의 가죽 소파는 딱딱해 보였지만 막상 앉으니 제법 나쁘지 않았다. 쿠션감이 예상보다 괜찮다는 생각에 고개를 끄덕였다. 무진은 반대편 1인용 소파에 앉았다.

그는 옅은 미소를 짓고 있다. 친절해 보일 수도 있겠지만 동화는 왠지 그게 마음에 들지 않았다. 꼭 가면을 보는 느낌이라고 해야 할까. 아니, 어쩌면 그냥 그가 늘 옅게 웃는 인상일 수도 있다.

"여기 저 들이신 거 보면 완전 거절은 아닌 거죠?"

"아닙니다. 그리고 늦어서 죄송했습니다."

동화의 입에서 안도의 한숨이 새어 나왔다.

"다행이다. 저 물먹은 줄 알았거든요."

"네?"

"저희 엄마가 좀 극성이세요. 그래서 집에 가서 뭐라고 말을 해야 할까 좀 걱정이었거든요."

그런 동화의 반응이 의외인 듯 무진의 눈이 다시 살짝 커졌다. 하지만 이내 평소의 미소로 되돌아왔다.

"영인이한테 들었는데 유명하셨다면서요?"

"그 정도는 아닙니다."

"겸손하시네요. 참, 그러고 보니 우리 나이 이야기도 못 한 거 알아요? 전 스물여덟 살이에요."

"서른두 살입니다."

"궁합도 안 본다는 네 살 차이, 딱이네요."

여전히 그녀의 말투가 신기한 모양이었다. 무진은 놀라는 표정을 숨기지 않았다. 예술가라서인지 얼굴 표정이 꽤나 다채롭다고 느껴졌다.

"오빠와 여동생이 있어요. 둘은 결혼했고. 참, 혹시 'JD제약'이라고 들어 본 적 있어요?"

"알고 있습니다."

"거기 회장이 저희 아버지예요."

무진이 살짝 눈을 크게 떴다. 동화가 어느 정도 있는 집안 자제일 거라고 생각은 했다. 하지만 JD제약이라니. 말 그대로 재벌이지 않은가. 제약 회사뿐만 아니라 화학 회사까지 보유하고 있는 곳이었다.

그녀가 재벌가 자제라 어려워진 건 아니었다. 그쪽 이야기는 들은 것도, 본 것도 많다. 아무리 동화가 저렇게 나와도 결혼이라는 건 쉬운 게 아니라는 것을 안다. 더군다나 연애도 아니고 잘못된 선 상대지 않던가. 열렬히 사랑을 해도 쉽지 않은 결혼인데 이런 관계로는 곤란했다.

"뭐 다들 아는 꼰대예요."

"네?"

"딸 바보이기도 하시고."

무진이 살짝 웃으며 고개를 끄덕였다. 동화는 왠지 무진과 이야기를 더 나누고 싶다고 생각했다. 글쎄, 뭐라 해야 할까. 이 남자는 이야기를 하고 싶게 사람을 자극한다.

"엄마가 좀 극성이라고 말했죠? 제가 아빠 때문에 집에서 가까운 공립고에 갔다고 지금도 싫어하세요. 오빠는 처음부터 자기 생각이 확고해서 특목고로 갔거든요. 솔직히 공부가 싫기도 했고 아빠 말대로 집에서 가까운 데로 가면 좋을 거라고 생각했어요. 아는 사람이 없어서 처음엔 적응을 못 했지만."

"그랬을 것 같아요."

"그래요?"

"JD제약이라면 우리나라에서 제일 큰 회사고 제 추측이 맞다면 윤동화 씨는 부족함 없이 자라 왔을 거고. 아무래도 고등학교는 서로의 간극이 보이는 때가 아니던가요?"

어딘지 꿰뚫는 느낌에 동화는 황당하면서도 웃겨서 그저 고개를 끄덕이고 말았다.

"다행히 좋은 선생님이 계셨어요. 담임도 아니셨는데 잘 챙겨 주셨죠. 졸업 뒤에도 몇 번 찾아가곤 했는데. 어느 날 갑자기 관두셨대요. 학교에 물어도 연락처 같은 것도 안 가르쳐 주고."

"많이 존경했나 보죠?"

"아뇨. 많이 좋아했어요."

옅게 있는 동화를 보며 무진이 입을 열었다.

"윤동화 씨."

"저 저희 엄마한테 그랬어요. 권무진 씨에게 첫눈에 반했다고."

더 이상 참지 못하고 무진이 웃음을 터트렸다.

❀   ❀   ❀

차가 고장 나 타고 오지 못했다는 말에 무진은 그녀를 태워 주었다. 사실 작은 학원을 운영하던 그가 꽤나 고급인 외국 세단을 몰아서 살짝 놀라기도 했다. 한때 유명했다더니 연주회로 벌어 놓은 돈이 많은 걸까, 생각도 했다.

"그 선 상대는 어떻게 하고 왔어요?"

"윤동화 씨와 비슷하게 말했습니다."

"첫눈에 반했다고?"

"놓치기 싫은 사람을 만났다고."

왠지 허를 찔린 느낌이었다. 아니, 나쁘지 않다. 그녀 혼자 남자에게 반해 쫓아다니다 결혼에 골인했다는 소문이 도는 것보단 둘 다 서로에게 빠졌다는 편이 훨씬 낫지 않은가. 만약 오늘 약속 장소에 나타나지 않고 나중에 그녀를 다시 찾았다면, 이 남자도 다른 사람들과 똑같구나 생각했을지도 모른다.

JD제약이라는 이름만 듣고 어떻게든 연결 끈을 만들려는 남자들을 많이 보았다. 하지만 그는 궁금해하지도, 묻지도 않는다. 그게 관심이 있는 것인지, 없는 것인지는 동화도 한눈에 파악할 수 있었다. 그는 그녀가 JD제약의 딸이라는 것 따위는 조금도 신경 쓰지 않는다.

"우리 지금 어디 가는 거예요?"

"밥을 먹고, 연주회 갈까 하는데 어떠세요?"

"무슨 연주횐데요?"

"제 스승님이요."

"그 선 자리 주선했다는 분? 저 데리고 와서 실망하시는 거 아니에요?"

그 말에 무진이 고개를 저었다. 경훈은 아마 그가 혼자 온 것을 알면 훨씬 실망할 것이다. 누가 되었든 우선 여성을 데리고 왔다면 그저 그것만으로 좋아할 것이다. 경훈은 자유가 좋다며 결혼도 하지 않은 순수 총각이라고 스스로를 홍보하고 다녔다. 그럼에도 미워할 수 없는 건 본업이 뛰어나기 때문일 것이다. 그런 경훈이 부탁을 했던 여성분께 죄송하다고 말을 하는 건 쉬운 일이 아니었다.

예전부터 팬이었다던 여자는 그를 조금 곤란하게 만들었다. 겨우 하루 차이인데 자신을 만나다 보면 더 좋아질 수도 있지 않겠냐고 말이다. 기분 나쁘지 않게, 최대한 정중히 거절을 하느라 시간이 예상보다 더 오래 걸리고 말았다. 멋대로 2시라는 약속 시각을 정한 건 동화였지만 기다리게 하고 싶지 않았다. 물론 바쁘게 오면서도 동화가 없으면 어쩔 수 없다는 생각도 했다.

사실 카페에 앉아 있는 동화를 보고 적지 않게 놀랐다. 어쩌면 없기를 더 바라고 있었을지도 모르겠단 생각이 들어 저도 모르게 쓰게 웃었다. 가정을 이루어야지 막연히 생각했지만 내심 아직 누군가와 하는 결혼에 자신이 없기도 했다.

"점심 드시고 온 거 아니었어요?"

"아닙니다. 차만 한 잔 마셨어요. 먹고 싶은 거 있습니까?"

"네."

자신 있게 대답한 동화가 이끈 곳은 중화요리 전문점이었다. 그러니까 정확히 이야기를 하자면 호텔이나 분위기가 좋기로 유명한 차이니즈 레스토랑이 아니라 시장 근처에 있는 허름한 곳이었다.

무진은 음식이 나와 차려질 때까지 놀란 얼굴을 감추지 못했다. 그러면서도 흥미가 있는 눈으로 가게를 둘러보고 있었다. 동화는 자연스럽게 젓가락을 들어 서비스로 나오는 군만

두를 하나 집어 입으로 가져갔다.

"왜요? 이런 데 못 올 거라고 생각했어요?"

"조금은?"

"학교 다닐 때 자주 오던 곳이에요. 맛도 있고. 혹시 중국 음식 싫어하세요?"

"아뇨, 좋아합니다. 가리는 음식 없어요."

"다행이네요. 그럼 우리 맛있게 먹어요."

동화는 윤기가 흐르는 짜장 위로 고운 고춧가루를 팍팍 뿌린 뒤 비비기 시작했다. 무진도 동화가 하는 것처럼 고춧가루를 뿌리고 자신 몫의 짜장면을 비볐다.

"부먹이에요? 찍먹이에요?"

"네?"

"탕수육 소스 부어 먹냐, 찍어 먹냐요."

"아. 아무렇게나 먹습니다."

그 말에 동화는 소스를 잘 튀겨진 탕수육 위로 부었다. 이제 막 튀겨 나온 탕수육은 소스가 부어지자 지글지글 소리를 냈다. 거침없는 손길에 무진은 먹을 생각도 하지 않고 동화를 바라보았다. 동화는 간장과 식초, 고춧가루를 섞은 뒤 가운데로 놓으며 손짓을 했다.

"찍어서 드세요."

"잘 먹을게요."

꼭 며칠을 굶은 사람처럼 동화는 고개를 숙이고 짜장면을 먹었다. 무진이 잘 비벼진 짜장면을 빈 접시에 덜어 그런 동화의 앞으로 내밀었다.

"어? 저 괜찮은데."

"맛있게 먹어서요."

"그럼 사양하지 않을게요."

동화가 짜장면을 자신의 그릇에 덜고 다시 먹기 시작했다. 그 모습이 꼭 10대 애들 같았다. 하긴, 그때는 돌아서면 배가 고플 나이이기는 하다. 무진은 적당한 크기의 탕수육 조각을 집어 동화가 만들어 놓은 간장에 살짝 찍은 뒤 앞접시에 놓아 주었다.

"탕수육도 먹어요. 꼭꼭 씹고."

"꼭 아빠 같네요."

"네?"

"저 먹을 때 이렇게 챙기는 게요. 물론 저희 부모님은 이런 음식 엄청 싫어하시지만."

그렇게 말하면서 동화는 그가 내민 것을 넙죽 잘도 받아먹었다. 혹시 그녀의 집에선 이 음식이 불량 식품으로 취급되나 싶었지만 무진은 묻지 않기로 했다. 그리고 그도 고개를 숙여 짜장면을 입으로 가져갔다. 짜고, 달고, 기름진 맛이 입안으로 퍼졌다. 식사 자리는 꽤 유쾌했다.

계산을 하기 위해 자리에서 일어나 카드를 내미는 그를 보고 동화는 고개를 저었다. 그리고 지갑을 꺼내 현금으로 계산을 하고 가게를 나섰다. 연주회가 7시부터 시작이라는 말에 아직 시간이 남았으니 시장 데이트를 하자고 제안한 것도 동화였다. 정말 이 시장이 익숙한 듯 동화는 거리낌 없이 사람 사이를 헤치고 다녔다.

"우리 다음엔 여기 와서 빈대떡도 먹어 볼래요?"

"그러죠."

"저기 있는 집이 맛있거든요. 아, 호떡 하나 먹을래요?"

괜찮다고 말을 하기도 전에 동화는 이미 두 개 값을 지불하고 있었다. 그렇게 먹고 또 음식이 들어갈 수 있을까. 무진은 동화를 바라보았다. 동화는 요즘 아가씨들처럼 몸매가 늘씬하다. 아니, 코트가 살짝 루즈해서 그렇지 키는 크지만 체구 자체가 작은 것 같기도 하다. 하지만 동화는 종이컵에 호떡을 받아 들어 건네주며 이미 한입을 베어 물고 있었다.

"여기 호떡이 진짜 쫀득하고 맛있어요."

"잘 먹을게요."

주말 시장엔 사람들이 많았다. 그 사이를 잘 파고들지 못하는 무진을 보며 동화가 고개를 젓더니 이내 손을 잡아 이끌기 시작했다. 무진은 어쩌면 동화가 자신을 나이만 먹은 어린아이라고 느낄지도 모른다는 생각이 들었다.

시장 데이트는 꽤 재미있었다. 차에 타기 전 시장 한구석에 있는 꽃집에서 무진은 프리지아를 한 손에 들기 버거울 만큼 달라고 주문을 했다. 동화는 작은 화분 두 개를 샀다. 그리고 하나씩 나눠 가져가 키우기로 했다.

아직 시간이 남아 있지만 두 사람은 연주회 장소에 도착했다. 무진의 얼굴을 잘 알고 있는 스태프는 친절하게 두 사람을 경훈의 대기실까지 안내해 주었다. 대기실엔 이미 많은 사람들이 경훈에게 인사를 건네고 있었다. 그때 경훈과 무진의 눈이 마주쳤다. 경훈이 재빨리 다가와 무진에게서 커다란 꽃다발을 건네받았다.

"또 혼자 온 건 아니지?"

"아닙니다. 그 꽃도 여기 이분이 사 준 거예요. 윤동화 씨예요."

"그래? 동화 씨, 이거 고마워서 어쩌죠? 우리 무진이 잘 좀 부탁합니다."

꽃집에서 카드기가 안 되어 곤란했다. 동화는 괜찮다며 현금을 내주었다. 연주회에 초대받았는데 이 정도는 괜찮다면서 말이다. 무진은 앞으로 동화를 만나기 위해 늘 현금을 구비해야겠다는 생각까지 했다.

"무진아, 잠깐 이야기 좀 하자. 동화 씨, 괜찮죠?"

"그럼요."

별 이야기가 아닐 텐데도 불구하고 경훈은 무진을 끌고 밖으로 나왔다. 비상구 안쪽은 꼭 다른 세계에 온 것처럼 고요했다. 방음 자체가 잘 되는 건물이라는 이야기를 들었는데 이렇게까지 훌륭할 줄은 몰랐다. 그 시끄럽던 복도의 소음이 문이 닫히자마자 단절된 것을 보면 말이다.

"저 여자 JD제약 딸 아니야?"

"맞습니다. 아십니까?"

"권 교수, 저 여자 소문 못 들었어?"

"소문이요?"

"이 바닥에선 걸레로 유명한 여자야. 당장 손 떼."

2

진실이든 아니든

사실 음악에 대한 조예는 깊지 않다. 그나마 다행인 건 이 오케스트라가 만들어 내는 음이 아주 익숙한 베토벤의 교향곡이라는 것이다. 100분간의 공연이 끝나고 사람들이 모두 일어설 때까지도 무진은 자리에 앉아 있었다. 스승님의 공연이라 특히나 더 감동을 했을지도 모르겠다.

문제는 말을 붙이지 못하겠다는 것이다. 무진은 만난 이래 처음으로 굳은 얼굴을 하고 있었다. 모두가 빠져나간 객석을 둘러보는데 문득 시선이 느껴졌다. 다시 고개를 돌리자 비상구 쪽에서 나오는 경훈이 보였다. 동화가 시선을 옆으로 움직였지만 무진은 여전히 그 얼굴 그대로 앉아 있었다.

"혹시 저녁 먹었어요?"

"이른 저녁 먹긴 했어요."

"그럼 같이할까요? 녀석이 여자 친구라고 부를 만한 사람을 데리고 온 게 처음이기도 하고……."

"아뇨, 시간이 너무 늦었습니다. 오늘 연주 잘 들었습니다. 저흰 이만 가 보겠습니다."

언제 자리에서 일어난 건지 무진은 팔에 끼웠던 코트를 펼치며 입고 있었다. 왠지 공연 전의 분위기와 너무 다르다. 괜히 눈동자를 굴리며 눈치를 보던 동화가 무진을 따라 자리에서 일어섰다.

"바쁘신 분인 건 알지만 다음에 시간 내 주세요. 제가 맛있는 밥 살게요. 좋은 공연 보여 주신 기념으로."

"지루하지 않았나 모르겠네요."

"전혀요. 저 베토벤 좋아하거든요."

"그래요, 그럼 다음에 꼭 같이 밥을 먹을 수 있게 되길 바랍니다. 권 교수는 나중에 학교에서 보지."

경훈이 웃으며 살짝 고개를 숙이고 돌아섰다. 인사를 하느라 고개를 숙였던 동화가 느껴지는 시선에 눈동자를 옮겼다. 언제 그랬냐는 듯 무진은 다시 은근한 미소를 짓고 있다. 꼭 조금 전 굳어 있었던 게 거짓말인 것처럼.

차 옆으로 다가서자 무진은 자연스럽게 문을 열어 주었다. 시트에 앉으며 차 앞을 빙 둘러 걸어오는 무진을 보았다. 다리가 길어서인지 성큼성큼 보닛을 돌아왔다. 그러고 보니 무진의 차는 정적이다. 으레 틀어 놓을 만한 음악 소리가 들리지 않는다.

"원래 조용히 운전해요?"

"아, 있는 게 CD밖에 없는데. 괜찮아요?"

그렇게 말하며 무진의 손가락이 움직였다. 곧 차 안에 묵직한 첼로 소리가 울려 퍼졌다. 어차피 들어 봤자 이게 누구의 음악인지는 모른다.

"이거 첼로 소리 맞죠?"

"맞아요."

"저는 현악기 중에 첼로가 제일 좋던데."

"사람 목소리와 같은 음역대라 제일 듣기 편안한 악깁니다."

"첼로도 켤 줄 아세요?"

그 물음에 무진이 살짝 고개를 끄덕였다. 바이올리니스트였다고 했는데 이 남자는 거의 모든 악기를 다룰 줄 아는 모양이었다.

"왜요?"

"신기해서요. 저는 아예 만질 수 있는 악기가 없거든요."

"좀 배워 볼래요?"

"안 돼요. 예전에 저 가르치던 선생님이 울면서 도망가셨거든요. 무진 씨, 저한테 정 떨어지면 어떡해요."

농담이 아니라 진심이었다. 그런데 무진은 농담으로 들은 모양이었다. 어릴 때 인화와 함께 바이올린을 배우다 너무 하기 싫어서 과외 선생 앞에서 전쟁놀이를 한답시고 망가뜨린 적이 있다. 그 뒤로 어떤 소문이 났는지 다시는 JD의 딸은 가르치지 않겠다고 과외 선생님들이 보이콧을 했다나 뭐라나.

"정말이에요."

"강요하고 싶은 생각 없으니 걱정 말아요."

"혼자 살아요?"

"네."

"참, 누나는 결혼했어요?"

"아직 안 했습니다."

"그런데 따로 살아요?"

"누나가 어머니를 모시는 것과 다름없어서요. 저보단 누나가 훨씬 도움이 되죠."

동화가 고개를 끄덕였다. 하긴, 여자의 간호는 여자가 더 낫다. 아니, 그보다 간병인을 쓰지 않는 건가 싶었다.

"간병인이 더 낫지 않아요?"

"물론 간병인도 씁니다."

"누나가 힘드실 텐데."

"의사이니 저보단 훨씬 낫죠."

"아, 의사시구나."

"누나가 고생을 많이 했어요. 어렸을 때부터 제가 세계 곳곳을 다녀야 해서 상대적으로 관심이 저에게 쏠렸었거든요. 물론 아버지도 소방관이라 많이 바쁘셨지만요. 그 와중에도 누나는 혼자 공부를 열심히 했어요. 과외를 해서 제게 용돈을 주기도 하고."

보지 않아도 알 수 있을 것 같았다. 무진이 누나를 무척이나 좋아하고 신뢰하고 있다는 것이 목소리, 눈빛을 통해 느껴졌다. 그리고 미안함까지 비춰졌다.

"몇 살 터울이에요?"

"연년생입니다."

"어릴 때 싸우진 않았어요?"

"전혀요. 누나가 착해서요."

"우린 허구한 날 싸웠는데."

그 말에 무진이 웃음을 터트렸다. 보통 사람들은 세 남매가 그렇게 싸웠다고 하면 믿지 않았다. 정말 분이 풀릴 때까지 싸우는 통에 머리카락이 쥐어뜯기고 코피가 나는 건 아무것도 아니었다.

특히 어릴 때 인화의 성질이 보통이 아니라 동화의 머리카락 반 이상이 그때 뜯겼다고 해도 과언은 아니었다. 상화는 오빠임에도 성격이 유순한 편이라 두 여동생에게는 거의 밥이나 마찬가지였다.

"그래도 오빠 성격이 꽤나 너그럽고 좋은 편이라 우리가 싸우면 많이 말렸어요. 덕분에 오빠가 더 맞고."

"맞아요?"

"말도 마세요. 둘 중 한 명이 코피가 나야 싸움이 끝났으니까."

그 말에 무진은 꽤 놀란 듯했다. 하긴, 이런 말을 하면 누구나 놀랐다. 특히 제부인 재형은 지금도 믿지 않았다. 어떻게 우리 천사 같은 인화가 그렇게 언니를 때렸냐면서 말이다. 천사라는 말에 물론 동화는 코웃음을 쳤었다.

"저희가 좀 험하게 놀기는 했죠."

"어릴 땐 그럴 수도 있죠."

"맞아요. 크고 시집가니 철들었는지 지금은 잘해요."

"동화 씨는 왜 결혼 일찍 안 했습니까? 일찍 했을 수도 있을 것 같은데."

이제껏 생글생글 잘 웃고 있던 동화의 얼굴이 살짝 굳었다. 마침 신호에 걸리자 무진이 차를 정지하고 동화를 보았다.

"한때 그런 사람 있긴 했어요."

어차피 무진도 알게 될 일이다. 그걸 굳이 숨겨 봤자 뭐한

단 말인가. 어차피 결혼을 할 사람이라면 비밀 같은 건 없는
게 나았다.

"집안 반대가 심해서 헤어졌어요."

"반대요?"

"너무 어렸고 난 가진 게 많은데 그 남잔 가진 게 없어서?
뭐 뻔한 레퍼토리 있잖아요."

입안이 쓰다. 그래, 그땐 너무나 어렸고 그 사람이 세상의
전부인 줄 알았다. 윤 회장은 좋은 아버지다. 하지만 자식을
너무나 사랑하는 것이 때론 독이 되기도 했다. 헤어지기만 하
면 그 남자가 평탄히 하고 싶은 일을 하면서 살아갈 수 있게
해 준다고 약속을 했다. 하지만 그렇지 않으면 그 남자의 평
온이 모두 사라질 거라고 협박도 했다.

어쨌거나 사랑해서 헤어졌다. 그 남자는 사랑하면 놓지 말
라고 했었지만. 헤어지고 몇 개월 후 약을 먹었다. 정말 죽을
생각 같은 건 하지 않았다. 술기운에 잠이 오지 않아 충동적
으로 약을 털어 먹은 것뿐이었는데 집안은 뒤집어졌다. 그 뒤
로 부모님은 많이 누그러졌다. 그리고 지금 동화는 그것을 협
박용으로 쓰고 있었다. 아마 죽어서 지옥을 갈 거다. 부모님
에게 효도는 고사하고 가슴에 못을 박은 죄로 말이다.

"저도 가진 게 없는데 말입니다."

"걱정 마세요. 그 뒤로 부모님은 제가 누구를 만나기만 해

도 좋겠다고 하셨으니까."

"저로 만족이 되겠습니까?"

"네. 저는 만족이 될 것 같은데 권무진 씨는 아닌가요?"

동화의 빛나는 커다란 눈동자가 가로등 조명에 예쁘게 반짝거렸다.

금요일은 제법 바빴다. 대학 강의를 하고 밤 10시까지 학원 수업이 있었기 때문이었다. 동화는 바빠도 괜찮으니 잠깐 보자고 했고 무진은 내일 만나자고 했다. 동화는 '저 지금 매달리는 여자 같나요?'라며 웃었다. 그 말에 무진도 웃고 말았다. 그래서 서둘러 정리를 끝내고 문을 닫으려 했다. 막 재킷을 걸쳤을 때 문을 열고 들어서는 경훈 때문에 무진의 얼굴이 굳었다.

"뭐야, 이제 반기지도 않는 건가?"

"앉으세요."

무진이 홍차 티백을 꺼내 들었다. 뜨거운 물을 붓고 테이블에 잔을 놓은 뒤 경훈의 맞은편에 앉았다. 그러고 보니 오늘 학교에서도 경훈을 보지 못했다. 내일이면 공연 때문에 빈으로 출국을 한다. 일부러 시간을 내서 그를 보러 온 것이다.

"나 권 교수 많이 아껴."

"잘 알고 있습니다."

"그 여자 아직도 만나나?"

"그 여자가 아니라 윤동화 씨입니다."

"권 교수. 무진아."

경훈이 낮게 한숨을 쉬며 얼굴을 쓸어내렸다. 답답함이 가시질 않는지 몇 번이나 더 거칠게 마른세수를 하며 입술을 털었다.

"소문이잖습니까."

"소문이 아니라 사실이야."

"과거입니다."

"권무진."

"지나간 과거 신경 안 씁니다. 그런 말씀 하시러 온 거라면 이만 일어나죠. 더 할 말 없습니다."

"네가 그 추잡한 여자와 만나는 거 나는 못 본다."

경훈은 무진에게 있어 삼촌 혹은 아버지 같은 사람이었다. 열세 살, 처음 만났을 때부터 그랬다. 동화에 대한 소문은 제대로 듣지 못했다. 그저 경훈이 마약 복용과 복잡한 남자관계에 대해 얘기하다 입을 다물었을 뿐이다.

"그 여자와 같이 나락으로 떨어지는 거 못 봐."

"지금은 아니니 됐잖습니까."

"몇 년 얌전히 있었다고 다시 발현되지 않을 것 같아? 마약은 한 번 손대면 끊을 수 없어. 마약 청정국? 웃기지 말라고 해. 이쪽에서 하는 애들은 다 하니까."

무진이 길게 한숨을 내쉬었다. 글쎄, 뭐라고 해야 할까. 동화가 그런 것을 했다고 믿고 싶지 않은 건 아니다. 다만 상관없는 것이다. 동화의 과거가 어쨌든.

"너 다신 나 안 보고 싶은 건 아니지?"

"교수님."

"그 여자와는 끝내. 만난 지 이제 겨우 일주일이지? 그냥 집안 좀 좋고, 인물 반반한 것 정도야. 그런 여자는 내가 얼마든 소개해 줄 수도 있……."

"교수님, 그만하십시오. 더는 듣기 거북합니다. 그리고 저, 윤동화 씨 좋아합니다."

이것은 오기일까? 물론 동화가 헤어질 수 없을 만큼 좋아진 것은 아니다. 그냥, 이런 해맑은 여자라면 곁에 있어도 좋겠다는 생각이 들었다. 그 여잔 결혼이 필요하고 그는…….

"결혼할 겁니다, 윤동화 씨와. 교수님이 주례 봐 주세요."

경훈이 거칠게 머리를 쓸어 넘기며 한숨을 푹푹 내쉬었다. 경훈은 무진을 잘 알고 있다. 한 번 한다고 하면 하는 녀석이다. 아마 지금 목에 칼이 들어와도 할 것이다.

"다 널 위해서 했던 말이야."

"알고 있습니다."

"그 여자가 널 나락으로 끌어내리는 순간 난 무슨 짓이든 할 거다. 아예 JD제약을 날려 버릴 거란 소리야."

알고 있다. 경훈의 집안이 그럴 만한 힘이 있다는 것과, 실제로 그럴 거라는 것을. 무진은 그저 말없이 웃었다. 경훈이 그런 무진을 보며 답답한 듯 또다시 한숨지었다.

결국 경훈과 함께 건물을 나선 시각은 11시가 넘어서였다. 무진은 오른쪽 손목에 걸린 시계를 빤히 바라보았다. 11시 21분. 동화를 만나러 가기에는 너무 늦은 시각이었다. 경훈이 무진의 차를 두어 번 두드렸다.

"이 차 한 5년 됐나?"

"네."

"하나 바꿔 주지."

"아닙니다. 지금도 아무 이상 없습니다."

"결혼 선물이야."

그 말에 무진의 눈이 커졌다. 사실 농담 식으로 주례를 봐 달라 했지만 경훈이 바로 저렇게 말을 할 거라곤 생각하지 못했다.

"프리지아가 꽤 마음에 들었거든. 다음 달에 보자."

경훈이 자신의 스포츠카에 올라탔다. 곧 심장을 울리듯 엄청난 배기 소리와 함께 경훈의 날렵한 차가 멀어졌다. 그것을 바라보고 있던 무진도 차에 올라탔다.

시동을 걸자마자 날카로운 바이올린 소리가 귀를 찔렀다. 사라사테의 '집시의 노래'를 들으면 화려한 기교과 선율이 귀뿐만 아니라 마음까지 찌른다.

진동이 느껴지자 재킷에서 핸드폰을 꺼내 들었다. 액정에 뜬 이름은 정직하다. '윤동화 씨'. 무진의 입매가 잠시 굳었다. 여전히 귀를 찌르는 화려한 선율을 느끼며 소리를 줄였다. 그리고 핸드폰을 귓가로 가져갔다.

"네, 권무진입니다."

—저 바람맞은 건가 봐요?

"고민 중이었습니다."

—고민이요?

핸드폰 너머의 목소리는 뭐랄까, 맑고 청아하다. 그래, 무진은 처음 동화를 보았을 때 그런 느낌을 받았다. 밝기보다는 맑다는 느낌이 정확했다. 동화는 눈이 유난히 컸는데 특히 흰자위가 꼭 어린아이의 것처럼 하얗다 못해 푸른빛이 돌았다. 그 눈이 꽤나 마음에 들었다.

"동화 씨를 만나러 갈지, 가지 않을지."

—하긴, 너무 늦긴 했죠?

"어머니께 만나고 있는 사람이 있다고 말씀드렸습니다."

핸드폰 너머로는 아무 소리도 들리지 않는다. 결혼을 먼저 언급한 건 동화였지만 역시, 부담이 될지도 모른다. 하긴, 경훈의 말처럼 이제 만난 지 겨우 일주일이 된 시점이다.

—순서가 좀 뒤바뀐 것 같아요.

"순서요?"

—원래 여자 집에 인사를 먼저 와야 하는 거 아닌가?

그 말에 무진이 픽 웃었다. 이런 해맑은 여자를 뭐라고 설명해야 할까. 이 여잔 과거의 잔상에서 얼마나 벗어난 것일까. 완전히, 홀연히 털어 버린 것일까? 그래서 이렇게 맑을 수 있는 걸까? 그래, 동화가 다시 나락으로 떨어질 것 같으면 손을 잡아 당기면 된다. 빠지게 하지 않으면 그뿐이다.

"윤동화 씨."

—무섭게 왜 그렇게 불러요?

"윤동화 씨는 날 믿습니까?"

—우리 만난 지 일주일밖에 되지 않았어요. 믿음이 생겼을까요?

무진은 아무 대답도 하지 않았다. 동화 역시 말이 없었다. 하지만 곧 정적을 깨트린 사람은 동화였다.

—하지만 난 무진 씨를 신뢰해요.

낮은 한숨이 터져 나왔다. 믿음과 신뢰가 다른 것이던가? 그건 자신도 모르겠다.

—무진 씨는요?

"난……."

숨을 골랐다. 그리고 아주 낮게, 읊조렸다.

"잡은 손, 놓지 않을 겁니다."

❖　　　❖　　　❖

반쯤 식어 버린 커피 잔을 물끄러미 바라보았다. 새하얀 잔과 대비되는 새까만 커피는 이미 식어 버려 맛이 쓰다. 그 텁텁함에 무진이 저도 모르게 인상을 찌푸렸다. 그때였다. 문이 열리는 소리와 함께 로봇처럼 일을 하고 있던 비서 두 명이 벌떡 일어났다. 자연스레 무진의 시선도 그들이 보고 있는 곳으로 옮겨 갔다. 무진이 자리에서 일어나자마자 하얗고 큰 손이 다가왔다.

"윤성민이네."

"권무진입니다."

"내가 말 놓아도 되겠지?"

"물론입니다."

60대 초반의 남자 손을 잡으며 무진은 생각했다. 타고나기를 그렇게 태어난 사람이라고. 고생 한 번 해 보지 않은 남자라고 결론 내렸다.

"들어가지."

한눈에 알 수 있었다. 그만큼 성민과 동화는 부녀 사이라는 것을 알려 주듯 생김새가 비슷했다. 성민은 그 나이 대에 비해 키가 꽤 큰 편이다. 경훈과 비슷해 보이는 것이 180은 넘는 듯했다. 그래서 동화의 키도 큰 것 같다. 동화의 매끈한 얼굴형은 아무래도 성민이 아닌 어머니를 닮은 모양이다. 그것만 빼고 이목구비는 정확히 성민과 일치했다.

오전에 걸려 온 전화에 무진은 잠시 당황했다. 어차피 오후에 일정이 없기는 했으나 도착해서 성민이 갑작스러운 회의로 인해 잠시 늦는다는 말을 들었을 땐 그저 웃었다. 아마 성민은 그를 시험에 빠트리고 즐기고 있음이 틀림없었다. 그 정도 가지고 기분이 나쁘진 않다. 어쩌면 당연한 수순일지도 몰랐다.

마호가니 원목 소파는 그 값어치에 맞게 가죽조차도 흔치 않았다. 현재 자신이 앉아 있는 소파가 만만치 않은 값을 한다는 것 정도는 무진도 알 수 있었다. 성민은 마호가니 원목을 좋아하는 듯했다. 회장실에 있는 모든 가구가 마호가니였다.

"쿠바산이지."

"그렇군요."

"동화 녀석이 어렵게 구해 준 거네."

"마호가니는 음향성이 좋습니다. 피아노나 기타 같은 악기로도 많이 만들어집니다."

"그렇군."

곧 비서가 들어와 테이블 위로 찻잔을 놓아 주었다. 무진의
시선이 테이블 오른쪽, 즉 성민의 바로 앞에 있는 서류로 향했
다. 그의 사진이 박혀 있는 것을 보니 이미 뒷조사는 다 끝난
모양이었다. 일부러 치우지도, 아니, 그럴 필요성도 느끼지 못
했을 것이다. 성민의 시선이 자연스레 그 서류로 향했다.

"미안하네. 딸이 만나는 남자 정도는 나도 알아야겠다 싶
어서."

"괜찮습니다."

"딱히 의심하는 건 아니네만 동화가 자리에 잘못 앉았을
때 내 딸이라는 걸 알았나?"

"몰랐습니다."

무진의 표정은 언제나 한결같았다. 처음 볼 때부터 지금까
지 그는 조금도 미소를 잃지 않고 있다. 충분히 기분이 나쁠
법한데도 말이다. 성민의 눈빛이 꼭 육식동물의 것처럼 빛이
났다.

"그래, 결혼할 생각인가? 동화는 자네에게 첫눈에 반했다
고 하던데. 뭐, 실물을 보니 그럴 만하군. 칭찬이네."

"감사합니다."

"자네는?"

"결혼할 생각입니다."

"이유가 뭔가?"

"맑아서요."

성민의 눈빛이 끈질기게 따라왔다. 무진은 시선을 피하지 않았다. 성민의 사람을 꿰뚫어 보는 눈빛 따위는 무서운 게 아니었다.

"한때 난다 긴다 하는 인사들 앞에서 연주를 했다더니 담이 꽤 세군."

"그 정도는 아닙니다."

"대학 다닐 시절, 딸이 좋아하던 녀석을 억지로 떼어 놨네."

동화에게 들어 알고 있다. 물론 자세히 들은 건 아니었다. 동화는 그저 스쳐 지나가듯 말을 했을 뿐이다. 맑다고 생각했던 여자의 눈이 그때만큼은 흐려졌다.

"그런 결과를 가져올 줄 알았더라면 그러지 않았을 건데 그랬어."

"과거는 돌아오지 않죠."

"알고 있었나?"

"네. 동화 씨가 약을 먹었다는 것도 알고 있습니다."

처음으로 성민의 표정이 무너졌다. 이제껏 JD제약 수장이었던 남자의 얼굴이 지금은 그저 딸아이를 둔 아버지로 바뀌었다.

"자넬 반대할 생각은 없네."

놀라진 않았다. 하지만 의외라고 생각했다. 한 번 정도는 거절을 당할 거라고 생각했기 때문이었다. 동화는 그때 죽을 생각이 없었다고 말했지만 살면서 실패를 겪어 본 적 없는 성민에게 자식을 잃을지도 모른다는 공포는 생각보다 훨씬 큰 모양이었다.

자신에겐 아버지도 없고, 어머닌 병들어 계신다. 예전에 동화가 만났다는 남자보다 훨씬 못할지도 모른다. 바이올리니스트라는 이름은 그저 흘러가 버린 한때의 영광일 뿐이다.

"동화에 대해 얼마나 알고 있나?"

"무슨 뜻이십니까?"

"대영그룹과 자네, 밀접한 관련이 있던데."

"그저 정경훈 교수님과 오랜 인연이 있을 뿐입니다."

"정 교수가 자네에게 말했겠군. 동화를 둘러싼 추잡한 소문들."

무진은 아무 말도 하지 않았다. 그 침묵이 이미 대답이 된 모양이었다.

"내 딸이라 하는 말이 아니라 정말 마약 같은 건 한 적이 없네."

"네."

"믿는단 소린가?"

"믿지 않으면 어떻게 되는 겁니까?"

문득 무진은 동화가 많이 힘들었을 거라는 생각이 들었다. 저렇게 말을 하고 있어도 성민은 사실 완전히 믿고 있진 않은 것처럼 보였다. 그런 집안 분위기 속에서 동화는 어떻게 연기를 한 것일까.

그 여자는 맑고 활기차 보였으며 순수해 보이기까지 했다. 아니, 이제 이해가 가는 것도 같다. 애초에 사람에게 거는 기대가 없는 것이다. 그래서 맑아 보였던 것이다. 손을 뻗어도 잡히지 않는 것처럼.

눈동자가 흔들리는 성민을 보며 무진은 찻잔을 들었다. 분청사기는 생각보다 무게가 꽤 있었다. 그리고 보이차의 향은 은은했다. 숨기지 못한 작은 한숨 소리가 성민의 입에서 새어 나왔다.

"차 맛이 좋습니다."

"동화에게 선물받은 거네."

"회장님."

성민이 시선을 마주했다.

"전 믿지 않으셔도 됩니다. 동화 씨는 믿어 주세요."

❖　　　❖　　　❖

가끔 겨울의 햇살이 더욱 강렬하게 느껴질 때가 있다. 그 느낌이 좋아 하루에 한 번 정도는 꼭 산책을 한다. 오후 3시, 이때의 햇빛이 괜히 좋았다. 오늘은 바람도 불지 않아 호수의 물결이 잔잔하다. 느긋이 호수 공원을 걸으며 동화가 옆을 보았다.

"무진 씨, 화분은 잘 자라고 있어요?"

"5cm쯤?"

"벌써요? 아, 내 화분은 왜 그렇게 안 자라지."

"따뜻한 곳에 뒀습니까?"

"그럼요. 제 방이 얼마나 따뜻한데요."

"혹시 화분 갈아 주지 않은 거 아니에요?"

그 말에 동화가 아, 소리를 내며 고개를 끄덕였다. 일주일 정도 후엔 분갈이를 해 주라고 했는데 깜빡 잊고 말았다. 집에 가는 길에 화분을 하나 사서 당장 갈아야겠다고 생각했다. 커피나무라고 했던 그 작은 식물은 싱그런 초록빛을 띠고 있었다.

"아무래도 화분······."

자리에 멈춰 선 무진을 보며 동화도 걸음을 멈췄다. 아마도 무진은 한 번에 두 가지 일은 못 하는 모양이다. 핸드폰을 들고 마치 허락을 해 달라는 듯 동화를 보고 있었다. 동화는 슬쩍 웃으며 고개를 끄덕였다.

"여보세요?"

가까이에서 통화를 듣는 건 실례라고 생각했다. 돌아서서 조금 떨어지려고 하는데 무진의 목소리가 들렸다.

"그래, 예진아."

친절한 목소리다. 아니, 무진의 목소리는 늘 친절했다. 목소리뿐만이 아니다. 행동도 친절하고 상냥했다. 그런데 저 목소리는 진심이다. 그저 몸에 배인 그 친절과는 달랐다. 분명 여동생이 없다고 했다. 예진이라는 이름은 98% 이상 여자일 것이다. 궁금증이 일었지만 동화는 30m쯤 떨어졌다.

난간을 잡고 호수를 바라보며 통화를 하고 있는 무진의 얼굴은 무척이나 편안해 보인다. 눈가는 웃음 짓고 있고 고개는 자연스레 끄덕이고 있다. 수면에 반사된 빛이 무진의 얼굴을 더욱 빛나게 해 주었다. 어떤 여자이기에 저런 얼굴을 하는 걸까. 저런 상대가 있음에도 왜 결혼을 하지 않은 걸까. 왜 결혼 상대자로 그녀를 정한 것일까.

무진은 어머니의 건강 때문에 결혼을 결심했다고 했다. 그렇다면 굳이 결혼 상대자가 자신일 필요는 없다. 역시, 사랑이라는 건 괜한 감정 소모일 뿐이라는 것을 누구보다 잘 알고 있는 남자일지도 모르겠다는 생각이 들었다.

무진의 통화가 길어진다 싶었다. 그때 그녀의 핸드폰도 요란스럽게 울렸다. 핸드폰을 보며 한숨을 쉬던 동화가 손가락을 움직였다.

"웬일이야."

ㅡ너 진짜 결혼하니?

영인의 목소리는 금방이라도 핸드폰을 뚫고 튀어나올 만큼 컸다. 물론 무진과는 결혼이라는 것을 할 생각이다. 아직 구체적인 계획은 세우지 않았지만 말이다.

"아마도?"

ㅡ세상에, 웬일이야. 진짜 권무진 씨하고?

"어떻게 알았어?"

ㅡ네가 7층에 올라갔다 왔을 때 알아봤어. 무진 씨 오니까 같이 올라가고. 너희 부모님하고 우리 부모님하고 식사하시는데 네 결혼 이야기 나왔다고 하더라. 우리 엄마 클래식에 껌뻑 죽는 거 알지? 권무진이라는 말에 숨넘어가시겠더라. 딸 하나만 더 있었어도 안 뺏겼다고 말이야. 그 유명하던 시절부터 인성이 좋았다고 난리도 아니었대.

난관에 등을 기대고 있던 동화가 고개를 오른쪽으로 돌려 무진을 보았다. 그는 여전히 웃으며 통화를 하고 있다.

"그렇게 유명한 남자였구나. 잠깐, 우리 부모님? 우리 아빠가 알고 계시단 말이야?"

ㅡ몰랐니? 화요일에 회사로 불러서 잠깐 만나셨다던데?

"뭐?"

오늘은 금요일이다. 그리고 무진은 성민을 만났다는 이야기는 하나도 하지 않았다. 그건 성민 역시 마찬가지였다. 대체 무진을 만나 뭐라고 이야기한 것일까? 설마 또 내 딸에게서 손만 떼면 편히 살게 해 주겠다고 한 것일까?

"끊어 봐, 나중에 전화할게."

영인의 말을 듣지도 않고 통화를 종료시켰다. 그리고 무진을 향해 똑바로 걸어갔다. 거리는 순식간에 가까워졌다.

"그래, 예진아. 나중에 통화하자."

무진이 서둘러 핸드폰을 주머니에 넣으며 동화를 보았다.

"미안해요, 통화가 좀 길어졌어요."

"누군지 물어도 돼요?"

"친구 동생입니다."

"친구? 많이 친한가 봐요?"

무진이 고개를 끄덕였다. 그래, 친밀한 관계라는 건 그 목소리만으로도 알 수 있었다. 그리고 그의 인간관계에 대해 참견할 권리가 없다는 것 또한 동화는 잘 알았다. 하지만 마음에 들지 않는 건 대체 무엇 때문일까? 통화를 하는 상대가 여자라서? 그것도 아니면 그의 다정하고 친절한 목소리 때문에?

"나는 권무진 씨에게 보일 수 있는 패는 다 꺼냈어요."

"알고 있습니다."

"무진 씨는 다 꺼냈나요?"

물끄러미 자신을 보는 무진의 눈빛에 동화가 먼저 시선을 피했다. 왠지 똑바로 바라보는 것이 두려워졌다. 누군가를 대할 때 이런 느낌을 가진 적이 없었는데 말이다. 아주 나직한 한숨 소리가 머리 위로 떨어졌다.

"궁금한 게 있으면 물어요."

동화가 다시 시선을 옮겼다.

"난 묻지 않으면 대답을 하지 않으니까."

"우리 아빠 만났다면서요."

무진이 가볍게 고개를 끄덕였다.

"왜 말 안 했어요?"

"할 필요 없다고 생각해서요."

"왜 할 필요가 없어요? 우리 아빤데?"

"동화 씨."

동화는 자신의 음성이 커졌다는 것을 그제야 인지했다. 괜히 헛기침을 하며 흥분을 가라앉히기 위해 숨을 깊게 내쉬었다. 그러니까 이건 트라우마다. 성민이 또 현균에게 했던 것처럼 무진을 대했을까 봐. 애써 잊고 있던 기억이 다시 살아난 것이다.

"미안해요. 내가 흥분했어요."

그때 동화의 눈에 커다란 손이 들어왔다. 정확히는 손바닥이었다. 무진은 손이 무척이나 크다. 그리고 손가락이 비정상적으로 길어 보인다. 그의 손가락 끝에는 굳은살이 박혀 있었다. 아직 바이올린을 놓지 않았다는 증거였다. 유난히 거칠어 보이는 손을 보며 동화는 왠지 눈물이 나올 것 같다고 생각했다.

"동화 씨."

"네."

"우리, 연애할래요?"

3

어느 멋진 날에

동화는 테이블 위에 있는 나뭇잎을 슬쩍 만졌다. 그녀는 결혼을 하자고 했고 그는 연애를 하자고 했다. 연애 후 실패는 마음이 아프다. 그래서 결혼을 결심했다. 딱히 사랑을 하고 싶은 생각이 없어서 말이다.

"연애요?"

"네. 남들이 하는 그런 평범한 연애를 하자는 겁니다."

무진이 말하는 남들이 하는 평범한 연애란 애정이 섞인 것을 의미했다. 반쯤 얼이 빠진 얼굴로 또다시 '연애?' 라고 되묻는 동화를 향해 무진은 '네, 동화 씨가 생각하는 그런 연애' 라고 답을 했다.

동화는 한참을 괴롭히고 있던 나뭇잎을 놓고 소파에 몸을 완전히 기대어 천장을 바라보았다.

스물여덟 살. 세상을 살면서 연애 경험은 겨우 두 번. 그것도 한 번은 그저 이끌려 다녔던 것뿐이었고, 한 번은 처참한 실패로 끝을 맺었다. 그 뒤로 5년의 공백이다. 누군가는 나이에 비해 연애를 너무 적게 한 게 아니냐고 했고 누군가는 그 정도면 되었다고 했다. 그녀의 집에선 상대가 누가 되었든 다시 시작하는 것을 환영하고 있다.

토요일. 무진은 잠시 다녀와야 할 곳이 있다고 했다. 이르면 일요일 점심쯤 도착할 테니 같이 점심을 먹든, 저녁을 먹자고 했다. 그리고 답을 기다린다는 말도 덧붙였다. 토요일 내내 두문불출하지 않고 방에만 있는 동화를 보며 황 여사는 차마 아무 말 하지 못하고 그저 속만 끓였다. 그것을 알면서도 동화 역시 아무 말 하지 않았다.

그녀의 방문엔 인형이 하나 걸려 있었는데 그걸 뒤집어 놓으면 '방해하지 마시오' 라는 뜻이었다. 금요일에 돌아오자마자 인형을 뒤집어 놨으니 황 여사의 속이 탈 만도 했다.

동화가 슬쩍 눈동자를 굴려 시계를 보았다. 오후 1시 46분.

점심을 먹기엔 늦은 시각이니 무진은 저녁을 먹자고 할 것이다. 투둑, 소리에 고개를 돌리자 빗방울이 쏟아진다. 그리고 동시에 벨소리가 울렸다. 재빨리 손을 뻗어 테이블에 올려두었던 핸드폰을 집어 든 동화는 섭섭함을 숨기지 못하는 얼굴을 했다.

꼭 그의 전화를 기다리고 있었던 사람 같아 스스로 헛웃음이 터져 나왔다. 고개를 절레절레 흔들며 전화를 받았다.

"무슨 일이야."

─언닌, 전화도 꼭 섭섭하게 받는다?

분명 황 여사가 참지 못하고 인화에게 연락을 한 게 틀림없다. 그렇지 않고서야 이런 일요일 날 인화가 전화를 걸 일은 절대 없었다. 남편과의 신혼을 즐기기도 바쁘다며 집에 얼굴도 잘 비추지 않았다. 그저 뭔가 필요할 때만 전화를 걸어 그녀나 황 여사를 들들 볶았다.

"왜? 또 무슨 가구가 필요한데?"

─어머, 그런 거 아니거든? 점심 아직 안 먹었음 같이 먹자. 어때?

"너 어딘데."

─승마장. 우리 스테파니 좀 보러 왔지.

낙마한 경험이 있어 그 뒤로 동화는 말을 쳐다보지도 않았다. 하지만 어렸을 때부터 말 타는 것을 좋아했던 인화는 거의 선수급이나 다름없었다. 실제로 국제 대회에 나가 입상을 하기도 했다.

그 스테파니라는 말도 웜브렛으로 독일에서 직접 수입해 와 성민이 인화에게 선물을 한 것이었다. 어차피 말 종류야 얘기해 줘도 뭔지 몰라 동화는 딱히 관심이 없었다. 인화는 그 말을 선물받자마자 자랑을 해 대느라 정신이 없었지만 말이다.

"스테파니는 무슨. 밥 생각 없어."

—그럼 차라도 마시게 나와.

"용건이 뭔데? 이 귀한 일요일 날 제부 대신 나한테 자꾸 만나자고 하는 이유."

—언제 보여 줄 거야?

한숨을 푹 내쉬었다. 하여간 입 가벼운 황 여사가 문제다. 그러고 보니 무진에게 묻지 않았다. 그 연애를 거절하면 어떻게 되는 거냐고. 우리 인연도 여기서 끝이 나는 거냐고 물어볼 걸 그랬다.

"아직."

—왜? 결혼하는 거 아니야?

"글쎄."

모르겠다. 사실 무진이 그 '연애'라는 말을 꺼내기 전까지는 결혼을 할 거라고 믿어 의심치 않았다. 하지만 지금은 이

관계가 유지될지가 관건이다. 두 사람이 알게 된 지는 이제 겨우 2주가 조금 넘었다. 그동안 다섯 번을 만났고 처음 만났을 때는 결혼을, 다섯 번째 만났을 때는 연애를 말했다.

—무슨 대답이 그래?

"요즘 연애 어떻게 시작하니?"

—뭐? 갑자기 무슨 뜬금없는 말이야?

"요즘 썸 탄다고 하잖아. 몇 번이나 만나고 사귀는지 궁금해서."

—친구들 말로는 세 번 이내에 판가름 안 나면 버리라고 하던데?

세 번이라. 무진은 다섯 번 만에 연애를 하자고 말을 했다. 그럼 버려야 하는 건가? 그래도 첫날 결혼을 이야기했으니 두 번 정도는 봐주기로 해야겠다.

"아니, 결혼 안 해."

—뭐?

"나, 연애할 거야."

핸드폰 너머로 인화의 목소리가 들려왔지만 전화를 끊고 벨소리가 다시 울리기 전에 방 안의 욕실로 들어섰다. 옷을 대충 벗어 던지고 따뜻한 물 아래로 들어갔다.

언젠가 한 번 인화가 말도 안 되는 걸 보고 와서 '사자 입에서 물이 나왔음 좋겠어' 라는 말을 했다. '그런 호텔을 가'

라고 대꾸하고 외출했다 돌아왔는데 실천력이 누구보다 강한 인화가 이미 집 안의 욕실 인테리어를 바꾸어 놓았다.

그 황금 사자 얼굴은 여전히 욕실에 걸린 채 입에서 물을 콸콸 쏟아 내고 있었다. 황 여사는 물을 맞을 때마다 꼭 폭포 밑에 서 있는 느낌이라고 했다. 동화 역시 그 말에 동의를 했지만 크게 불편하지 않은 데다 귀찮기도 해서 바꿀 생각을 못하고 있었다.

정작 인화는 자신의 신혼집은 죄다 모던으로 꾸몄다. 동화가 그것을 보고 언젠간 너희 집을 바로크로 바꿀 거라고 한소리를 했다.

뜨거운 물에 몸을 너무 오래 맡겼다. 아무것도 하지 않고 30분을 그대로 물만 맞고 있었다. 서둘러 샤워를 끝내고 나와 가운을 걸쳐 입고 핸드폰을 드는데 부재중 전화가 세 통 떠 있었다. 하여간 윤인화는 성질이 급하기도 하다며 목록을 확인하던 동화의 손가락이 느려졌다.

두 통은 인화였고 한 통은 무진이었다. 그리고 메시지가 하나 들어와 있다. 재빨리 메시지함을 확인했다.

〈전화를 받지 않네요, 4시쯤 도착할 것 같은데 집 앞으로 갈까요?〉

동화가 잠시 고민을 하듯 잘 손질된 손톱을 살짝 깨물었다. 그리고 이내 손가락을 빠르게 움직였다.

〈동네 들어오는 길에 시그널이라는 카페 있어요. 거기서 봐요.〉

바로 답장이 올 줄 알았다. 그래서 그대로 서 있었는데 5분이 지나도록 답문이 없다. 전화를 걸어야 할까 망설이던 차에 문자가 들어왔다.

〈운전 중이에요. 그럼 그곳에서 기다리겠습니다.〉

뭐랄까. 문자도 왠지 무진답다고 생각했다. 띄어쓰기에 마침표까지 정확하게 찍는다. 운전 중이라면서.

이러고 있을 때가 아니었다. 동화는 재빨리 욕실 옆 드레스 룸 안으로 들어가 화장대 앞으로 섰다. 분주하게 기초 케어를 하고 화장을 하기 시작했다. 평소 잘 먹던 파운데이션이 오늘따라 자꾸 밀리는 느낌이 든다. 무진이 올 때까지 한 시간이 채 남지 않았다. 이럴 줄 알았으면 샤워를 빨리 끝낼걸.

바쁘게 손을 움직이던 동화가 팔을 내렸다. 거울 속의 새하얀 여자는 어딘가 들뜬 얼굴이다. 정말 연애를 이제 막 시작하려는 여자처럼 말이다.

"너 꽤 기분 좋아 보이는구나?"

웃고 있는 거울 속 여자에게 말했다. 그게 연애가 시작되어 좋아 보이는 얼굴이 아니라는 것을 동화는 잘 알고 있다. 사실, 이 집에서 벗어나고 싶은 것이다.

❖   ❖   ❖

동네 입구에 있다지만 비탈길이고 거리가 꽤나 되어서 황여사의 차까지 빌렸다. 금요일에 집에 들어와 쥐 죽은 듯 있던 그녀가 나갈 준비를 하자 황 여사는 아무 말 없이 바로 고개를 끄덕였다.

약속 시간까지 아직 10분이 남았다. 주차를 하고 카페로 들어서기 전 커다란 통유리로 무진의 모습이 보였다. 정신없이 주차를 하는 통에 바로 옆에 무진의 차가 있다는 것도 보지 못했다.

아직 내리고 있는 비 때문에 서둘러 발걸음을 움직이던 동화는 그 자리에 서서 물끄러미 무진을 보았다. 그는 앞에 책하나를 놓고 그곳에 집중을 하고 있었다. 알겠다. 무진은 잠깐 남는 시간도 허투루 보내지 않는 사람이라는 것을.

집중력이 무척이나 좋은 듯 그는 움직임이 거의 없다. 손가락은 그저 페이지를 넘길 뿐이었다. 그때 어떤 여자가 다가와 무진에게 말을 걸었다. 집중력을 잃은 것인지 무진의 손가락이 잠시 허공에서 멈추었다. 그리고 이내 고개를 들어 앞에 서 있는 여자를 보았다.

뭐라 이야기를 주고받는 것도 아니고 여자는 그에게 무엇인가를 내밀었다. 그리고 후다닥 자신의 일행이 있는 곳으로 돌아갔다. 손에 받아 든 것을 펼치지도 않고 있던 무진이 시선을 느낀 건지 고개를 돌렸다. 그때 눈이 부딪쳤다. 동화는 웃으며 발걸음을 옮겨 카페 안으로 들어섰다.

무진이 자리에서 일어나 그녀를 맞이하고 있었다. 방금 전 무진에게 무엇인가를 건네주었던 여자와 그 무리의 시선이 한꺼번에 돌아왔다. 화려한 색조 화장을 하지 않고 기초에 정성을 들인 게 다행이었다. 사실 오늘따라 파운데이션이 밀려 한참 동안이나 두드리느라 무엇인가를 덧바를 생각을 하지 못한 것도 있다.

"일찍 오셨네요?"

"차가 막히지 않아서요."

무진의 앞으로 자리를 잡고 앉았다. 그녀가 앉는 것을 본 후에야 무진이 자리에 앉는다. 그는 주머니에서 손수건을 꺼내 앞으로 내밀었다. 동화는 고맙다고 말하며 손수건으로 살짝 젖어 있는 곳을 닦아 냈다. 손수건에서도 그와 똑같은 은은

한 비누 향이 난다. 그리고 두 사람 옆으로 직원이 걸어와 따뜻한 자스민 차를 놓아 주었다.

"저는 카푸치노로 주세요. 무진 씨는요?"

"같은 걸로 주십시오."

사실 어제부터 제대로 먹은 게 없어 단 커피를 마실까 생각했다. 그런데 왠지 그러면 속이 뒤집어질 것 같아 카푸치노를 선택했다. 진한 아메리카노만 마실 것 같은 무진이 자신과 같은 커피를 선택한 것은 의외였다.

문제는 비어 있는 속이 아니다. 아직 무진이 손에 들고 있는 그 쪽지가 문제였다. 절로 시선이 그의 손으로 향했다. 무진은 왠지 난처한 얼굴을 하고 있다.

"인기 좋으신가 봐요?"

난처할 땐 웃는 게 좋다. 그것을 무진도 잘 알고 있는 모양이다. 아니, 늘 웃는 얼굴이니 이상할 것도 없다.

"그래서 그거 어떻게 하실 거예요?"

무진은 손에 쥐고 있던 쪽지를 테이블 위로 내려놓았다. 그리고 망설임 없이 그녀의 앞으로 내밀었다. 동화보고 알아서 하라는 뜻이었다. 등 뒤로 따끔하게 그 무리의 시선이 꽂히는 것이 느껴진다. 두 사람 사이로 시나몬 가루가 듬뿍 뿌려진 동그란 카푸치노 잔이 놓였다.

"곰곰이 생각해 봤어요."

무진이 손을 뻗어 손잡이를 잡았다. 하얗고 큰 손이라서 그런가? 동그랗고 커다란 카푸치노 잔이 작아 보인다. 그런데 또 새까만 색이라 그런지 그의 손과 잘 어울린다.

"나는 결혼을 하자고 했잖아요. 무진 씨는 연애를 하자고 했고. 제가 그 연애 거절하면 결혼도 물 건너가는 건가요?"

무진이 웃었다. 왠지 모르게 나른해 보인다. 아니, 짙은 피곤이 얼굴에 깔려 있는 것 같기도 하다. 오늘따라 안색이 파리해 보이기도 했다. 카페의 조명 때문에 그런 것일지도 모른다. 그의 눈은 얼굴색과 달리 빛나고 있었으니까. 무진은 스틸 설탕 포장을 뜯고 그것을 모두 부은 뒤 천천히 젓기 시작했다.

"동화 씨는 우리 인연이 끝났으면 좋겠습니까?"

"아뇨."

"저도 끝나지 않았으면 좋겠습니다."

"그럼 제가 연애를 거절하면 결혼한다는 뜻인가요?"

"네."

대답 한번 참 시원하고 간결하다. 연애를 시작하자고 말을 꺼낸 남자의 행동이 맞나 싶을 정도였다.

"동생이 그러더라구요. 요즘 썸을 탈 때 세 번 정도에서 판가름이 난다고. 그 이상 가면 버리래요. 그런데 무진 씨는 다섯 번째 만났을 때 연애를 하자고 했어요."

꽤 재미있는 말을 들은 것처럼 무진의 눈빛이 빛났다.

"좋아요."

정확한 뜻을 모르겠는지 무진이 살짝 고개를 갸웃거렸다. 왠지 그런 무진의 모습이 꼭 커다란 대형견 같다는 생각이 들었다. 개들은 호기심이 일어나면 고개를 갸웃거린다. 그 모습이 닮은 것 같다. 그중에서도 무진은 꽤나 날렵한 도베르만 같았다.

"우리 그거 해요, 연애."

무진의 얼굴에 다시 미소가 번졌다.

"세 번 이상 간을 봤는데 봐주는 겁니까?"

"처음엔 결혼하기로 했었잖아요. 그래서 두 번은 봐주는 거죠. 나 지금부터 공식적으로 권무진 씨 여자 친구 된 거 맞죠?"

"맞습니다."

"그럼 사양 않고."

동화가 테이블 위로 손을 뻗었다. 그리고 쪽지를 집어 들어 펼쳤다. 거기엔 깔끔한 글씨로 이름과 전화번호가 써져 있었다. 차마 이것을 찢어 버릴 수는 없다. 그러기엔 용기를 낸 여자의 노력이 불쌍하지 않은가.

동화는 다시 그것을 접어 주머니 속으로 넣었다. 그런 동화의 행동이 의외라고 생각했는지 무진이 그녀의 손을 물끄러미 보고 있었다.

"앞으론 그냥 받지 말고 거절해 줄래요?"

"그러죠."

"어머, 정말 이런 거 많이 받으셨나 봐요?"

무진은 말없이 그저 웃었다. 그게 긍정의 답이라는 것을 동화는 알 수 있었다. 그러고 보니 그녀는 이런 쪽지를 받아 본 적이 있던가? 있긴 있었다. 대학을 다닐 때. 도서관에서 한 세 번 정도? 그 뒤로는 한 번도 없었다.

"그럼 이제 물어봐도 되죠?"

"뭔가요?"

"이 연애의 끝은 뭐예요?"

무진이 소리를 내며 웃었다. 웃음을 참기가 힘든 건지 어깨가 살짝 들썩이는 것도 같다. 하지만 동화는 웃음이 나오지 않았다. 이곳의 카푸치노 잔은 너무나 무겁고 커서 무진처럼 한 손으로 들기에는 도저히 무리였다. 그래서 두 손으로 잡고 조심히 입으로 가져갔다.

입안 가득 퍼지는 시나몬 향에 거의 서른 시간이 넘게 공복 상태였던 배는 빨리 넘겨 달라 성화였다. 아무래도 설탕을 넣어야 할 것 같았다. 한 모금이 식도를 타고 꿀꺽 넘어갔을 때 무진의 낮고 진중한 목소리가 들렸다.

"이 연애의 끝은 결혼입니다."

❧　　　❧　　　❧

　보통 연애의 끝은 이별 혹은 결혼이다. 동화는 문득 무진이 결혼이라는 것에 대해 무거운 생각을 갖고 있는 게 아닌가 싶었다. 왠지 결혼을 못 박아 둔 느낌이라고 해야 할까? 상대가 굳이 자신이 아니더라도 무진은 결혼을 하고 싶어 하는 것으로 보였다. 역시, 어머니 때문인가?

　차고에서 올라와 정원을 가로질렀다. 무진은 커피를 마실 때도, 밥을 먹을 때도 차분했다. 게다가 시장에서의 경험이 꽤나 충격이었던 모양이다. 커피숍에서는 몰랐는데 밥을 먹고 나서 계산을 할 때 그의 지갑 속에 현금이 가득 들어 있는 게 보였다.

　동화는 고개를 숙여 손에 들고 있는 화분을 보았다. 샛노란 화분은 밥을 먹고 나서 무진이 식당 바로 옆 화원에 가서 사 온 것이었다. 여자 친구에게 주는 첫 선물이 화분이라 미안하다고도 했다.

　사실 동화는 기분이 꽤 괜찮았다. 물질적으로 그녀는 풍요롭다. 한 번도 그런 것에 목마름을 느껴 본 적이 없다. 그래서 어쩌면 이런 평범한, 마음이 고마운 선물이 더 감동적으로 느껴졌는지 모른다.

"이제 오니?"

"동화 와서 좀 앉아 봐라."

내기 골프가 있다며 외출했었던 윤 회장이 일찍 들어온 모양이었다. 보통 그런 약속은 술자리까지 이어져 귀가가 늦었다. 동화는 들고 있던 화분을 잠시 내려 두고 소파로 가서 앉았다.

오늘 저녁은 전복 정식을 먹었다. 무진은 그녀를 보고 좀 많이 먹어 두는 게 좋겠다고 했다. 그래서 두 사람이 먹기에는 다소 많은 양의 음식을 시켰는데 의외로 맛이 좋아 그것을 싹싹 비워 아직도 배가 더부룩한 상태였다. 그녀의 앞으로 과일을 내미는 윤 회장을 보고 살짝 고개를 저었다.

"저 배불러요."

"권무진 씨 만나고 오는 길이냐?"

"만나셨다면서요?"

동화의 목소리가 날카로움을 담고 있었다. 윤 회장도 그것을 모르지 않아 동화를 바라보았다. 황 여사만 가운데에서 안절부절못하고 있었다. 겉이 똑 닮은 부녀지간이지만 성격은 달라 한 번 부딪칠 때면 황 여사의 목숨을 갉아먹을 정도였다.

"그래."

"어디까지 뒷조사하셨어요?"

"전부 다."

"성에 차지 않으셨겠네요?"

윤 회장은 입을 열지 않았다. 그건 그렇다는 뜻이었다. 동화가 낮게 한숨을 내쉬었다. 역시 윤 회장과 오래 대화를 하는 건 피곤하다. 그래, 예전엔 꽤나 살가운 부녀지간이었다. 인화가 질투를 할 정도로 말이다. 하지만 5년 전 그 일 이후 두 사람은 그저 한집에 사는 것일 뿐, 그 이상은 없었다.

"언제 데려올 거냐."

"안 데려와요."

"뭐? 결혼을 할 거면 네 엄마에게도 인사를 시켜야 할 게 아니야."

윤 회장의 시선이 잠깐 황 여사에게로 돌아갔다. 황 여사 역시 무진을 직접 대면하고 싶었는지 눈동자를 빛내며 고개를 끄덕이고 있었다.

"연애를 하는데 무슨 그런 부담을 줘요?"

"연애?"

"네, 저 연애할 거예요. 권무진 씨와."

연애라는 말에 윤 회장과 황 여사는 잠시 얼이 빠진 얼굴을 했다. 이제 스물여덟 살 먹은 딸이 연애를 하겠다는데 그게 그렇게 충격적인 것일까? 어떻게 보면 결혼 적령기일 수도, 요즘 사람들로 따지면 조금은 이를 수도 있다. 물론 이쪽 세상 사람들에게는 늦은 나이일지도 모르겠지만 말이다.

하지만 어차피 이쪽 인간들도 그녀와 결혼할 마음은 다들 없지 않을까, 생각했다. 동화라고 해서 자신을 향한 너저분한 소문들을 모르지 않는다. 말이라는 것은 어느 순간 눈덩이처럼 불어나서 꼬리에 꼬리를 물며 더욱 커져 간다. 지금은 대체 얼마만큼 커졌는지도 알 수 없었다.

그네들 모임이라는 것에 참석도 하지 않았고 그쪽 세계에 있는 사람 중 친하게 지내는 사람은 영인뿐이지 않던가. 그나마 영인이 소문에 휩쓸리지 않고 친구로 있어 주는 것을 고맙다고 해야 하는 걸까.

아니, 한 명 더 있기는 했다. 한양제약의 첫째 아들, 한수호. 고등학교부터 대학까지 같은 출신이라 꽤나 친하게 지냈는데 유학을 간 뒤로 현재는 소식이 끊긴 상태였다. 그 둘을 빼놓고는 모두가 색안경을 끼고 그녀를 보았다.

그러고 보니 수호는 그녀가 현균과 사귈 때 마음에 들어 하지 않았으며 그만두라고 조언도 했었다. 어쩌면 그 자신이 실패 경험이 있었기 때문에 동화와 현균의 뻔할 수밖에 없는 끝을 알고 있었을지도 모른다.

"올라가 볼게요."

"그래. 참, 너 전화 안 된다고 영인이한테 연락 왔더라."

"네."

자리에서 일어나 장식장 위에 올려 두었던 화분을 들고 방으로 올라왔다. 그리고 옷도 갈아입지 않고 분갈이를 해 주었다. 나무가 잘 자라 주었으면 좋겠다 생각하며 따뜻한 곳에 놓아 두고 손을 씻고 나와 핸드폰 충전을 시켰다. 전원이 들어오자 동화는 서둘러 무진에게 문자메시지를 보냈다.

〈들어가고 있어요? 분갈이했으니까 이제 내 나무도 잘 자랄 거예요.〉

메시지를 보내고 내려놓으려는데 바로 벨소리가 울렸다. 무진인가 싶어 핸드폰을 보자 영인의 이름이 떠 있었다.

"응."

—왜 이리 전화가 안 돼.

"배터리가 다 됐었나 봐. 이제 집에 들어왔어."

—제때 좀 하고 다녀라. 수호 들어왔대. 그리고 이 앙큼한 것이 사고 쳐서 결혼하신댄다.

"사고?"

—그래, 혼수 먼저 준비했다고. 왜 옛날에 걔네 집 난리 났었잖아. 그 홀어머니 있다는 여자.

동화가 고개를 끄덕였다. 스물한 살이었던 수호가 첫눈에 반한 여자였다. 그 여자는 모든 것에 열심이었다. 과외, 아르

바이트를 수없이 했으며 몸이 약한 홀어머니를 모신다고 했다. 수호 동생의 과외를 하다 만나게 되었는데 그때 수호의 집안에 들켜 난리가 났었다.

"잘됐네. 그 여자야?"

—그래. 와, 미국까지 가서 만나고 있을 줄은 몰랐다. 그 집에서도 어쩌겠어? 떡하니 배까지 불러서 지금 6개월 넘었다는데.

"뭐야, 한수호 안정기 때까지 기다린 거 아니야?"

—아무래도 그런 것 같아. 집에서 거의 의절당한 수준이래. 선물한댔더니 돈으로 달라더라. 뻔뻔스러운 자식.

"그래? 그럼 나도 현금으로 줘야겠네. 애 낳으려면 돈도 꽤 들 텐데."

—걔 얼마나 뻔뻔한지 알아? 내가 다녔던 조리원도 좀 예약해 달래. 나중에 다 갚는다고.

그렇게 말하고 있었지만 영인은 수호가 해 달라는 건 다 해 줄 것이다. 어려서부터 투닥대는 남매와도 같은 사이였다. 그나저나 수호가 참 대단하다는 생각이 들었다. 한양제약 사람들은 만만치 않아서 수호를 쥐 잡듯이 잡았었다. 아니, 그 여자를 잡은 건가?

"한수호, 성공했네."

자신이 끝내 지고 말았던 그 조건을 수호는 이겨 냈다. 동화는 수호를 향해 박수를 쳐 주고 싶었다. 진심이었다.

❧　　　　❧　　　　❧

의자에 앉아 침대 끝에 걸린 이름표를 보았다. 유근영, 56세. 어머니는 돌아가시기에 지나치게 젊다.

간암은 손쓸 수 없을 만큼 근영의 몸을 잠식해 갔다. 초기에 발견하는 것도 어렵지만 발견하고 나면 거의 대부분이 말기였다. 3개월 만에 근영의 몸이 반절은 가벼워진 것 같다. 침대 옆으로 걸어가 가죽과 뼈밖에 남지 않은 근영의 손을 잡았다. 아직, 따뜻하다.

손길이 느껴진 것인지 근영이 무거운 눈꺼풀을 들어 올렸다. 아픈 사람답지 않게 눈빛만은 반짝반짝 빛이 나고 있었다. 무진이 웃으며 근영의 손을 쓰다듬었다.

"식사 좀 하실래요?"

"먹고 잠든 지 얼마 안 됐어. 데이트하고 왔니?"

"네."

"어떤 아가씬지 궁금하구나."

근영의 말에 무진은 잠시 동화를 떠올렸다. 만났을 때 처음 든 생각은 예쁜 사람이라는 것이었다. 특히나 트여 있는 크고 동그란 눈이 인상적이다. 질이 좋아 보이는 옷차림도,

맑아 보이는 눈도 고생 한 번 없이 자라난 부잣집 아가씨라고 생각했다. 분명 처음엔 그렇게 생각했다.

"예뻐요."

"우리 아들, 얼굴 보는 거였니?"

두 사람이 낮게 웃었다. 근영은 몸을 살짝 돌렸고 무진은 편히 자리를 잡을 수 있게 도왔다. 몸을 완전히 모로 누운 근영이 비가 오고 있는 창밖을 보았다.

"무진아."

"네."

"잘해 줘."

"그럴게요."

"아껴 주고."

"그렇게 할게요."

"믿어 주고."

무진이 고개를 끄덕였다.

"사랑해 주고."

"네."

무진은 왠지 목이 메는 것 같았다. 살아생전 아버지가 늘 하셨던 말씀이었다.

"나는 평생 너희 엄마를 아껴 주고, 믿어 주고, 사랑할 거다."

아직도 귓가에 아버지의 음성이 생생하다. 무진은 언젠가 먼 훗날 결혼을 하게 되어 혹시라도 아이를 낳게 되면 자신도 그렇게 말을 해 줄 거라고 다짐했다. 아버지 같은 사람이 되고 싶었다.

"보고 싶으세요?"

"그 아가씨가 부담스러워하지 않을까?"

"물어볼게요."

"아니야, 부담스러워할 거야. 그러지 마."

근영은 배려가 몸에 배인 사람이었다. 그래서 졸업을 한 뒤에도 근영을 잊지 못해 찾아오는 제자들이 많았는지도 모른다. 하지만 근영은 괜히 제자들에게 걱정을 끼치고 싶지 않다며 사표를 내고 모두와 연락을 끊었다.

"학원에 어머니 찾아온 제자분이 계셨어요. 명함 놓고 갈게요."

"누구라니?"

"예윤성이라고 하네요."

무진이 지갑에서 명함을 꺼내 근영에게 건네주었다. 근영이 고개를 끄덕이며 명함을 받아 손가락으로 쓸었다.

"좋은 회사 들어갔네. 우리 윤성이."

"어떻게 수소문했는지 학원까지 찾아왔어요. 어머닐 많이 그리워하는 것 같았어요."

"그래."

어딘가 그리움이 묻어 있는 근영의 얼굴 표정을 보며 무진이 살며시 미소를 지었다. 병마가 덮치지 않았더라면 근영은 정말 교단에 끝까지 섰을지 모른다.

근영의 눈이 점점 감기고 있었다. 말없이 어깨를 두드리고 근영이 완전히 잠이 들자 시트를 목까지 따뜻하게 덮어 주었다. 그때 문이 열리며 유진이 들어왔다.

"엄마는?"

"방금 잠드셨어."

일이 피곤했는지 유진은 소파에 거의 드러누울 듯 앉았다. 그리고 신발을 대충 벗어 버린 뒤 주먹으로 종아리를 치대기 시작했다.

"밥은?"

"아직. 오늘 응급수술만 세 건이었어. 피는 지긋지긋하다."

"일어나, 밥 사 줄게."

"순대국밥?"

"피는 지긋지긋하다며."

"그거랑 그건 다르지. 아, 옷 갈아입기도 귀찮은데."

그렇게 말하며 유진이 가운을 벗어 던지고 있었다. 무진은 자신의 누빔 재킷을 유진의 어깨 위로 덮어 주었다. 반팔 수술복 차림에 남자 옷을 걸쳤는데도 그게 어색하지 않다. 유진은 근영의 얼굴을 슬쩍 본 뒤 무진과 함께 병실을 나섰다.

병원 앞 즐비한 많은 식당 중 두 사람은 가까운 곳으로 들어갔다. 단골인지 유진을 보고 식당 사람들이 반갑게 맞아 주었다.

"어, 선생님. 식사하러 오셨습니까?"

"그래, 조 선생. 맛있게 먹어."

"네. 이쪽은……."

"아, 내 동생이야."

"동생분도 역시 미남이시네요. 식사 맛있게 하십시오."

멀끔하게 생긴 남자가 유진을 보자마자 일어나 인사를 해왔다. 그리고 무진에게도 인사를 건넨 뒤 다시 자리에 앉아 친구들로 보이는 남자들과 왁자지껄 떠들기 시작했다.

"너 조 병원 알지?"

무진이 고개를 끄덕였다. 전국에 체인을 몇 개나 가지고 있는 커다란 하나의 기업체이지 않던가.

"거기 아들. 덕분에 레지던트임에도 불구하고 거의 황제 취급이야."

마음에 들지 않는지 유진이 입술을 삐죽이며 말을 했다. 순대국밥과 수육이 곧바로 나와 테이블 위에 차려졌다. 밥을 먹고 와서 생각이 없던 터라 무진이 소주를 한 병 시켰다. 유진은 의외라는 얼굴로 무진을 보며 잔에 소주를 채워 주었다.

"누나 마셔도 돼?"

"나 오프야."

유진이 잔을 단번에 비워 냈다. 그리고 정말 배가 고팠는지 고개를 파묻고 국밥을 먹기 시작했다. 그런 유진을 보며 무진은 반찬을 더 가까이 밀어 주고 소주를 마셨다. 쓰고 지독한 알코올 냄새가 코끝을 때린다. 고개를 돌려 창밖을 보았다. 겨울비가 세차게 창을 두드리고 있다.

"그래서? 그 여자한테 완전히 물먹은 거냐? 천하의 조상진이?"

"야, 말도 마. 우리 아버지가 죽어도 JD 먹어야 된다고 난리를 치셨잖냐. 그래도 그렇지, 어떻게 아들을 그런 여자한테 내보내."

"그래도 얼굴은 꽤나 반반하다며."

"예쁘면 뭘 하냐? 손만 뻗으면 바로 다리 벌린다는데."

무진이 인상을 찌푸렸다. 유진은 저런 음담패설쯤은 늘상 듣는 것인지 별다른 반응이 없었다. 물론 평소 같았더라면 무진 역시 아무 반응이 없었을 것이다. 하지만 상진이 말하고 있는 여자는 다름 아닌 동화였다.

"유명했지. 윤동화 못 따먹어 본 놈이 병신이라고 얼마나 소문이 자자했는데. 뭐야, 그럼 조상진 병신 된 거야?"

"야, 병신은 무슨. 좀 아깝긴 해. 그렇게 속살이 죽인다던데. 어디서 약 좀 구해서 줄까?"

"며칠 전에도 어떤 선배가 윤동화랑 호텔에서 질펀하게 놀았다고 자랑 자랑을 해 대더라. 야, 차라리 선 안 본 게 다행이야."

동화가 남자들 사이에서 안줏거리가 되어 가고 있었다. 무진은 잔에 소주를 가득 따라 한 잔 더 마셨다. 그리고 자리에서 일어섰다. 밥을 먹고 있던 유진의 고개가 무진을 따라 자연히 올라왔다. 무진은 상진이 앉아 있는 테이블 앞으로 가서 섰다.

"어? 권 선생님 동생분……."

"윤동화 씨가 약을 하는지 어떻게 아십니까?"

"네?"

"난 윤동화 씨가 지난 5년간 만난 남자가 없다고 알고 있는데 누구와 놀아났다는 겁니까? 그거 근거 있는 말입니까?"

남자들의 눈동자가 불안하게 흔들리고 있다. 그러니까 이 남자들은 정말 그저 동화를 씹는 거리쯤으로밖에 대하지 않는 것이다. 없는 일을 마치 사실인 양 치부하며 그저 놀리고 있다.

"갑자기 왜 이러시는지……. 윤동화, 아니, 윤동화 씨 아십니까?"

"네."

"네?"

"제 여자 친구입니다."

4
◇◇◇◇◇◇◇◇◇◇
돌•이키다

사고를 치고 결혼을 한다고 해도 너무 일찍 식을 잡았다.

역시 아무리 내쳐졌다는 소문이 돈다지만 한양제약 장남의 결혼식이었다. 최대한 빨리 잡은 예식은 호텔도 아닌 일반 웨딩홀에서 치러졌는데 예상보다 훨씬 많은 사람들이 몰려들었다.

친구들 틈에 둘러싸여 행복하게 웃고 있는 수호의 모습을 보니 왠지 웃음이 나왔다. 툭 나온 배를 들이미는 영인을 놀리는 것인지 수호가 동작을 크게 하고 있었다.

"야, 왔다. 여기야, 운동화."

영인이 크게 팔을 흔드는 것을 보며 동화가 다가갔다. 옆에 서 있는 영인의 남편에게 살짝 고개를 숙이는데 수호가 반갑게 동화를 한 번 껴안았다.

"이야, 우리 윤동화. 많이 예뻐졌네?"

"지수 씨보다는 아니겠지."

"그걸 말이라고 해?"

예나 지금이나 수호는 성격이 참 좋다. 괜히 수호의 팔뚝을 한 대 때린 동화가 앞으로 걸어가 수호의 부모님들께 인사를 드렸다.

"아버지께서는 출장 중이라 못 오시고 대신 제가 왔어요. 축하드립니다."

"그래, 우리 동화가 왔구나."

한 회장은 동화를 무척이나 좋아했다. 어렸을 때부터 동화를 보며 우리 집 며느리로 오라고 노래를 불렀었다. 그리고 부인인 양 여사 역시 마찬가지였다.

"사모님 축하드려요."

"고맙구나. 우리 동화가 딱 저 자리에 있었으면……."

양 여사가 그렇게 말하며 신부 대기실 쪽을 바라보았다. 그 바람에 분위기가 바로 가라앉았다. 수호의 표정이 굳은 것도 마찬가지였다.

"이 사람이."

"어머, 내가 실언을 했네. 차린 게 별로 없어. 그래도 많이 먹고 가."

"맛있게 많이 먹고 갈게요. 다시 한 번 축하드립니다."

축의금은 받지 않는다고 미리 말을 해서인지 사람들은 바로 식장 안으로 들어서고 있었다. 동화는 수호의 옆에 서 있는 남자에게 봉투 두 개를 들려 주었다.

"뭐야, 윤동화. 봉투가 왜 두 개냐?"

"하나는 내 거, 하나는 우리 아빠 거."

"아버님께 꼭 감사하다고 전해 드려, 알았지?"

정말 집안의 도움을 받지 못하는 모양이다. 예전 같았음 자존심에라도 받지 않았을 텐데. 집안에 지수와 사귀는 것을 들키고 모든 경제권을 빼앗긴 뒤 수호는 모임에도 아예 참석하지 않았었다. 돈이 없으면 아무것도 하지 못하는 상황에 무력감을 느낀 듯했다. 그럼에도 불구하고 다시 지수와 만나 결혼이라니…….

"한수호, 진짜 축하해. 박수 쳐 주고 싶다."

"나 들어갈 때 많이 쳐."

"동화 씨."

나직한, 허나 은은한 목소리가 뒤에서 들려왔다. 협소한 공간이라 주차하는 데 시간이 걸리자 무진은 먼저 동화를 내려 주었다. 오랜만에 만나는 친구이니 할 이야기가 많을 거라면서. 그래도 꽤 빨리 주차를 한 모양이었다.

"빨리 왔네요?"

"마침 나가는 차가 한 대 있어서요."

"아, 인사해. 이쪽은 권무진 씨. 내 남자 친구야."

수호가 놀란 듯 눈을 동그랗게 떴다. 그것은 옆에 서 있던 수호의 부모님들도 마찬가지였다. 영인은 '어머, 어머'를 외치며 무진의 팔뚝을 때리고 있었다.

"세상에, 무진 씨가 누굴 만날까 궁금했었는데 세상 참 좁죠? 제 친구를 만날 줄이야. 이럴 줄 알았음 제가 진작 다리 놓는 건데 그랬어요. 그럼 옷이라도 한 벌 얻어 입었을 텐데."

하여간 예나 지금이나 영인은 옷에 대한 욕심을 버리지 못한 모양이다. 누구를 소개시켜 줬다고만 하면 그놈의 옷 한 벌 타령이 끊이질 않았다.

"한수호입니다."

"권무진입니다. 결혼 축하드립니다."

"고맙습니다."

얼떨결에 인사를 하면서 수호가 '이 남자는 뭐야?' 하는 눈으로 동화를 바라보았다. 그 수다 좋아하는 영인이 수호에게 아직 말을 하지 않은 모양이다. 의외라는 얼굴로 영인을 보자 입술을 딱 닫고 있는 게 아닌가. 마치 '나도 비밀쯤은 지킬 줄 아는 여자야' 라는 듯이. 무진과 사귀는 게 딱히 비밀은 아니었는데 말이다. 그런 영인이 귀여워 동화는 웃고 말았다.

"어머, 동화 남자 친구 생겼니?"

양 여사가 관심을 보여 왔다. 사실 수호의 결혼식에 무진과 같이 올 생각은 없었다.

영인의 카페에서 만나 이야기를 하던 중 끼어들어 '친한 친구 결혼식인데 무진 씨도 오실 거죠?' 하는 말에 무진이 '저도 가도 되는 겁니까?' 라고 물었다. 거기에 어떻게 오지 말라고 하겠는가. 그래서 같이 오게 된 것이다.

무진은 이 연애의 끝이 결혼이라고 했다. 하지만 일이라는 게 예상한 대로 이루어지는 것은 아니니 그렇지 않을지도 모른다. 특히 그녀에 대한 소문들이 무진에게 어떤 영향을 끼칠지 알 수 없었다.

사실 처음에 그 말도 안 되는 소문이 떠돌아다닐 땐 '곧 가라앉겠지' 라며 무시했었다. 그런데 어느 순간부터인가 수준이 심해졌고 윤 회장과 황 여사는 고소를 하겠다며 길길이 날뛰었다. 그것을 막은 사람은 동화였다.

루머를 퍼트린 사람이 이쪽 인물이라는 것은 명확했고 회사 쪽으로도 연관이 있을 터였다. 윤 회장은 사업하는 사람이었고 동화도 어려서부터 그 모습을 봐 왔다. 괜히 그딴 소문에 아버지에게 피해를 주어선 안 된다고 생각했다. 그리고 어차피 진실이 아니면 그만이라고 여겼다.

약을 먹고 병원에 실려 갔던 게 와전이 되어 마약이 되었다. 사람들은 으레 마약 하면 자연스레 섹스를 떠올렸고, 그로 인해 그녀가 헤프다는 소문이 덧붙여졌다. 늘 그렇듯 사람들은 누군가를 씹어 대기 좋아한다. 그 대상이 있는 한 자신은 타깃이 되지 않으니 말이다. 그런 사람들에게 운동화가 재수 없게도 걸려 든 것이다.

악질적인 소문은 시간이 지날수록 심해졌고, 지금은 돌이킬 수 없는 상태까지 왔다. 영인은 일본 속담에 100번 거짓을 말하면 진실이 된다는 말이 있다더라 하며 저 인간들도 똑같다고 같이 욕을 해 주기도 했다. 하지만 그녀 역시 이쪽 사람들과는 교류가 적었기에 욕을 한다고 해도 크게 상황이 달라지는 것은 없었다.

동화는 영인에게 괜히 자신을 두둔하다 당하지 말라며 그만둬 줄 것을 부탁했다.

여전히 자신을 씹는 무리가 있다는 것을 알고 있다. JD제약이 신약 개발로 어마어마한 주가 상승을 이루자 그 질투심에 더 씹어 대는 것임이 분명하다.

사람들의 열등감이란 원래 막을 수 없는 것 아니던가. 처음에 소문을 잡지 않은 것을 후회하긴 했지만 이젠 신경도 쓰이지 않았다. 주변 사람들만 믿어 주면 되었다.

동화가 무진을 보았다. 무진은 평범한 사람이다. 만약 그녀와 헤어지게 된다면 아마 '그럼 그렇지', 혹은 '저 남자도 돈 보고 접근했겠지'라는 소리를 듣게 될 것이다. 그래서 어제 무진에게 그 말을 했다.

"저에 대한 소문이 안 좋아요. 그래서 무진 씨가 혹시라도 안 좋은 말을 듣게 될까 봐 사실 망설이는 중이에요."

"뭐, 소문은 소문일 뿐이니까요. 동화 씨가 아니라면 상관없잖습니까."

"무진 씨는 절 믿어요?"

"말했잖습니까, 신뢰한다고."

동화는 무진의 눈을 뚫어지게 바라보았다. 아니, 정확히는 눈을 보았다. 처음부터 지금까지 그는 늘 곧은 눈을 하고 있다. 사람을 있는 그대로 볼 뿐 무엇인가를 씌워 보지 않는다.

눈은 마음을 이야기하는 창이다. 동화는 그것을 믿었다.

"안녕하십니까, 권무진입니다."

"난 동화 이모 같은 사람이니까 편히 이야기해요. 그래, 뭐하시는 분이기에 이렇게 예쁜 우리 동화를 낚아채셨나."

"사모님, 수호 결혼식이잖아요. 나중에 제가 정식으로 인사드릴게요."

동화가 양 여사의 관심을 잘라 내었다. 그리고 꽤나 의외
라는 얼굴로 자신을 바라보고 있는 무진의 팔을 이끌어 홀
안으로 들어갔다.

대부분의 사람들이 밖에서 인사를 나누며 서성이고 있었
기에 앉을 자리는 꽤 많이 남아 있었다. 영인은 친구들과 잠
시 인사를 한다며 저쪽으로 멀어졌다.

"이쪽 세계가 좀 좁아요."

"그런 것 같군요."

"앞에선 친밀한 관계를 유지해도 뒤에선 경쟁을 해요. 언
제 잡아먹을 수 있나 기회를 보기도 하고."

약육강식의 시대 아니던가. 오늘 갈고 쓸개고 내놓을 것
처럼 굴어도 내일은 등에 칼을 꽂을지 모르는 사람들이었다.

아무 말 없이 조용히 앉아 있음에도 지나가는 사람들의 시
선이 느껴졌다. 그리고 자기네들끼리 쑥덕거리며 웃고 있다.
무진은 그럼에도 불구하고 태연한 동화의 얼굴을 바라보았
다.

"왜요?"

"보기보다 강한 것 같아서요."

"제가요?"

"네."

"칭찬 맞죠?"

무진이 고개를 끄덕였다. 믿을 수 없다는 얼굴로 그를 가볍게 흘긴 동화는 조명이 어두워지기 시작하자 뒤를 보았다.

곧 식이 시작된다는 안내가 흐른 뒤 차분해진 식장 안에 결혼행진곡이 퍼져 나왔다. 그리고 수호가 지수의 손을 잡고 천천히 버진로드로 걸음을 옮기기 시작했다.

신부 측 부모님이 안 계시다는 말들이 주위에서 웅성웅성 흘러나왔다. 그래서 신랑 신부 입장 전의 일정은 모두 생략한 모양이었다.

신랑 측 자리는 꽉 차 있는 반면 신부 측은 많이 비어 있어 동화는 일부러 그쪽으로 자리를 잡아 앉았다. 그것을 알아차렸는지 무진도 아무 말 없이 그녀의 옆에 앉아 주었다.

새하얀 웨딩드레스를 입고 있는 지수는 무척이나 아름다웠다. 수호 역시 그런 지수에게서 눈을 떼지 못하고 있다. 동화의 입매도 자연히 호를 그렸다. 그러다 문득 기억이 떠올랐다.

양 여사도 자식에 대한 욕심이 보통은 넘었다. 갖가지 말로 지수를 협박했고 결국 두 사람은 헤어졌다. 사실 동화는 수호가 유약하다고 생각했었다. 그녀의 사랑을 말릴 때도 그랬고, 미국으로 쫓기듯 유학을 갈 때도 그렇게 느꼈다.

하지만 정말 유약했던 사람은 수호가 아닌 자신이었다. 결국 수호는 원하는 것을 이루었다.

인정해야 했다. 자신은 태어났을 때부터 쥐고 있는 것을 놓을 자신이 없어 현균을 위한다는 핑계로 다른 한 손을 놓아 버렸다. 정말 그럴듯한 핑계를 대면서 말이다. 결국 모든 것을 버리고 갈 만큼 사랑하지는 않았던 것이다.

고개를 돌리자 무진의 옆모습이 보였다. 무진은 누구인지 잘 모르는 상대임에도 불구하고 주례를 진심으로 듣고 있었다. 그는 주어진 모든 것에 최선을 다하는 사람인 것일까?

문득 그런 생각이 들었다. 무진과 결혼을 하기 위해 모든 것을 포기할 수 있을까? 이제껏 누려 왔던 그 모든 것을?

동화는 왠지 그럴 수 있을지 모르겠다는 생각이 들었다. 자신은 무진을 신뢰하고, 믿음도 생겨 나려고 한다.

아니, 이미 믿음이 생겼을지도 모르겠다. 믿음과 신뢰는 결국 같은 말이니까. 무진을 신뢰한다고 했을 때부터 이미 믿고 있었을지도 모르겠다. 왠지 웃음이 나올 것 같았다.

그녀가 무진에 대해 알고 있는 것은 거의 없다 해도 무방했다. 예전에 유명했던 바이올리니스트였다는 것, 지금은 음악 학원을 운영한다는 것. 그때 눈가에 따뜻한 손길이 느껴졌다.

"마스카라가 번졌어요."

이런, 오늘 화장에 공을 들인다고 했는데 신경을 못 쓴 사이 번진 모양이다. 동화가 고개를 끄덕이며 잠시 자리에서 일어났다.

식장에서 빠져나와 화장실로 들어왔다. 그래도 식장이 거의 호텔과 맞먹는 곳이라서인지 깨끗하고 넓은 데다 드레스 룸도 따로 마련되어 있다.

문을 여니 다행히 아무도 없었다. 자리에 앉아 가방을 뒤지는데 웅성거리는 소리가 들려왔다.

"윤동화 봤니? 아니, 수호 걔는 뭐 그런 애를 안아 주고 그래?"

"놔둬. 그나저나 수호 어머니 배 좀 아프시겠더라. 그렇게 윤동화 며느리로 삼으려다가 실패한 거잖아."

"그러게. 걔는 걸레 주제에 부모 잘 만나서 누릴 건 다 누리고."

"참, 같이 온 남자 봤어? 권무진이더라?"

"봤어. 아니, 그 남자는 또 어떻게 만난 거래? 하긴, 끼리끼리겠다. 정경훈이 그렇게 아긴다며? 엉덩이 대 준다던데?"

"에이, 설마. 그나저나 윤동화 능력도 좋아. 저번 주는 누구랑 호텔에서 뒹굴었다고 난리던데 그 남자는 언제 사귄 거니?"

동화는 왠지 웃음이 크게 튀어나올 것 같았다. 자신에게만 이상한 꼬리표가 붙어 다니는 줄 알았더니 무진도 그런 모양이었다. 그리고 무진이 자신의 생각보다 꽤나 이름을 날렸던 사람이라는 것도 깨닫게 되었다.

하긴, 있는 척을 좋아하는 사람들이다 보니 클래식에 대해서는 죄다 꿰차고 있다.

"대영그룹에서 뒤 봐준다고 난리잖아. 걔 최연소로 콩쿠르 나가서 우승했던 것도 그때 그 지휘자 누구지? 프란츠한테 엉덩이 대 줬던 거라며?"

"남자도 잘생기고 봐야 돼. 남자든 여자든 그냥 홀려서. 하긴, 가진 것도 없는데 천재라고 치켜세울 때부터 알아봤다."

"다들 대영이나 JD 무서워서 앞에서 말을 못 하는 거지. 두 집안 수준 알 만하다, 알 만해. 그나저나 걔 마약은 끊었다니?"

동화가 자리에서 일어났다. 그리고 문을 벌컥 열었다. 동시에 수다가 끊기고 시선이 그녀에게로 집중됐다. 다들 알 만한 얼굴이었다. 동화는 괜히 허벅지를 툭툭 털며 고개를 들어 앞을 보았다.

"아직도 내 질 나쁜 소문이 많이 돌아다니네? 너희가 그렇게 살을 붙이고 다니나 봐?"

다들 눈치를 보느라 입을 다물고 있었다. 이제껏 신이 나서 떠든 주제에 말이다. 동화가 세면대 앞으로 가서 거울을 보며 섰다. 가방을 옆으로 내려 두고 손을 가져가자 따뜻한

물이 흘러나온다.

"참, 지난주에 내가 어디 호텔에 있었대니?"

"어?"

"좀 전에 내가 호텔에서 뒹굴었다며. 내가 누구랑 뒹굴었는지 궁금해서. 나도 그 상대쯤은 알아야지."

"어…… 그게 누가 그래서……."

"그러니까 그 누가 누구냐고. 아무래도 안 되겠다. 나도 곧 결혼하게 될지 모르는데 이제 죄다 명예훼손죄로 고소 좀 하려고."

동화가 거울을 통해 눈동자를 굴렸다. 상인제약의 딸은 원래 뒷말을 하기 좋아한다. 그리고 겁이 많다. 워낙 아버지의 회사가 작고 언제 뒤로 밀려날지 몰라 전전긍긍하기 때문이다.

애초에 이렇게라도 협박을 좀 했어야 했다. 자신이 우스갯소리를 듣는 건 크게 상관없었지만 무진까지는 곤란하다.

"내가 멍청해서 가만히 있는 줄 아나 봐? 너희 모임 필로폰 가지고 논 지 꽤 됐다며? 너희 부모님들이 왜 내 루머에도 가만히 계시는 줄 아니? 우리 아빠가 그거 다 죄다 손에 쥐고 계시거든."

얼굴이 순식간에 새파래지는 게 보인다. 그래, 결국은 자신들의 허물을 감추기 위해 엄한 사람에게 뒤집어씌우는 것이다.

"어머, 정말 나나 우리 집이 몰라서 그냥 멍청히 있는 줄 알았나 봐?"

"저기, 동화야. 그게 그러니까……."

"그러니까 나 건들지 마. 손해 보는 건 내가 아니라 너희들 이야. 갑자기 내가 홱 돌아서 너희 다 검찰에 찌르면 어쩌려고 그래? 이제 소문 좀 내 줄래? 내가 너희들 약점 쥐고 있으니 헛소문 좀 그만 퍼트리라고."

모두들 겁에 질린 얼굴로 고개를 끄덕인다. 하긴, 원래 강 자에 누구보다도 약한 게 이들 아니던가. 피곤하다. 이제 저들 의 밥이 되는 것도 그만하고 싶어졌다. 처음부터 강하게 나갔 으면 좋았을 것을. 괜히 힘을 휘두르는 것 같아 내키지 않았 는데 처음부터 이랬어야 했다.

"갈게. 다음엔 웃으면서 좀 보자, 응?"

사실 이런 식으로 분풀이를 하고 나면 힘이 날 거라고 생각 했다. 하지만 팔다리 끝에 힘이 들어가지 않고 몸이 물을 먹 은 솜처럼 축 처지는 느낌이다. 저도 모를 한숨이 길게 새어 나온다.

홀에서는 피아노 음이 흘러나왔다. 그녀도 잘 알고 있는 엘 가의 '사랑의 인사'였다. 워낙 대중적인 곡이라 보통 결혼 축 하용으로 잘 연주된다고 했다. 자리로 돌아가려고 하는데 무진이 보이지 않는다.

고개를 돌려 보니 무대 오른쪽에 위치한 피아노 앞에 앉아 눈을 감고 있는 무진의 모습이 보였다. 그는 아주 부드럽게 피아노를 치고 있었다. 어떻게 무진이 저기에서 피아노를 치고 있는 것일까. 동화는 그 자리에 우두커니 서서 그 모습을 바라보았다.

그녀는 피아노에 대해 잘 알지 못한다. 연주회나 공연에도 흥미가 없다. 몇 번인가 연주회를 가기는 했으나 그저 그뿐이었다. 그러고 보니 무진의 연주 영상은 찾아볼 생각도 하지 않았다.

하지만 알 수 있는 건 그의 커다란 손이 보기보다 훨씬 섬세한 감성을 지녔다는 것이다. 저도 모르게 웃고 말았다.

무진이 연주를 끝내자 여기저기서 환호가 터져 나왔다. 개중엔 핸드폰으로 영상을 찍는 사람들도 다수 보였다. 그리고 신랑 신부의 퇴장이 이어졌다. 동화는 진심으로 박수를 쳤다. 그건 수호를, 그리고 무진을 위한 박수이기도 했다.

바이올린이나 플룻을 들고 있는 여자들이 무진의 곁으로 가는 게 보였다. 홀에서 아르바이트를 하는 사람들인 것 같았다.

무진은 여자들의 이야기를 들어 주며 고개를 끄덕이기도 하고 젓기도 했다. 그리고 이내 사람들 속에서 동화를 찾아

낸 듯 그 여자들을 물리치고 가까이 다가왔다.

"어떻게 된 거예요?"

"영인 씨가 부탁을 했었어요."

"그래서 나도 모르게 한 거예요?"

"딱히 연습이 필요 없는 곡이니까요."

"그렇게 말해도 돼요?"

"일주일에 한 번 정도는 꼭 치거든요."

"쳐 줄 대상이 있나 봐요?"

무진은 그저 웃었다. 동화는 무진이 연주 봉사라도 다니는 모양이라고 생각하며 그의 팔에 팔짱을 꼈다. 그리고 친구들이 사진을 찍을 순서를 기다렸다.

영인은 다시 웨딩드레스를 입고 싶다며 수선을 떨고, 영인의 남편은 그 옆에서 둘째만 낳으면 또 입혀 주겠다고 호언장담을 하고 있었다.

"친구분들 이제 서 주세요."

그 말에 주위가 시끄럽게 변했다. 수호는 인간성이 좋고 관계도 원만히 잘 맺는 편이었다. 친구들도 굉장히 많아서 수호의 뒤는 자리가 없는 반면 지수의 뒤는 텅 비어 있었다.

동화는 무진을 이끌고 지수의 뒤로 서 주었다. 하여간 이런 때조차도 융통성 발휘를 못 하는 저 인간들이 한심스럽기 그지없다.

사진작가라도 뭐라 할 만하건만 양 여사에게 무슨 말이라도 들은 건지 우물쭈물하고 있었다.

"야, 왜 이렇게 한쪽으로 몰려 있어. 좀 이쪽으로 오고 그래. 몸도 무거운 내가 이렇게 꼭 말을 해야 하니?"

영인이 마치 양몰이 개처럼 사람들을 몰기 시작했다. 다들 떨떠름한 얼굴로 자리를 옮겼고 지수는 영인을 향해 눈으로 고맙다는 인사를 하고 있었다. 결국 만족스럽게 사진을 찍고 나서야 사람들은 식당으로 이동을 하기 시작했다.

"뭐야, 오늘 축하 연주까지 해 주셨는데 같이 안 가실 거예요?"

"동화 씨가 속이 조금 안 좋다고 하네요."

"정말? 너 많이 안 좋아?"

"그냥, 밥 먹을 정도까진 아니어서. 나중에 연락할게."

"그래. 무진 씨, 수호 신혼여행 다녀오면 크게 한턱 쏘라고 할게요. 기대하세요."

영인이 인사를 하며 멀어지자 두 사람은 건물을 빠져나왔다. 뒤로 이어지는 예식들이 많아서인지 주차장은 여전히 꽉 들어차 있었다.

무진은 자연스럽게 문을 열어 주었고 동화는 고개를 살짝 끄덕여 감사 인사를 하고 차에 올라탔다.

"배고프지 않아요?"

"괜찮아요."

무진이 그렇게 말하며 서서히 차를 움직였다. 그리고 곧 도착한 곳은 그녀의 동네 입구였다.

"나 벌써 들어가라고 하는 거예요?"

"얼굴색이 안 좋아요. 들어가서 빨리 쉬는 게 나을 것 같은데."

"저는 무진 씨하고 이야기를 좀 하고 싶거든요."

그 말에 무진이 웃으며 고개를 끄덕였다. 그리고 두 사람이 갔던 카페로 차머리를 돌렸다. 일요일이라서인지 카페는 한산했다.

커피와 조각 케이크, 가벼운 샐러드를 시킨 뒤 두 사람은 아무 말 없이 창밖을 보았다. 어느새 흰 눈이 펑펑 쏟아지기 시작했다. 그것은 꼭 그림 같았다.

"5년 전에 내가 죽었다고 생각했나 봐요."

그 말에 커피를 마시고 있던 무진의 행동이 멈췄다. 동화는 한 손에 포크를 든 채로 여전히 창밖을 보고 있었다. 무진은 잔을 내려 두고 동화가 말을 이어 주기를 기다렸다. 새하얀 눈송이는 무척이나 커서 순식간에 쌓여 갔다.

"그래서 이상한 소문이 퍼지는 걸 알면서도 놔두었어요. 상관없다고 생각했거든요. 중간에 아빠가 손을 쓰려고 했는데 말렸어요. 어차피 유언비어일 뿐이라고. 그런데 어느 날 보니 정말 눈덩이처럼 불어나 있는 거예요. 어떻게 해야 하나 조금 고민도 했었는데 어차피 내가 누군가를 만날 것도 아니라 내 버려 뒀어요. 다행인 건 아빠 회사가 그런 루머에 흔들리지 않는다는 것 정도? 선도 많이 봤어요. 그 이상한 루머에 동조한 남자들 중엔 내게 까인 남자들도 있을 거예요. 무진 씨 만나기 전에 내가 몇 명이나 만나 봤을 것 같아요?"

무진은 처음 동화를 만났을 때를 떠올렸다. 그녀는 정말 그런 자리가 무척이나 익숙한 듯 보였다.

"여섯, 일곱 번째쯤?"

"무진 씨가 스물네 번째 남자였어요."

그 말에 무진이 작게 '오' 소리를 냈다. 동화는 그런 무진의 반응이 재미있는 모양이었다.

분명 화장 때문에 자리를 비운다고 할 때까지만 해도 동화는 꽤나 기분이 좋아 보였다. 그런데 연주를 하고 돌아왔을 때는 얼굴색이 별로였다.

"내 연주가 마음에 들지 않았습니까?"

"아뇨. 좋았어요. 바이올린을 켜면 더 섬세할 거라고 생각했어요. 그렇다고 해서 피아노가 섬세하지 않았다는 건 아니에요. 그만큼 좋았으니까 원래 더 잘할 수 있는 악기를 만지면 어떨까 하고 생각한 거지."

기본적으로 동화는 어떻게 말을 하면 상대편의 기분이 좋을지를 잘 알고 있는 사람 같았다. 무진은 동화의 칭찬에 대한 감사의 인사로 그녀가 그랬던 것처럼 고개를 살짝 끄덕여 보였다.

"화장실에서 저에 대해 험담하는 애들을 짓눌러 줬거든요. 거기다 경고까지 했어요. 언젠가 한번 기회가 되면 그럴까 했는데 정말 하게 될 줄은 몰랐어요. 시원할 줄 알았는데 의외로 마음이 더 무거워요."

"왜 마음이 바뀌었어요?"

"어떤 1%가 내 마음을 움직였어요."

"어떤 1%가 뭐였는지 물어도 됩니까?"

드디어 동화가 창에서 시선을 돌려 무진을 바라보았다. 여러 감정이 섞인 동화의 표정은 새침해 보이기도 했다. 정말 외형은 꼭 공주처럼 느껴졌다.

"권무진이요."

무진이 살짝 눈을 크게 떴다.

"내가 그런 이야기 듣고 이상한 취급당하는 건 괜찮은데 무진 씨를 그러면 안 되겠다는 생각이 들었어요."

"그렇습니까?"

"혹시라도 이 남자 나와 헤어지면 굉장히 억울하겠다, 이런 생각 들었거든요."

무진이 픽 웃으며 살짝 고개를 숙였다. 그리고 다시 고개를 들었을 때 동화의 시선은 창밖으로 향해 있었다. 무진도 눈이 내리는 바깥 풍경으로 시선을 옮겼다.

"무진 씨도 이상한 소문 많이 돌던데요. 정말 질 낮은. 그래서 생각했어요. 아, 이 남자 이래서 별 상관없다고 했었나?"

"그랬을지도."

무진이 씁쓸하게 웃으며 말했다. 그런 무진을 보며 동화가 고개를 한쪽으로 살짝 기울였다.

"사실 어떤 루머가 돈다고 해도 본인만 떳떳하면 괜찮다고 생각했거든요. 설마 떠도는 그 이야기들이 사실인 건 아니죠?"

"의심했었습니까?"

"설마요."

농담 식으로 말하고 있었지만 동화가 진심이라는 것쯤은 무진도 알 수 있었다.

무진도 제법 유명세를 타던 사람인지라 별별 많은 이야기가 떠돌았다. 특히나 클래식계에서 동양인이 무시를 당하는 건 꽤나 흔한 일이었다.

그래서 그가 겨우 열여섯 살의 나이에 3대 콩쿠르를 전부 석권하자 많은 말들이 쏟아져 나왔다. 마이스트로 혹은 심사위원에게 몸을 대 줬다는 말들도 심심찮게 나왔다.

아예 그렇지 않은 연주자들이 없는 것도 아니었다. 그래서 이상한 루머에 꽤나 힘이 실린 모양이었다.

경훈이 중간에서 눌러 보았지만 한번 퍼져 버린 소문은 꾸역꾸역 사람들의 입을 타고 흘러 나갔다. 겨우 소문이 잠식된 건 그가 그 세계에서 사라지고 난 뒤였다. 물론 악질적인 말들은 여전히 사람들의 입을 통해 흘러 다니고 있다.

"저도 직접 보지 않는 이상 믿지 않는 편이라서요."

"아니, 동화 씨는 그냥 기대치가 없는 거죠."

동화의 시선이 느껴졌다. 하지만 무진은 고개를 돌리지 않았다.

"그런 사람이에요, 동화 씨는."

무언가 반박의 말이라도 있을 줄 알았다. 하지만 동화는 말없이 케이크를 크게 떠서 입으로 가져가고 있었다. 무진은 자신 몫의 케이크 조각도 동화의 앞으로 밀어 주었다.

진득한 레어 치즈케이크가 입안에 들러붙는지 표정이 좋지 못했다. 그래서 무진은 아이스 아메리카노도 한 잔 시켜 주었다.

결국 제대로 삼키지도 못하고 있던 동화는 아이스 아메리카노를 쭉 들이켜고야 포크를 놓았다.

첫눈은 결국 폭설이 되었다. 카페 주인은 차를 두고 가는 게 좋겠다고 말했다. 그래서 결국 두 사람은 비탈길을 천천히 걸어서

오르기 시작했다.

동화는 힐을 신고 있어 아직 빙판길이 아닌데도 미끄러워했다. 그래서 자연히 잡고 있는 무진의 손에 힘을 많이 줄 수밖에 없었다.

무진은 그녀의 손이 아프지 않게 잡아 주다 이내 안 되겠던지 그녀의 어깨를 감싸 쥐었다.

"기분 나쁘면 뗄까요?"

"아뇨, 기분 안 나쁜데."

한 손엔 우산을, 한 손엔 그녀의 어깨를 쥐고 무진은 아주 천천히 걸음을 옮겼다. 생각했던 것보다 동화는 훨씬 말랐다. 두꺼운 코트를 입고 있었지만 손에 쥔 그녀의 어깨는 무척이나 작아서 힘을 조그만 주어도 바스라질 것만 같다는 생각이 들었다.

"무진 씨."

"네."

"무진 씨는 시간을 돌이키고 싶은 때가 있어요?"

무진은 말을 하지 않고 그저 물끄러미 동화를 바라보았다. 하지만 걸음은 멈추지 않았다. 그녀를 배려해 아주 천천히 움직이고 있는 발걸음에서 무척이나 배려가 능숙한 사람이라는 것을 느꼈다.

"오늘 처음으로 시간을 돌이킬 수 있다면 그러고 싶단 생각을 했어요."

"동화 씨는 돌이킬 수 있다면 5년 전으로 갈 건가요?"

"아마도. 무진 씨는요?"

"안 갈 겁니다."

나직하지만 힘 있는 목소리였다. 그래서 동화의 걸음이 멈추고 말았다. 자연스레 무진의 발걸음도 멈췄다.

새하얀 눈은 소리 없이 주위를 잠재우고 있다. 오로지 새까맣고 커다란 우산 사이에 마주 보고 서 있는 두 사람만이 살아 움직이는 듯했다.

세상의 모든 색채가 두 사람을 빼놓고 새하얗게 물들고 있었다.

"돌아가 봤자, 바꿀 수 없을 테니까요."

무진의 음성이 너무나 처연하고 서글퍼서 동화는 아무 말도 할 수 없었다. 무진이 다시 그녀의 어깨에 힘을 주고 천천히, 아주 천천히 발걸음을 옮기기 시작했다.

"왜 바꿀 수 없다고 생각해요?"

"어떻게 행동하든 결과는 같을 테니까요."

"무진 씨가 바이올린을 관둔 것과 관련이 있어요?"

이번엔 무진의 발걸음이 멈추었다. 동화는 일순 긴장해서 추위에 웅크리고 있던 허리가 빳빳이 서는 느낌이 들었다. 가까이에서 바라보는 무진의 눈동자는 새까맣고 커다랗다.

꼭 별을 마주하고 있는 듯했다.

그리고 동화는 후회했다. 정말 가볍게 물은 것뿐이었는데 별빛 같다고 생각했던 무진의 눈에서 절망이 비쳤다.

5

버리고 싶은 것들

사람의 호기심이라는 건 때로는 위험할 수도 있다. 무진의 눈빛에서 그 위험을 감지했다. 무진은 무엇인가 말을 하려고 했지만 동화는 그를 막았다. 아직은 그의 내면의 어두움을 알고 싶지 않다.

글쎄, 늘 여유가 넘치는 것 같았던 사람의 눈빛이 심연의 끝을 향하고 있는 느낌이었다.

"사장님, 상품에 앉지 말라고 몇 번을 말씀드려요. 그리고 왜 그리 하루 종일 한숨을 내쉬세요."

그 말에 소파에 기대어 손잡이를 톡톡거리고 있던 동화가 생각에서 깨어났다.

세상은 지난 주말에 내린 눈의 여파로 아직 새하얗게 물들어 있다. 차도나 인도는 깨끗하게 치워져 있지만 그 이외의 세상은 흰빛과 회색빛으로 얼룩졌다. 동화는 왠지 그게 무진 같다고 생각했다. 처음엔 그저 하얗고 맑다 생각했는데 나중에 알고 보니 회색빛도 있는 사람이었다.

그래, 왜 그가 바이올린을 그만두었는가에 대해 심각하게 생각을 해 보지 않은 것일까.

요즘 세상은 정보의 사회다. 그저 권무진이라는 이름만 쳐도 그에 대한 기사 혹은 자료를 담고 있는 블로그들이 수두룩 쏟아져 나왔다. 사실 노트북 화면을 보며 동화는 조금 당황하기도 했다. 생각했던 것보다 무진은 클래식계에서 훨씬 큰 거물이었다. 하지만 그가 왜 갑자기 사라져 버렸는지에 대해서는 수많은 추측만 있을 뿐 딱히 명확한 이유가 없었다.

경훈이나 유명 지휘자들과의 루머도 그가 바이올린에서 손을 놓게 했다는 이유에 들어가 있었다. 하지만 동화는 그건 아니라고 생각했다. 그는 그런 루머에 흔들릴 만큼 약한 남자가 아니다.

포스팅된 글들을 보다 한 기사에서 멈추었다. 갑작스런 아버지와 친구의 죽음에 관한 이야기였다. 이것이 이유가 될 수도 있겠다고 생각했다. 아무리 화제가 된 이야기라지만 누군가의 상처일 수 있는 얘기를 쉽게 떠들다니. 동화는 그대로 노트북을 닫았다.

누군가의 죽음이라는 것은 쉽게 볼 수 있는 사안이 아니다. 그리고 그걸 쉽게 물어볼 수 있는 사이도 아니다. 두 사람은 이제 겨우 시작하기로 한 사이가 아니던가. 동화는 무진이 입을 열 때까지 기다려 주기로 했다. 자신이 딱히 인내심이 없는 사람이 아니라는 것을 잘 알고 있었기 때문이었다.

"날라리 사장아, 상품에 그만 좀 앉으라고."

경진의 말에 동화가 한숨을 푹 내쉬며 소파에서 일어났다. 그리고 등받이를 손등으로 슥 쓸었다.

"이 소파 좋다."

"그렇지? 들여올 때 고생 좀 했어. 가죽색 내기 힘들었다고 얼마나 말이 많던지. 맞다, 핸드폰 계속 울리더라."

그렇게 말하며 경진이 보관 창고가 있는 곳으로 사라졌다. 동화는 테이블로 걸어가 가방에서 핸드폰을 빼내 들었다. 영인의 번호만 여섯 통이 찍혀 있었다. 막 전화를 걸려던 차에 다시 진동이 울렸다.

"너 숨넘어가겠다?"

─전화를 왜 이렇게 안 받어! 야, 대박. 내가 속이 다 시원해서. 너 애들한테 제대로 한 방 먹였다며? 너희 아버지, 바

로 이야기 싹 돌렸나 봐. 애들이 아예 너에 대해서 입도 못 열더라. 야, 그러니까 진작 하자고 했잖아.

그녀는 집에 가서도 딱히 크게 이야기를 하지 않았다. 그저 무표정하게 윤 회장을 바라보며 '이제 소문 지겹네'라고 했을 뿐이다. 그 말에 윤 회장의 눈빛이 번뜩 빛났다. 그녀의 말에 함축되어 있는 뜻을 알고 바로 사람들을 시켜 지시를 내렸을 것이다.

사실상 JD제약은 국내에서 가장 크고 세계에서도 손꼽히는 회사다. 그곳의 수장이 딸의 루머 하나 일축시키지 못한다며 꽤나 비난도 받아 왔을 것이다. 하지만 윤 회장은 그 일을 기점으로 5년 동안 늘 동화의 눈치를 살폈다.

"아빠가 나 때문에 고생 좀 하셨지."

―뭐야, 철들었니?

"나 전화 또 들어와. 해결해야 할 문제 있어서."

―나 오후에 카페 나갈 건데 올 거야?

"생각해 보고."

영인이 뭐라 투덜대는 소리가 들렸지만 바로 전화를 연결했다. 걸려 온 전화는 중고 매매상이었다. 그녀가 차를 직접 처리하고 싶어 하는 것을 알고 황 여사가 연결을 시켜 준 것이다. 하지만 동화는 그 차를 팔지 않기로 결심했다.

"아뇨, 폐차시켜 주세요."

─네?

"가져가 봤자 또 고장 날 거고. 산 사람은 속았단 생각 들지 않겠어요?"

─아, 알겠습니다.

전화를 끊고 창밖을 보았다. 사실 그 차를 팔지 못한 건 돈을 아끼거나 남들의 눈치를 봐서가 아니다. 그 차엔 추억이 어려 있었다.

그 차로 연수를 받았고, 현균을 만났다. 현균의 연수도 그 차로 했다. 그 차에서 첫 키스를 했고, 그 차로 여행도 다녀왔다. 수많은 추억이 묻어 있어 무리를 해서라도 고쳐 탔다. 그래, 결국 떠나보내지 못하고 있던 것이다. 이제야 미련스레 잡고 있던 추억을 흘려보내기로 했다.

가방을 주섬주섬 챙기는 동화를 보며 경진이 보관 창고에서 나와 혀를 찼다. 그런 경진을 향해 동화는 픽 웃고 말았다.

"하여간 진짜 날라리 사장이야. 뭐 가게에 붙어 있을 때가 없어."

"참, 우리 연봉 협상해야 하지? 10% 올릴게."

"뭐?"

"왜?"

"무슨 10%씩이나 올려."

"우리 경진 씨가 열심히 뛰어 준 덕분에 실적 정말 좋더라. 아빠도 칭찬하시던걸? 참고로 우리 경진 씨에게는 어마어마한 포상이 기다리고 있을 거야."

그렇게 말하며 동화가 경진의 엉덩이를 툭툭 두드렸다. 이거 직장 내 성희롱이라며 경진이 펄쩍 뛰었지만 기분은 좋아 보였다. 동화가 내일 보자는 말을 하며 문을 열고 가게를 나섰다.

차가운 칼바람이 얼굴을 때렸다. 오후 4시 40분. 아직 저녁을 먹자고 말을 하기 애매한 시간이다. 동화는 천천히 걷기 시작했다.

크레마 7그램까지는 걸어서 약 10분 정도가 걸린다. 동화는 잠시 무진의 스케줄을 떠올렸다. 수요일은 강의가 없고, 학원 수업도 많지 않다고 했다. 저녁에 제법 한가하다는 소리를 들었는데 연락을 해도 될지 잠시 망설여졌다. 결국 동화는 먼저 크레마 7그램에 들러 커피 네 잔을 테이크 아웃해 엘리베이터에 올라탔다.

정말 수업이 없는 건지 흔한 피아노 소리도 들려오지 않았다. 커다란 통유리의 안을 슬쩍 보았지만 사람의 흔적이 없다. 설마 잠긴 건 아니겠지 하며 문고리에 힘을 주자 유리문은 쉽게 열렸다.

그때 막 원장실에서 나오는 무진의 모습이 보였다. 흰 셔츠에 얇은 검정색 니트를 받쳐 입고 있어서인지 오늘따라 무진의 모습은 더욱 깔끔해 보였다. 악보를 보며 나오던 무진이 시선을 느꼈는지 고개를 들었다.

"동화 씨."

무진의 얼굴엔 반가움이 묻어 있었다. 아니, 그게 그녀의 착각이라도 상관없다. 그녀는 지금 연인의 직장에 무작정 찾아온, 어찌 보면 불청객일 수도 있었다. 우선 인상을 찌푸리지 않은 것만 해도 어디인가. 동화가 손에 들고 있는 캐리어를 흔들었다. 무진이 가까이 다가오며 그녀의 손에서 캐리어를 받아 들었다.

"네 잔?"

"혹시 다른 사람이 더 있을까 싶어서 사 왔는데, 없네요?"

"조금 전에 다 끝났거든요. 점심 언제 먹었어요? 조금 이르지만 저녁 먹을까요?"

"그럼 커피를 마시고 저녁 먹으러 가요."

고개를 끄덕이며 무진이 동화를 원장실로 안내했다. 그의 학원에 올라온 건 두 번째지만 원장실에 들어온 건 처음이었다. 원장실은 무진의 모습만큼이나 깔끔했다. 대체적으로 모든 장식장이 유리로 되어 있었다. 검정색의 소파를 빼놓고는 모든 것이 투명하다고 봐도 무방할 정도였다.

"카푸치노, 아메리카노, 캐러멜 마끼아또, 카페 모카. 어떤 걸로 드실래요?"

"아메리카노로 하죠."

그 말에 동화가 아메리카노를 들어 무진의 앞으로 내밀었다. 그리고 잠시 고민을 하는 동화의 앞으로 무진이 카푸치노라 적힌 잔을 놓아 주었다.

"뭐예요?"

"카푸치노 좋아하는 것 같아서요."

"정확히는 시나몬 향을 좋아해요."

"꼭 기억해 둘게요."

이미 기억하고 있으면서. 동화는 그런 무진의 반응이 좋았다. 무진이 먼저 뚜껑을 열었다. 아메리카노는 막 만들어졌다는 것을 알려 주듯 뜨거운 열기를 뿜어 내고 있었다.

동화도 그가 한 것처럼 뚜껑을 열었다. 풍성한 거품은 아직 죽지 않았고 시나몬은 그 위를 덮을 만큼 가득 뿌려져 있었다.

"교수님, 목도리 가지러 다시 왔어요. 저희 이만 가 볼……어? 손님 와 계셨네요?"

"이 커피 가져가서 먹어요, 친구하고."

무진이 그렇게 말하며 남은 두 개의 커피를 여학생들 손에 쥐어 주었다. 여학생들은 감사하다는 인사를 하고 고개를 꾸벅 숙인 뒤 원장실 문을 닫았다.

"다행이네요."

"네?"

"커피, 낭비하지 않아도 돼서."

무진의 학원은 온통 유리로 되어 있어 엘리베이터를 기다리는 여학생들의 모습까지 볼 수 있었다.

짙은 남색 교복을 입고 발을 동동 굴리며 웃는 여학생들은 딱 그 또래의 모습을 하고 있다. 딱히 꾸밈이 없어도 가장 예쁠 때였다.

"학생한테도 말 안 놓나 봐요?"

"음, 서로 존중하는 관계니까?"

"그럼 저하고도 계속 안 놓을 건가요?"

"불편해요? 놓고 싶으면 동화 씨는 그렇게 해요."

"거리감 느껴진단 생각은 안 들어요?"

그 말에 무진이 살짝 고개를 왼쪽으로 기울였다. 그럴 때마다 정말 커다란 개가 생각나 동화는 자꾸 웃음이 나올 것 같았다.

"왜 웃어요? 내 모습이 재미있나?"

"음, 뭐랄까. 고개를 갸웃거리는 모습을 보면 꼭 커다란 강아지 같아서요."

"강아지?"

처음 들어 보는 말인 듯 무진이 또다시 고개를 갸웃거렸다. 그러니까 날카롭게 생긴 것과는 다르게 무진은 눈빛이 좋은 사람이었다. 어쩌면 그래서 그런 생각이 들었을지도 모르겠다.

"커피나무는 잘 크고 있어요?"

"네. 이름도 지어 줬어요. 봉봉이."

"봉봉이?"

"네, 퐁퐁 솟아나라고. 그런데 어감이 퐁퐁이보다는 봉봉이가 더 좋은 것 같아서요. 무진 씨 나무는요?"

"잘 크고 있어요."

무진은 딱히 이름을 짓지 않은 모양이었다. 하긴, 남자들이 애착을 갖는 물건은 차 아니면 시계가 다라고 하지 않던가. 그녀처럼 이름을 짓거나 하지는 않을 것이다. 실제로 봉봉이라는 이름을 듣고 무진은 픽 웃었다.

"참, 저녁 뭐 먹을래요? 초밥? 차가운 날엔 회가 맛있다고 하던데. 회 정식 먹을까요?"

"아무거나 좋아요. 사실 오늘 일어나서 먹은 게 토스트 한 조각뿐이거든요."

"이런, 서둘러야겠네요."

무진이 자리에서 일어나며 짙은 갈색의 캐시미어 코트를 걸쳐 입었다. 그리고 머플러를 목에 매려다 동화를 보았다. 그녀는 허리끈을 묶는 코트를 걸쳐 입고 있었다. 안에는 짙은 블라우스를 입었는데 왠지 목이 허전해 보였다. 무진은 자신의 머플러를 동화의 목에 걸쳐 주었다.

커다랗고 섬세한 손이 움직이는 모습을 동화는 물끄러미 보았다. 사실 그녀는 추위를 많이 타지 않는다. 그래서 남들이 으레 하고 다니는 머플러나 스카프는 잘 하지 않았다. 그게 무진은 신경이 쓰인 모양이었다.

"나 추위 많이 안 타요."

"내가 추워 보이니 하는 걸로 해요."

동화가 고개를 끄덕였다. 이런 배려 정도는 받는 것도 나쁘지 않다.

두 사람은 커피를 손에 쥐고 학원을 나섰다. 멀지 않은 곳이라 걸어가도 된다는 말에 동화가 작게 대답했다. 어차피 오늘은 플랫워커를 신고 있었고 길도 미끄럽지 않았다. 가게에서 여기까지도 씩씩하게 걸어왔다.

그러고 보니 무진을 만나고 굽 없는 신을 신은 건 처음이었다. 엘리베이터는 거의 거울처럼 두 사람의 모습을 비추고 있었다. 생각보다 두 사람의 키 차이가 꽤 되었다. 그녀의 정수리는 무진의 코끝에 겨우 닿을 듯 말 듯 했다.

"무진 씨는 키가 얼마나 돼요?"

그 말에 무진이 잠시 당황한 표정을 지었다. 그러다 이내 기억을 떠올린 듯 고개를 끄덕였다.

"184cm쯤?"

"그게 언제 잰 건데요?"

"군대 들어갈 때?"

"군대도 다녀왔어요?"

"정확히 말하자면 완벽한 군 복무를 한 건 아니었어요. 콩쿠르 입상자라 군사 훈련만 받고 끝났어요."

"남자들은 군대 가서도 큰다던데. 우리 오빠가 184인데 무진 씨가 더 큰 것 같거든요."

상화도 비율이 좋은 편에 속했다. 그런데 무진에 비하면 상화는 그냥 평범하기 이를 데 없다. 동화는 키를 가늠해 보듯 손을 위로 올렸다. 아무리 생각해도 상화가 무진보다 작을 것 같았다.

"그럼 제가 더 컸나 보네요."

별거 아니라는 듯 무진이 도착한 엘리베이터에 올라탔다. 동화가 무진의 옆으로 서며 1층 버튼을 눌렀다.

"동화 씨는 키가 어떻게 되는데요? 큰 편 같은데."

"169? 170?"

"더 큰 것 같은데, 그보다는."

"칭찬인가요?"

"글쎄요."

"칭찬이라고 생각할게요. 비율 좋아 보인다는 뜻이니까."

엘리베이터에서 내려 밖으로 나서기 전 동화는 잠시 생각을 했다. 나란히 걷는 것보다는 팔짱을 끼는 게 모양새가 좋아 보이지 않을까 생각해서였다. 따라오지 않는 동화가 이상했는지 무진이 자리에 멈춰 서서 뒤를 돌아보았다.

"제 걸음이 빨랐습니까?"

"아뇨, 고민했어요. 나란히 걸을까, 팔짱을 낄까."

그 말에 무진이 팔짱을 끼우라는 듯 왼쪽 팔을 슬쩍 들어 공간을 만들어 주었다. 동화는 무진의 옆으로 가서 팔짱을 꼈다. 그러면서 생각했다. 이런 가벼운 스킨십 정도는 앞으로 고민하지 않고 하고 싶다고.

"무진 씨."

"네."

"부탁이 있는데 밥 먹기 전에 같이 가 줄 수 있어요?"

"어딘데요?"

"케케묵은 내 추억을 버리는 데 동참해 줘요."

어떤 것을 물어도 성심성의껏 대답을 해 주었을 것이다. 하지만 무진은 그녀가 폐차장에 와 고철값을 받는 것을 보았음에도 아무 말 하지 않았다. 그저 묵묵히 옆에 서서 그 자리를 지켜 주었을 뿐이었다.

눈앞에 화려한 회 정식이 차려졌다. 하지만 두 사람 중 누구도 먼저 젓가락을 들지 않았다. 먼저 움직인 것은 무진이었다. 도자기로 만들어진 잔에 소주를 따라 주고 자신의 잔에도 따랐다.

"혹시 소주 안 마시나요?"

"아뇨, 잘 마셔요."

가게 직원들과 회식을 하러 제일 잘 가는 곳이 곱창집이라고 하면 무진은 놀라지 않을까. 누군가는 그녀를 보고 있는 집 자식이 그러지 않은 척하려 애를 쓴다고 했고 누군가는 그럴수록 거리감이 더 생긴다고 했다.

물론 친한 사람들은 처음엔 그랬지만 지금은 그렇지 않다고 말을 해 주었다. 어쩌면 그래서 경진이 더 고마운 것인지도 모른다. 고등학생 시절 만났지만 정말 해맑은 친구라 '재벌이라고? 그럼 나야 더 땡큐지' 하며 웃어 주었다.

그녀에게 그때까지 친구란 딱 두 분류였다. 하나는 어려서부터 부모님들에 의해 알고 지냈던 친구, 다른 하나는 그녀의 배경을 보고 다가오는 친구.

경진은 둘 중 아무것도 아니었다. 간혹 가다 '역시 넌 재벌 딸이야'라고 말하긴 했지만 딱히 그녀에게 금전적인 것을 바란 적도 없었다.

집안 형편으로 대학에 가기 힘들어졌다는 말에 동화는 한 대 맞을 각오로 '우리 아빠, 장학금 후원하시니까 부탁할게' 라고 했다. 그때 경진은 웃으면서 고맙다고 대답했다. 그리고 경진은 정말 취업을 해서 모든 학자금을 갚았다. 지금은 그녀의 가게에서 없어선 안 될 뛰어난 영업 사원이기도 했다.

현균과 헤어지고 힘들어할 때 그녀를 때린 사람도 경진이었다. 취해서 약을 먹고 병원에 실려 간 동화에게 부모님은 아무 말도 하지 못했다. 하지만 경진은 눈물콧물 범벅이 된 얼굴로 뛰어 들어와 화를 내며 동화의 뺨을 후려쳤다.

'그깟 남자 하나 때문에 죽을 셈이야? 너 돌았어? 정신 안 차릴래?' 라며 몇 차례나 뺨을 때렸는데 그때 정말 동화는 얼떨결에 고개를 끄덕였다.

그리고 경진은 오히려 자기가 더 놀란 듯 어린애처럼 주저앉아 펑펑 울고 말았다. 그런 경진을 위로했던 건 동화였다. 그러면서 마음의 치유를 받았다.

"경진 씨는 좋은 친구군요."

"네. 영인이만큼 좋은 친구예요. 영인이도 고마워해요, 경진이랑 만나게 해 줬다고. 그 차엔 많은 추억이 있어요. 그래서 미련하게 놓지 못했던 거고."

"그랬군요."

"사실 괜찮다, 다 잊었다 하면서도 아니었나 봐요."

"스물세 명이나 퇴짜 놓을 정도로?"

그 말에 동화가 웃었다. 역시 선을 본 횟수가 많긴 했던 모양이다. 무진이 저렇게 놀릴 정도라면 말이다.

"그거 내 약점 된 건가요?"

"괜찮아요. 어차피 30분 이상 자리에 앉아 있지도 않았겠죠."

"점쟁이라도 들어가 있어요?"

"그랬을 것 같아서요."

"맞아요. 30분 넘게 마주하고 앉아 있던 사람은 무진 씨가 처음이었어요."

그 말에 무진은 꽤나 재미있다는 표정을 지었다. 사실이다. 동화는 무진의 첫인상이 마음에 들었다. 유난히 깔끔해 보인다고 해야 할까? 남자에게 비누 향이 날 것 같다는 말은 칭찬이 아니라고 들었다. 하지만 무진은 정말 모든 것이 딱 떨어지는, 깔끔해 보이는 남자였다.

"스물네 번이나 나갔는데 첫인상이 마음에 든 남자는 처음이었거든요."

"제 첫인상이 그렇게 좋았습니까?"

"딱 떨어진다는 인상을 받았어요."

픽 웃은 무진이 잔을 들었다. 동화도 잔을 들어 부딪치며 소주를 한 번에 입으로 털어 넣었다.

차가운 소주는 쉽게 식도를 타고 넘어갔다. 그녀가 빈 잔을 내려놓고 무진을 보았다. 무진은 아직 마시지 못한 채로 잔을 입에 대고 있었다. 아마 그녀가 한 번에 모두 비울 거라 생각을 못 한 모양이었다. 살짝 인상을 찌푸린 채로 두 눈을 질끈 감고 소주를 넘기는 무진을 보며 동화도 웃고 말았다.

"무진 씨는 소주 싫어하는 거 아니에요?"

"설마. 20대 초반엔 술독에 빠져 있었어요."

"그렇게 좋아했어요?"

"아버지와 친구를 동시에 잃고 제 동료가 되어 준 게 술이었죠."

동화는 말없이 무진의 잔에 소주를 따라 주었다. 가까운 누군가의 죽음은 아직 경험해 본 적이 없다. 할아버지, 할머니도 살아 계신다. 그래서 무진의 심정은 이해를 하기 힘들다.

"막 빈에서 들어오는 길이었는데 공항에서 전화 통화를 할 때까지만 해도 모든 게 평소와 다름없었어요. 인터뷰를 마치고 택시를 타고 동네 어귀로 들어서는데 소방차들이 보이고 사람들이 참 많더군요. 그런데 가슴이 철렁거리는 거예요. 사람의 감이란 건 참 무서운 것 같아요. 그러면서도 설마하는 마음을 가졌어요. 아마 이미 머리는 알고 있었을지도 모르겠어요."

무진이 잠시 한숨을 내쉬었다. 그리고 소주를 한 번에 들이켰다. 아직 소주병을 쥐고 있는 것은 동화였다. 그는 동화의 손에서 조심스레 병을 빼내어 다시 잔을 채웠다. 그리고 그것을 빙글빙글 돌렸다.

"그 와중에도 나를 바라보는 사람들의 시선이 느껴지더군요. 그런데 그 시선은 평소와 달랐어요. 누군가가, 아마 그때 제 매니저였을 거예요. 저보다 먼저 도착해 있었으니까. 제 이름을 부르고 끌어당기며 차에 태웠어요. 정신을 차리고 주변을 돌아보았을 땐 병원이었죠. 불을 지른 제 친구가 나오지 않았었나 봐요. 그걸 알고 집으로 들어간 아버진 몇 시간 만에 돌아가셨고 친구는 다음 날 죽었어요. 두 사람의 마지막 목소리도 듣지 못했어요."

동화는 아무 말도 하지 못하고 무진을 바라보기만 했다. 소방대원들이 화마에 목숨을 잃었다는 뉴스는 봤었다. 그중 한 명이 무진의 아버지일 거라는 생각은 못 했다. 그리고 방화를 한 친구를 구하기 위해 아버지가 들어가셨다가 사고를 당하셨다니.

"그게 이유예요. 내가 바이올린을 손에 잡지 못했던 이유."

그저 고개를 끄덕이는 것밖에 할 수 있는 것이 없었다. 사랑하는 아버지와 가장 친했던 친구가 비극적인 사고로 죽었다. 그의 아픔을 안다면 그것은 거짓말일 것이다. 그저 가슴이 욱신거리고 손끝과 발끝이 저민다. 마치 피가 통하지 않는 것처럼. 아니, 덤덤하게 말하고 있지만 무진의 목소리는 꼭 날카로운 칼날 같았다. 그것은 가슴에 날카로운 통증을 일으켰다.

"예성인 아홉 살에 대학교에서 만났어요. 뛰어난 재능을 가진 친구였고 저는 그때 막 바이올린을 시작하는 풋내기였어요. 동네 피아노 선생님은 제가 재능이 있다면서 정경훈 교수님께 보냈죠. 맞아요, 정 교수님의 첫 제자는 예성이었어요."

"무진 씨."

동화의 음성에 막 소주를 마시던 무진이 잔을 내려놓았다.

"그만 말해도 돼요."

"네?"

"지금 울 것 같아요."

그와 동시에 무진의 눈에서 눈물이 뚝 떨어졌다. 당황한 듯 무진이 손을 들어 손등으로 뺨을 슥 문질렀다. 울리고 싶었던 것은 아니다.

사실 무진이 바이올린을 그만두게 된 이유를 궁금해하지 않았다고 말을 할 순 없으나 그렇게 심적으로 괴로워하는 일을 떠올리게 만들고 싶지 않다.

동화는 가방에서 손수건을 꺼내 앞으로 내밀었다. 무진은 그것을 물끄러미 바라보기만 할 뿐 손을 대지 않았다. 그래서 결국 동화가 무진의 손을 들어 손수건을 쥐어 주었다.

그러고 보니 남자의 눈물을 보는 건 거의 처음이다. 겁쟁이라 놀렸던 상화조차도 우는 것을 본 적이 없었다.

어깨를 들썩인 것도, 어린아이처럼 엉엉 소리를 내어 우는 것도 아니었다. 그저 눈물이 흘러 떨어졌을 뿐인데 그게 그렇게 슬퍼 보였다. 가슴 끝이 꾹 막힌 것 같고 여전히 저민다.

동화는 다시 무진을 보았다. 방금 눈물을 보였던 것이 거짓말인 것처럼 무진의 얼굴은 평소와 다름이 없다. 그저 손수건을 손에 쥔 채로 그것을 보고 있었다.

동화가 반쯤 남은 소주를 마셨다. 아직 차가운 기운을 머금고 있었지만 쓴 알코올 냄새가 코끝을 강하게 울렸다.

"예성이는 좋은 친구였어요. 좋은 라이벌이었고, 좋은 선배였죠. 미국으로 가기 전까지 늘 함께였어요. 학교도, 방학도. 예진이는…… 그러니까 예성이의 동생은 아주 약간의 장애가 있어요. 학교 친구들이 예진이를 보고 놀렸어요. 때리기도 하고. 왜, 그 나이 대의 애들은 정말 순수한 악 같거든요. 사람의 마음이 어떤 상처를 받는지 생각하지 않는 것처럼 굴죠. 그때 태어나서 처음으로 사람을 때려 본 것 같아요."

동화는 입술을 입안으로 말아 깨물었다. 어릴 때의 무진은 어떤 모습일까? 아무리 상상을 해 봐도 떠오르지 않는다.

인터넷에서 보았던 열네 살의 무진은 사실 지금과 크게 다르지 않았다. 비슷한 이목구비에 약간의 젖살이 볼에 남아 있다는 것 정도? 키도 훤칠해서 아마 고등학생이나 대학교 초년생이라고 해도 믿을 수 있을 정도였다.

그보다 더 어렸던 무진이 누군가와 싸웠다. 왠지 쉽게 상상이 가질 않는다.

"예성이는 울면서 말렸어요. 그때 이성이 완전 반쯤 날아가서 내게 맞고 있던 아이의 코에서 피가 터지고 입술이 찢어진 것도 안 보였거든요. 싸움도 아니었어요. 일방적인 폭력이었죠. 아, 이러다 정말 사람을 죽일 수 있겠다 생각도 했어요. 그런데 예성이는 손을 소중히 해야 한다고, 3일 뒤가 콩쿠르라고 말했죠. 그 말을 듣고서야 손이 욱신거리는 거예요. 보니까 손마디는 다 까졌고, 손목도 욱신거리고. 이에는 얼마나 힘을 줬는지 입안이 다 터져 있었죠."

무진이 픽 웃으며 소주를 입으로 가져갔다. 소주의 쓴맛이 그날의 기억과 비슷한 모양이다. 미간을 찌푸리면서 그는 너털웃음을 뱉었다. 동화는 다시 비어 있는 두 잔에 소주를 따랐다.

"언제였더라……. 열아홉 살, 생일이었나? 그날은 브뤼셀에서 공연이 있었어요. 그리고 3년 만에 바이올린 경연이 있었죠. 예성이가 2위를 했어요. 아직 미성년자라 술을 마시지 못하고 무알코올 샴페인으로 축하를 대신했어요. 예성이는 너처럼 1위를 하고 싶었다고 말했어요. 그때 뭐라고 했더라. '네 연주가 내겐 1등이지'라고 했는데 예성이가 웃었어요. 지금도 후회가 돼요. 그런 식으로 말을 하는 게 아니었는데. 결국 우린 성인이 되어서 술도 한 번 마시지 못했죠. 예성이가 방화를 저지른 건 결국 나 때문이 아닐까, 12년을 그렇게 생각했어요. 예성이의 블로그엔 내 생일날 남긴 글이 써져 있었는데 '모든 것을 빼앗겼다', 딱 그 한 줄이었어요. 나는 참 감정에 둔감한 사람이라서 예성이가 내게 느꼈던 라이벌 의식, 열등감 같은 걸 모르고 있었어요. 그저 친한 친구라면서 결국 내가 제일 많은 상처를 주지 않나, 생각해요."

어차피 사람은 자신이 아닌 이상 그 아픔을 똑같이 공유하지 못한다. 심연의 늪까지 빠진 무진의 아픔은 그녀와는 또 다를 것이다. 동화는 그저 고개를 끄덕여 주는 것 말고는 무엇도 할 수 없었다.

사람들의 추측이 맞다. 무진은 아버지와 친구의 죽음으로 바이올린을 손에서 놓았다. 하지만 그 이유는 훨씬 깊고 어두워서 몸이 흠칫흠칫 떨릴 정도였다.

"버리고 싶은 것들이 참 많은데 그대로 두기만 했네요."

동화는 그저 무진을 바라보았다. 지금은 어떤 위로의 말도 도움이 되지 않을 것이다.

"고마워요, 동화 씨. 동화 씨 덕분에 좀 비워 낸 것 같아."

두 사람은 소주 한 병을 그대로 비웠다. 음식엔 손도 대지 않은 채로. 그리고 다른 말은 하지 않은 채 자리에서 일어섰다. 동화는 고철값을 받았으니 밥을 사겠다고 말했지만 무진은 아무 말 없이 카드를 내밀었다. 두 사람은 가게를 나와 천천히 걷기 시작했다.

무진은 걸어서 동화를 집까지 데려다줄 모양이었다. 어차피 걸어 봤자 20분이면 도착하는 곳이었지만 운동 부족의 동화는 오르막길을 가면서 숨을 헐떡이고 말았다. 결국 무진이 멈춰 서서 동화를 향해 손을 내밀었다.

"잡아요."

"힘들 텐데."

"그 정도쯤은 괜찮아요."

웃으며 손을 내밀었는데 동화는 멈칫거렸다. 무진은 다시 한 번 손을 들어 보였다. 곧 동화의 손이 올라와 무진의 손을 잡았다.

사실 처음 잡았을 땐 깜짝 놀랐다. 정말 깜짝 놀랄 만큼 동화의 손은 차가웠다. 그래서 무진은 아프지 않게 하지만 최대한 힘을 주어 동화의 손을 잡아 천천히 이끌기 시작했다.

"택시를 탈 걸 그랬나요?"

"아뇨, 이렇게 이끌어 주는 사람 있으니까 좋은데요?"

"손은 원래 이렇게 차가워요?"

"음, 그랬던 것 같아요."

"장갑을 사 줘야겠네."

"어떻게 알았어요?"

"뭘요?"

"내일이 내 생일인데."

무진이 걸음을 멈춰 놀란 얼굴로 뒤를 돌아보았다. 동화는 웃으며 살짝 고개를 끄덕였다.

"만약 생일이 오늘이라고 했으면 화를 냈을 것 같아요."

"왜요?"

"모르고 지나갈 뻔했으니까."

"이제 알았잖아요."

"갖고 싶은 거 있어요?"

"방금 무진 씨가 말했잖아요."

"음, 알겠어요."

뭔가 마음에 들지 않는 듯 무진이 살짝 인상을 찌푸렸지만 이내 곧 평소의 모습으로 돌아왔다. 동화는 옆으로 서서 걸으며 무진의 얼굴을 물끄러미 바라보았다.

애써 눈물을 참았던 걸까? 눈자위가 붉게 변해 있다. 눈에 반사되어서인지 흰 얼굴이 더욱 새하얗게 보였다. 가까이서 무진의 얼굴을 보며 새롭게 알게 된 건 무진의 눈동자는 너무나 검은색이라 푸른빛이 돈다는 것이었다.

동화는 집 앞에 도착할 때까지 무진의 손을 놓지 않고 그의 얼굴을 살폈다. 그는 그저 묵묵히 걷고 있을 뿐이었다.

"술만 마셔서 어쩌죠? 내일은 정말 맛있는 거 살게요."

"식당은 내가 예약해도 되는 거죠?"

"물론이죠. 먹고 싶은 걸로 먹어요."

"한 달 치 수입에 맞먹으면 어쩌지?"

"감수할게요."

"무진 씨, 선물 하나 더 받아도 돼요?"

"뭔데요?"

"이 머플러, 내가 가져도 돼요? 대신 손수건은 무진 씨 줄게요."

별것 아니라는 듯 무진이 웃으며 고개를 끄덕였다. 그러면서 손수건은 다시 동화의 손에 쥐어 주었다.

"레이스 달린 손수건은 아무래도 갖고 다닐 수 없을 것 같으니 드릴게요. 머플러는 동화 씨가 가져도 좋아요."

"혹시 머플러가 이것밖에 없는 건 아니겠죠?"

"몇 개 더 있으니 신경 쓰지 않아도 돼요."

동화가 고개를 끄덕이자 무진이 손에서 힘을 뺐다. 동화는 저도 모르게 힘을 주며 무진의 손을 맞잡았다. 그 힘에 무진이 손으로 시선을 돌렸다. 그리고 다시 동화를 바라보았다.

당황한 얼굴을 한 동화가 재빨리 무진의 손을 놓아주었다.

"조심히 가요. 그리고 내일 봐요."

다급하게 뒤로 돌아선 동화는 초인종을 누르고 발을 동동 굴렸다. 그리고 문이 열리자마자 뒤도 돌아보지 않고 안으로 들어섰다. 아마 무진은 당황했을 것이다.

동화는 입술을 질끈 깨물고 거의 뛰다시피 해서 집 안으로 들어왔다. 거실에 앉아 있는 사람들에게 대충 인사를 건네고 계단을 뛰어 올라갔다. 방으로 들어서서 불도 켜지 않고 바깥을 보았다.

대문 앞쪽에 서 있는 무진의 모습이 보인다. 그는 멍하니 제 손을 들여다보고 있었다. 거리가 멀어서 제대로 보이진 않지만 웃고 있는 것 같기도 했다. 그리고 이내 손을 코트 주머니로 넣더니 뒤로 돌아 천천히 걷기 시작했다.

"이런……."

그때 자리에서 멈춰 선 무진이 뒤로 돌아섰다. 그는 자신의 방이 어디인지 모른다. 거기다 불도 꺼져 있어 그녀가 지켜보고 있는 것도 모를 것이다. 그런데 왠지 눈이 마주친 것 같은 느낌에 동화가 재빨리 벽 뒤로 몸을 숨겼다.

심장이 쿵쾅쿵쾅 뛰기 시작했다. 동화가 낮게 한숨을 내쉬었다.

그가, 권무진이라는 남자가 좋아졌다.

6

짝사랑 전후

씻지도 않고 침대에 누운 동화는 머플러를 손에 쥐고 한숨을 푹 내쉬었다. 짙은 갈색의 흔한 무늬조차 없는 머플러였다. 퀸사이즈의 침대라 머플러를 저 멀찍이 두었다가 다시 가져오기를 한참이었다.

머플러에서는 무진의 향기가 난다. 그러니까 처음 만났을 때도 느꼈던 비누 향과 비슷한 것이었다. 쉽게 날아간다고는 생각할 수는 없는 향이라 이런 향수 계열이 있나 찾아보기도 했다. 결국 찾는 건 실패했지만 말이다.

머플러를 달라고 한 건 충동적이었다. 떨어지려는 무진의 손을 잡은 것도 물론 충동적이었다. 멀어지려는 온기를 왠지 붙잡고 싶었다. 사실 그녀는 손이 늘 차가운 편이었지만 누군가와 손을 잡으면 땀이 배어 별로 좋아하지 않았다. 하지만 무진이 손을 내민 순간 저도 모르게 잡고 말았다. 그의 손은 무척이나 크고 따뜻해서 어쩌면 좋은 방향으로 이끌어 줄지도 모른다는 생각을 했던 것 같다.

"뭐야, 이 언니 왜 이래?"

갑작스런 소리에 고개를 번쩍 들었다. 그 탓에 머플러에 얼굴이 스치며 화장품이 묻어나고 말았다. 동화가 슬쩍 인상을 찌푸리며 그것을 탈탈 털었다.

"언니 변태처럼 뭐해? 왜 머플러 냄새를 맡고 있어?"

인화의 말대로 머플러에 얼굴을 박고 있었던 것은 사실이다. 그러나 그게 변태적인 행동처럼 보일 수 있다는 것은 몰랐다. 동화가 괜히 헛기침을 하며 자리에서 일어나 앉았다. 머플러를 개는 척 움직이며 말했다.

"너 웬일이야?"

"어머, 내가 못 올 곳 온 것처럼 말한다? 여기 내 친정이거든? 사실은 재형 씨 출장 가서. 언니의 연애 사업에 대해서도 들을 겸."

그렇게 말하며 인화가 침대맡에 앉았다. 동화는 침대에서 일어나 코트를 벗으며 화장대 앞으로 걸어갔다. 클렌징 티슈를 빼내 얼굴을 닦으려 하는데 머플러를 잡고 있는 인화가 보였다. 재빨리 인화 앞으로 다가가 머플러를 빼앗듯 가져왔다.

"아, 뭐야. 그거 남자 거 같은데? 선물 줄 거야?"

"아니, 받은 거야."

"진짜 추잡하다. 만진다고 뭐 닳는 것도 아니고."

"닳거든?"

동화가 드레스 룸 옷장 안으로 급히, 하지만 소중하게 머플러를 내려놓고 문을 닫자 인화가 수상하다는 듯 그녀를 흘겼다. 괜히 헛기침을 하며 다시 거울을 보고 얼굴을 닦아 내는데 붉은 볼이 눈에 들어왔다. 그러고 보니 안주도 없이 꽤 이른 시간 동안 소주 한 병을 비워 냈다. 평소 한 병 정도라면 아무렇지도 않은데 역시 빈속에 빨리 마시는 건 무리였던 모양이다.

"언니 술 마셨어?"

어느새 가까이 다가온 인화가 그녀의 어깨를 툭 치며 말했다.

"냄새 많이 나?"

"엄청 나."

이런, 무진과의 거리가 꽤 가까웠는데. 그러고 보니 그는 소주를 그렇게 마셨음에도 냄새가 하나도 나지 않았다. 혹시

술 냄새 나서 깼으면 어쩌지 하는 생각이 들어 저도 모르게 아랫입술을 질끈 깨물었다.

"어머, 이 립스틱 색 예쁘다. 나 발라 봐도 돼?"

"가져가."

"정말? 고마워."

경진과 함께 백화점에 갔을 때 잘 어울릴 거라면서 추천받아 샀던 립스틱이었다. 사긴 했지만 비슷한 색이 많고 해서 포장도 풀지 않았는데 인화가 그것을 용케 본 모양이었다. 인화야 집에 한 번 오면 모두 털어 가기로 워낙 유명하지 않던가. 화장대를 슥 둘러본 인화가 이내 옷장 문도 열었다.

약학을 전공했지만 패션디자인과 수업을 도강했을 정도로 옷을 좋아하는 황 여사는 시즌마다 옷을 사들였는데 그중 반 이상이 동화의 것이었다. 다행히 새로 사들인 물건들이 눈에 보여서인지 인화는 더 이상 머플러에 관심을 두지 않았다.

"와, 이 코트 예쁘다. 엄마 진짜 너무해. 시집간 딸은 딸도 아닌가 봐. 이제 부르지도 않는다?"

"입고 싶은 거 있음 가져가."

"진짜? 언니, 고마워."

막내라서인지 인화는 애교를 온몸으로 내뿜는다. 그녀에게 안겨 치근대는 것도 모자라 뺨에 뽀뽀까지 몇 번이나 날리는 인화를 보며 동화는 욕실로 들어섰다. 막상 물을 틀어 놓고도 동화는 한참이나 그대로 서서 자신의 오른손을 물끄러미 보았다. 그리고 무진의 손 크기를 가늠했다.

농담이 아니라 그의 손은 그녀의 두 손을 포갤 수 있을 정도로 큰 것 같았다. 그렇다고 우악스럽다거나 솥뚜껑처럼 느껴진 것도 아니었다. 손바닥보다 손가락 길이가 훨씬 긴 무진의 손은 정말이지 볼수록 섬세했다. 그런 손이 바이올린을 켜고, 피아노를 쳤다.

인터넷을 뒤지면 그의 현역 시절 모습을 얼마든 볼 수 있을 것이다. 하지만 동화는 그렇게 하지 않기로 했다. 무진이 바이올린을 켜는 모습을 직접 보고 싶었다. 아마 그는 근사한 자세로 음악에 열중해 바이올린을 연주했을 것이다. 어쩌면 그는 앞으로 계속 바이올린에 손대지 않을 것 같았다. 왠지, 그런 생각이 들었다.

샤워를 마치고 나오자 인화는 어디에서 찾아냈는지 커다란 쇼핑백에 옷을 차곡차곡 담고 있었다. 동화는 고개를 저으며 머리에 두르고 있던 수건을 풀고 화장대 앞에 앉아 드라이기를 집었다.

"쇼핑 왔니?"

"몰랐어? 나 우리 집 쇼핑하러 오잖아. 와, 언니. 나 이 가방 가져도 돼?"

고개를 끄덕였다. 어차피 물욕이 있는 편도 아니었고 물건에 집착을 하는 성격도 아니었다.

인화는 그중에서 포장을 풀지도 않았던 신상 가방을 잘도 찾아내었다. 동화는 고개를 절레절레 저으며 머리카락을 말리는 데 집중했다. 손가락에 잡히는 머리카락은 무척이나 길다. 여기서 10cm 정도만 더 길면 허리춤까지 올 것 같기도 했다.

"머리카락이 너무 기네."

"언니, 샵에 안 간 지도 오래됐지? 엄마가 뭐라고 하더라. 언니는 그런 데도 같이 안 가 준다고."

"엄만 집으로 부르면서 왜 그래."

"요즘은 젊음을 느끼고 싶다면서 샵에 가시잖아."

"그래서 네가 따라가는 거구나?"

인화는 황 여사에게 붙어 이것저것 케어를 받을 것이다. 보지 않아도 뻔했다.

"언니, 변호사 수입이 생각보다 그렇게 좋은 건 아니거든?"

"네 과소비는 생각 못 하지? 아빠가 준 카드도 있잖아."

"응. 그래서 그걸로 많이 쓰긴 해. 시댁에서 주신 카드도 있는데 그거 쓰는 건 왠지 눈치 보인다고 해야 하나? 와, 이거 진짜 나한테 잘 어울리지 않아?"

새빨간 토드백을 들고 전신 거울에 자신의 모습을 살펴보는 인화는 결혼을 한 주부라기보다 대학생처럼 보였다. 워낙 이른 나이에 결혼을 하기도 했지만 원래부터 또래보다 어려 보이는 외모였다. 인화는 그게 불만이라고 했지만 그래도 그 말을 기분 나빠하지는 않았다.

시댁에서 준 카드는 아마 생활비로 쓸 것이다. 제부가 받은 월급으로는 자신을 치장하기 위해 이것저것 사들일 것이고. 하여간 그런 쪽으로는 머리가 잘 돌아갔다.

"만나는 남자는 어때?"

"엄마가 말 안 해 줬어?"

"혈압 오른다고 언니한테 들으래."

황 여사라면 왠지 그럴 것 같다고 생각되어 동화는 웃고 말았다. 드라이기를 내려놓고 얼굴에 마저 수분크림을 바르다 인화가 피아노 전공이라는 것을 깨달았다.

"너 권무진 알겠네?"

"권무진? 맞아, 이름이 권무진이라고 했지. 언니 클래식에 관심도 없지? 권무진이라고 바이올리니스트 있었는데 내 첫사랑이나 마찬가지잖아. 진짜 인간이 어쩜 그렇게 생겼는지. 아, 언니 만나는 남자 음악 학원 한다며? 생각해 보니 이름도 똑같다? 와, 진짜 열등감 느꼈겠다."

"그 사람이야."

"무슨 소리야?"

"그 권무진이라고."

가방을 들고 거울을 보던 인화가 그대로 멈춰서 거울 너머로 동화와 눈을 마주쳤다. 인형처럼 커다란 눈이 금방이라도 튀어나올 것처럼 커졌다.

"대박. 진짜야?"

뒤로 돌아선 인화가 들고 있던 가방도 내팽개치고 동화의 어깨를 잡았다. 물건보다 더 흥미를 보이다니. 무진이 정말 유명한 연주가이긴 했던 모양이다. 동화는 수분크림이 잘 스며들 수 있게 볼을 두드리며 고개를 끄덕였다.

"어머, 웬일이야. 상상도 못 했어. 어때? 여전해? 여전히 잘생겼지? 매너는? 지금 뭐한대? 학원은 잘되고?"

"숨넘어가겠다. 학원생은 많이 받진 않는 것 같아. 대학교에 강의도 나가는 것 같고. 매너 좋고 여전히 잘생겼어."

"그치? 나 처음에 봤을 때 진짜 왕자님인 줄 알았잖아. 그때 나랑 같이 공연 갔던 애들 다 반했을걸? 언니, 언제 보여 줄 거야? 참, 나 아직도 사인 있다고 꼭 전해 줘. 와, 대박. 애들한테 자랑해야지."

"뭐?"

"왜? 권무진이 무려 내 형부가 된다니. 내 남자는 못 됐어도 그게 어디야."

정말 전화를 할 셈인지 인화가 그녀의 방에서 튀어 나갔다. 물론 챙겨 두었던 짐들을 모두 가지고. 동화는 인화의 '형부'

라는 단어가 왠지 생소해서 몇 번이나 곱씹었다.

"형부?"

왠지 웃음이 나는 것 같기도 하다. 사실 그녀는 무진을 만나기 전까지 결혼이라는 것을 생각해 보지 않았다. 아니, 못했다.

의자에서 돌아앉은 동화는 열린 옷장 안에 곱게 있는 머플러를 다시 한 번 보았다. 문득 궁금해졌다. 무진은 얼마만큼 가까이 다가온 것일까. 그녀는 그를 향해 성큼성큼 걸어가는데 무진은 다가오기는커녕 물러서지 않을까.

무진이 예전의 기억을 자신의 앞에서 떠올려 주었다고 해서 우월감 같은 것을 느끼고 싶지 않다. 그는 덤덤히 말을 했고 자신이 아닌, 누군가에게 그 이야기를 꺼냈을지도 모른다. 동화는 문득 또 다른 곳에 생각이 미쳤다. 왜, 무진에게 연인이 있었을 거란 생각을 해 보지 않았던 걸까. 들뜬 기분이 순식간에 내려앉았다.

노란 조명 불빛 아래 앙상히 마른 근영의 얼굴을 물끄러미 바라보았다. 술을 급히 마셔서일까? 왠지 초점이 흐린 것 같아 무진은 의자를 조금 더 끌어당겨 가까이 다가갔다. 근영의 일정한 가슴 쪽 움직임이 아직 숨을 쉬고 있다는 것, 살아 있다는 것을 알려 주고 있었다. 무진은 시선을 창밖으로 던졌다.

처음 병을 알게 된 당시 담당의는 앞으로 6개월이 남았다 선고를 했고 벌써 그로부터 9개월이 지났다. 아니, 이제 10개월이 다 되었다. 근영은 생각보다 훨씬 강하게 이겨 내 주고 있었다. 이럴 줄 알았다면 한 명이라도 일찍 결혼시킬 것을 그랬다면서.

유진은 얼마 전 사랑에 실패한 후 누군가를 만나는 기색도 보이지 않았다. 괜찮은 누군가를 소개해 주려 했으나 유진은 정중히 거절했다. 아직 누나 죽지 않았다면서 말이다. 무진이 저도 모르게 숨을 내쉬었다.

"술 마셨니?"

걱정스러운 근영의 목소리가 들렸다. 고개를 돌리니 언제 깨어난 것인지 근영이 눈을 뜨고 인자한 미소를 지은 채 그를 보고 있었다.

그가 한참이나 술독에 빠져 있을 때 근영은 아무 말도 하지 않고 곁을 지켜만 주었다. 그땐, 술을 마시다 지치면 잠이 들고 깨어나면 다시 마시기를 반복했다.

"그러고 보니 정말 오랜만에 마셨네요."

그때 이후로 술은 입에 대지 않았다. 아니, 가벼운 와인 한

잔쯤은 했지만 소주는 마시지 않았다. 3개월이 넘게 술을 마시고 잠들었다 일어나기를 반복하던 무진이 깔끔히 면도를 하고 나왔을 때 근영은 손을 잡아 주었다. 그런 근영에게 무진은 잠시 여행을 다녀온다고 말을 했다.

3년 동안 국내 여러 곳과 다른 나라를 돌아다녔다. 수중에 가지고 있던 돈이 떨어지면 노동을 하거나 아이들에게 피아노를 가르쳤다. 돈이 생기면 다시 그곳을 떠나 여행을 했다.

그렇게 다시 돌아왔을 때 근영은 무진을 반갑게 맞아 주었다. 그리고 그에게 통장들을 내밀었다. 어린 시절부터 나갔던 대회의 상금, 연주회나 음원료 등이 통장들 안에 들어가 있었다. 그중 몇 개는 기부를 했고 몇 개는 그냥 두었으며 하나는 학원을 구했다.

학원을 구하는 데도 시간이 꽤 많이 들었다. 그리고 악기들을 들여놓고서도 한참 동안 문을 열지 않았다. 그럼에도 불구하고 근영과 유진은 아무 말 없이 그저 묵묵히 그를 지켜봐 주었을 뿐이다.

"걱정 마세요. 오늘은 버리기 위해 마신 거니까."

"혼자 마신 거니?"

"아뇨."

"요즘 만나고 있다는 아가씨구나?"

무진이 입가에 미소를 지으며 고개를 끄덕였다. 그러고 보니 누군가의 앞에서 눈물을 흘린 기억은 처음이었다. 동화는 아무 말도 없이 손수건을 내밀었다. 그러면서도 주저했다.

그 주저함의 이유를 무진은 알 수 있을 것 같았다. 레이스가 잔뜩 달린 손수건은 아마도 동화의 취향이 아니었을 것이다.

"좋은 사람 같아요."

"그래?"

"네. 배려하는 게 서툰데 그 마음이 보여요."

"좋은 사람이구나."

"그리고 곧은 사람 같아요."

"너보다 나이가 많니?"

"아뇨, 네 살이나 어려요."

동화는 그보다 네 살이나 어리다. 하지만 그럼에도 불구하고 그 정도의 나이 차가 느껴지지 않는다. 아니, 그녀는 스물여덟 살이라고는 하지만 훨씬 앳되 보였다. 화장기가 거의 없는 모습은 무척이나 앳되지만 무채색 정장 계열의 옷을 주로 입어서 얼핏 나이를 헷갈리게도 한다. 그런데 신기하게도 그것이 동화와 잘 어울렸다.

그녀는 능숙하지는 않지만 사람을 배려할 줄을 알고, 기다릴 줄도 안다. 무엇인가를 바라지도 않고 조르지도 않는다. 그게 무진은 마음에 걸렸다. 얼마든 조르고, 앙탈을 부릴 수도 있는 나이이다. 하지만 그녀는 늘 굳건한 어른처럼 사람들을 대하려 했다. 누군가에게 투정은 부려 보았던 걸까? 그 또래의 아가씨들처럼 행동하면 좋을 텐데. 왠지 동화를 생각하면 마음이 쓰리다.

"그 아가씨가 좋아지는 것 같니?"

근영의 물음에 무진이 낮은 숨을 뱉었다. 알싸한 알코올의 향기가 코끝을 저민다. 가슴이 답답하다.

"아직은요."

왠지 근영은 씁쓸한 미소를 짓고 있는 것 같기도 했다. 무진이 의자에서 일어서며 근영의 시트를 다시 한 번 정리해 주었다. 근영은 그런 무진의 손을 잡았다. 꼭 어릴 때와 상황이 바뀐 것 같아 무진은 왠지 웃음이 새어 나왔다.

어릴 때의 무진은 자다가 이불을 걷어차는 버릇이 있었는데 근영은 꼭 한 번씩 들러 이불을 다시 덮어 주곤 했다. 근무를 마치고 새벽에 들어오는 일이 잦았던 승우 역시 마찬가지였다. 아무리 늦은 시간에 들어와도 그의 방에 들렀다. 그리고 무진이 칭얼대면 승우는 그를 꼭 안고 잠이 들 때까지 재워 주기도 했다.

"어머닌 어떻게 아버지를 사랑하게 되셨어요?"

그렇게 물으면서도 왠지 어이가 없어 무진이 너털웃음을 짓고 말았다. 아마 유진은 두 분의 이야기를 다 알고 있을지 모른다. 모녀 관계란 친구만큼 가까운 사이이니까 말이다. 그런데 막상 무진은 부모님에 대해 아는 게 크게 없었다. 그렇다고 해서 사랑을 받지 못한 건 아니다.

승우는 소방원으로 쉬는 날이 거의 없을 정도였지만 시간이 나면 가족들의 손을 잡고 가까운 유원지라도 꼭 다녀왔다. 아마 그때 승우의 나이가 지금의 무진과 비슷할 것이다. 고된 일을 마치고 집에 돌아오면 쉬고 싶지 않았을까?

어렸을 때 유진은 승우의 손을 잡고 놀러 가자며 떼를 썼던 것 같기도 하다. 무진은 그저 뒤에서 그런 누나와 아버지를 바라봤을 뿐이다. 그러면 승우는 다정하게 그의 머리를 쓰다듬으며 '우리 무진이는 가고 싶은 곳이 없니?' 라고 묻곤 했다. 지금도 보고 있는 듯 승우의 반짝이는 눈웃음이 눈에 선하다.

근영의 눈이 반짝이고 있다. 그래, 승우를 떠올릴 때면 어느 순간부터 근영의 눈은 저렇게 반짝이곤 했다. 그저 떠오르는 것만으로도 좋다는 듯 말이다.

"처음에 길을 물어보더구나."

승우가 길가에서 누군가를 잡고 길을 물어본다는 게 왠지 상상이 되지 않았다. 누구에게나 그렇겠지만 어린 시절 올려보는 아버지는 전지전능한 슈퍼맨 같으니까 말이다.

"나는 또 누가 작업을 거나, 했지. 그런데 정말 길을 묻는 거였어. 나를 제대로 쳐다보지도 않고 약속 시각에 늦기라도 한 듯 불안해 보였거든. 주소를 봤더니 내가 하숙을 하고 있던 곳이더구나."

근영은 학교 근처에서 하숙을 했다고 말했다. 지방 소도시에서 서울로 올라와 처음엔 적응을 잘 하지 못했었는데, 하숙집의 아주머니가 꼭 이모처럼 대해 주셔서 금세 적응을 하고 친구들과 친해졌다면서.

"그 하숙집이 네 고모할머니 댁이었어."

"그랬어요?"

"고모 집에 오는 건데 뭐가 그리 급한지 내 발을 재촉하는데. 네 아버지 키가 크셨잖니. 따라가는데 숨이 차 혼났다. 그런데 갑자기 멈춰 서는 거야. 그러면서 미안하다고. 마음이 급해서 당신이 구두를 신은 것을 보지 못했다고. 진심으로 미안해하는 표정을 짓는데…… 엄만 그때였던 것 같다."

근영이 창밖으로 시선을 옮겼다. 그런 근영을 따라 무진도 시선을 창밖으로 던졌다. 하얀 눈송이가 하나씩 하나씩 떨어지고 있었다.

"네 아빠를 사랑하게 된 게 그때였어."

낮은 웃음소리가 진심이라는 것, 만족스럽다는 것을 알려주었다. 무진은 잡힌 손을 물끄러미 바라보았다.

"무진아."

"네."

"사랑이란 건 참, 예상치 못하게 오더라. 어느 순간, 갑자기."

고개를 끄덕인 무진이 다시 창밖으로 시선을 옮겼다. 하얀 눈이 꽃잎처럼 흐드러지고 있었다.

적당한 것으로 뽑아 놨으니 그동안 타고 다니라며 윤 회장은 리스한 차량을 보내 주었다. 그게 딱히 불만스러운 것은 아니었다. 단지 차를 고른다면 무진의 조언도 좀 듣고 싶었는데 그게 어그러진 것뿐이었다. 눈앞에 있는 차는 그렇게 나쁘지 않았다. 그러고 보니 무진의 차와 같은 기종인 것 같았다.

오늘 무진은 8시에 모든 일정이 끝난다고 했다. 너무 늦어서 미안하다는 말에 동화는 괜찮다고 대답했다. 사실 언제 무진을 만나든 큰 불만은 없다. 그저 오늘 안에 보면 된다고 생각했을 뿐이다.

동화가 막상 약속 장소를 말하자 무진은 살짝 놀란 것 같기도 했다. 정말 그녀가 호텔 레스토랑이라도 빌릴 거라고 생각했던 걸까? 그녀가 정한 곳은 가격대가 그렇게 비싸지 않은 한정식집이었다. 무진도 몇 번 가 본 적이 있다며 늦지 않게 오겠다고 말을 했다.

먹음직스러운 상이 차려지고 문이 닫히기 직전 무진이 들어섰다. 급하게 뛰어오기라도 한 것인지 그의 머리카락이 살짝 흐트러져 있었다. 그리고 넥타이 역시도 마찬가지였다. 손에 들고 있던 코트를 팔에 걸치고 넥타이를 다시 고쳐 맨 무진은 직원들이 옆으로 비켜서자 안으로 들어왔다.

"조금 늦었죠, 미안해요."

"겨우 5분 늦었어요. 뭘 그렇게 미안해해요. 앉아요."

그가 완벽하게 정장을 갖춰 입은 모습은 처음 봐서 새로웠다. 아니, 정확히는 넥타이를 매고 있는 모습을 처음 보았다. 몸에 피트되는 짙은 회색빛의 슈트는 꼭 맞춘 것처럼 그에게 잘 어울렸다. 동화는 자신도 아직 코트를 벗지 않았다는 것을 떠올렸다. 허리끈을 풀고 코트를 벗는데 무진과 눈이 마주쳤다. 무진이 자리에 앉으며 웃고는 그녀에게 종이 가방 하나를 내밀었다.

"동화 씨, 생일 축하해요."

"고마워요. 선물 풀어 봐도 되는 거죠?"

"그럼요."

익숙한 포장지였다. 그녀도 이 명품 매장에서 얼마 전 스카프를 사서 사람들에게 돌렸지 않았나. 그런데 종이 가방

안엔 상자가 두 개 들어 있었다.

"왜 두 개지?"

서둘러 작은 상자를 열자 그 안엔 심플한 디자인의 가죽 장갑이 들어가 있었다. 장갑을 사 주겠다더니 이걸 골라 온 모양이다. 그리고 커다란 상자를 열자 그 안엔 스카프가 들어가 있었다.

"어?"

"동화 씨는 추위를 잘 안 탄다고 해서 머플러보단 스카프가 나을 거라고 하더군요."

"직원이 그래요?"

"네. 그리고 저도 그렇게 생각했어요. 혹시 마음에 들지 않으면 교환이 가능하다고 하니까 가서 바꿔도 돼요."

동화가 물끄러미 스카프와 장갑을 바라보고 있자 무진이 말했다. 디자인을 마음에 들어하지 않는다고 생각한 모양이었다.

"이거 고를 때 제 생각하지 않았어요?"

"당연히 했죠."

"그걸로 됐어요."

동화가 고개를 들어 무진과 시선을 맞췄다.

"네?"

"사실 선물이 무엇인지가 중요한 게 아니거든요. 이걸 고를 때 '윤동화에게 잘 어울릴까?', '하면 따뜻하겠지?' 그런 생각을 했다는 거잖아요. 그 마음이 좋아요, 난."

잠시 멍한 표정을 짓고 있던 무진이 이내 다시 미소를 지으며 고개를 끄덕였다. 누군가는 이런 그녀를 보고 소탈한 척하려 애를 쓴다고 말을 했었지만 그건 동화의 본심이었다. 물론 돈의 귀중함을 잘 알고 있다. 하지만 사람마다 그것에 대해 갖는 가치는 다른 법이다.

동화 역시 이게 오만한 생각이라 느끼기도 했다. 처음부터 지니고 있었기에 그 가치를 더더욱 모른다는 말도 들은 적이 있기 때문이었다. 그때 동화는 순순히 인정을 했다. 남들보다 가진 게 많다는 것을 쉽게 인정하자 이상하게도 그 뒤로 친구들이 더 많아졌다.

어쩌면 그것을 느껴 보라고 윤 회장도 그녀를 사립학교가 아닌 공립으로 보낸 것이 아닐까 하는 생각이 들었다. 저도 모르게 웃음이 나왔다.

"무슨 생각해요?"

"고등학교 진학할 때요. 아빠가 어딜 가고 싶냐고 묻더라구요. 그래서 아무 생각 없이 집에서 가까운 곳이라고 했거든요. 물론 저희 엄마는 속물적이라서 절대 안 된다고 펄쩍 뛰었지만 결국은 집에서 가까운 공립으로 갔어요. 가길 잘했다는 생각이 들어요."

"부럽네요."

"부러워요?"

"난 제대로 된 정규교육을 받지 못했거든요. 공부 쪽으로 크게 어려움을 느끼지 못해 다행이었죠. 사실 음악도 늦게 시작한 것에 비해 결과가 일찍 나왔고요. 그래서 딱히 학창 시절에 대한 추억이 없어요."

동화는 고개를 끄덕였다. 그녀는 학창 시절이 꽤나 즐거운 편이었다. 물론 완전히 만족할 순 없었지만 경진도 만났고 조금 더 세상을 넓게 볼 수 있게 되었다. 정말 정해진 코스대로만 따라왔다면 아마 그렇게까지 사람들과의 공감대를 형성하지 못했을 것이다.

황 여사는 윤 회장을 꽤나 원망했다. 동화를 자신이 원하는 곳에 보내지 않아서 현균을 만났다는 것이었다. 동화는 말도 안 되는 소리라고 했다. 대학에 와서 만난 현균을 무슨 수로 막았을 거냐며 처음으로 대들었다.

오히려 윤 회장에게 고맙다는 말도 했다. 세상을 보는 눈을 더 넓혀 주어 고맙다고. 그때 황 여사는 쓰러지는 척을 했지만 동화는 뒤도 돌아보지 않고 처음으로 가출 비슷한 것을 했었다.

"무진 씨."

"네."

"이거 잘 쓸게요."

그렇게 말하며 동화도 무진의 앞으로 상자를 내밀었다. 무진은 이게 뭐냐는 듯한 표정을 지었다.

"머플러 내가 빼앗았으니까 하나 산 거예요."

"그러지 않아도 됐어요."

"그냥 고맙다, 잘 쓰겠다. 이렇게 말하면 안 되나?"

"고마워요, 잘 쓸게요."

그렇게 말하며 무진이 상자 속의 머플러를 보았다. 오후 내내 백화점을 돌아다녔다. 최대한 비슷한 것으로 골라 주고 싶었다. 사실 그 머플러가 누군가에게 받은 선물은 아니었을까, 하는 생각이 들었기 때문이었다.

"가지고 가서 마음이 불편했거든요. 누군가에게 선물받은 걸 내가 가져온 게 아닌가 싶어서."

무진은 놀란 얼굴을 숨기지 않았다. 동화가 저렇게 깊은 생각을 할 줄 몰랐다. 어른스럽다는 것을 알고 있었지만 매번 그보다 더 놀라게 된다. 아니, 사실은 이런 동화의 마음이 고마운 것이다. 무진은 짙은 카멜색의 머플러를 보며 손으로 쓸어 보았다. 놀랄 만큼 부드러운 감촉이다.

"한국에 들어왔는데 너무 추운 거예요. 그때 동남아에만 8개월쯤 머물렀었나? 버스에서 내리자마자 어떤 할머니가 팔고 계시던 걸 샀어요. 사실 그건 내게 꽤 의미가 있는 머플러예요. 그때 가지고 있던 전 재산을 털어서 산 머플러거든요. 브랜드가 아니라도 질이 좋아서 꽤 오래됐는데도 해짐 하나 없어요. 여자가 하기에도 나쁘지 않고."

"다행이에요. 무진 씨에게 가치가 있는 물건을 받아서. 처음 만났을 때 무진 씨 향이 좋다고 생각했어요. 머플러에서도 무진 씨 향이 나요."

무진은 잠시 자신의 향을 떠올렸다. 원래 사람은 자신의 향을 의식하지 못한다. 집으로 들어갈 때 어떤 향이 나더라. 무진은 자신의 향이 쉽게 연상되지 않아 살짝 미간을 찌푸렸다.

"왠지 숲 속에 들어와 있는 느낌을 받았었어요. 내게 무진 씨 인상은 그래요."

"나쁜 향은 아니라 다행이네요."

"무진 씨."

"네."

"나는 성큼성큼 뛰어가고 있는 것 같아요."

어디를 향해 성큼성큼 뛰어가고 있다는 것일까? 무진이 고개를 한쪽으로 살짝 기울였다.

"감정의 속도가 같을 수 있다면 얼마나 좋겠어요. 그런데 아니라는 걸 알아서 크게 기대하진 않아요."

"아······."

무진이 낮은 탄식을 뱉었다.

"무진 씨는 얼마만큼 다가왔어요? 혹시 뒤로 물러선 건 아니죠?"

"동화 씨."

"나는 권무진이라는 남자가 좋아졌어요."

7

불완전한

순간 무진은 손가락 끝에 힘이 들어가지 않는 것 같았다. 이런 식으로 동화가 직진을 해 올 줄은 몰랐다. 두 사람이 만난 것은 3주였다. 누군가에는 벌써 3주가 될 수도 있었고 누군가에게는 이제 3주가 될 수도 있었다. 물론 사람의 감정이 움직이는 것에 시간이 중요한 요소가 아님을 알고 있다.

무진은 동화를 향해 박수를 쳐 주고 싶었다. 그녀는 자신이 그어 놓은 선을 넘고 나왔다. 어떻게 보면 단단한 껍질보다 더욱 두꺼웠을 투명창을 뚫고 말이다.

"동화 씨."

"부담감 느끼라고 먼저 말은 한 건 아니에요. 그냥 내 감정이 이렇다고 말을 하고 싶었던 것뿐이었어요. 말했잖아요. 감정이 움직이는 건 사람마다 다르다고. 아무래도 무진 씨는 조금 느린 타입 같으니까요."

무진이 눈을 가늘게 떴다. 이 여자는 그의 내면 어디까지 파고들어 온 것일까? 눈이 큰 동화는 웃으면 동공이 보이지 않을 정도로 작아진다. 얼굴형도 동글동글하고 하얀 게 꼭 까 놓은 달걀처럼 보였다. 맑게 웃는 동화를 보자 무진의 입가에도 절로 미소가 걸렸다.

"그래요, 부담 느끼지 않을게요."

충분히 예상한 말이었음에도 막상 대답을 듣자 동화는 실망한 기색을 감추지 못했다. 무진이 컵을 들어 물을 마시며 목을 축였다.

"실망했어요?"

"없다면 거짓말이고 한 2%쯤?"

"하지만 정확히 하나는 말할 수 있어요."

동화는 맑고 투명한 눈으로 그를 바라보고 있었다. 무진이 웃으며 고개를 끄덕였다. 어떻게 저 성숙한 아가씨의 얼굴에서 자꾸 해맑은 어린아이 같음이 보이는 것일까.

"뒤로 물러나지 않았어요."

"걱정 마세요."

"네?"

"전 보기보다 인내심이 굉장히 강하거든요."

무진은 동화가 꼭 태양 같다는 생각을 했다. 어느 좋은 가을날의 해맑은 태양 말이다. 그녀는 그를 보면 숲이 생각난다고 했지만 무진은 동화를 보면 샛노란 태양이 떠오르게 될 것 같았다.

고백을 하고 나서 어색해지진 않을까 걱정했지만 무진은 언제 고백을 받았나 싶을 정도로 평소와 다름이 없었다. 다른 여자 같았으면 아마 그게 섭섭했을지도 모른다. 하지만 동화는 그런 무진의 모습이 좋았다. 그녀가 불편할까 봐 배려를 해 주는 것이 느껴졌다. 어쩌면 무진은 생각 외로 여자에 대해 면역력이 없는 게 아닐까, 그런 생각도 들었다.

두 사람의 데이트 마지막 코스는 늘 그녀의 동네에 있는 카페가 되었다. 카페 주인도 어느새인가 두 사람을 편히 맞아 주었고 오늘은 직접 만든 초콜릿까지 내어 주었다. 창밖으로는 하나씩 눈송이가 휘날린다.

"올 겨울은 눈이 많이 오는 것 같지 않아요?"

동화의 말에 슈거 스틱을 만지작거리고 있던 무진이 고개를 끄덕였다. 자고 일어나면 세상이 새하얗게 변해 있는 날도 많았다.

"지금 설탕을 넣을까 말까, 고민하는 거 맞죠?"

"맞습니다."

"그럴 땐 안 넣는 게 좋아요. 넣고 나면 후회하거든요."

무진이 스틱을 쟁반 위에 내려놓았다. 보통 이렇게 말을 하면 사람들은 오기로라도 설탕을 넣고 만다. 하지만 무진은 전혀 그럴 생각이 없어 보였다.

그래, 인정할 건 깔끔하게 인정해야 했다. 좋아한다고 느낀 순간부터는 무진에 대한 궁금증이 많아졌다. 하지만 쉽게 입이 떨어지지 않는 건 역시 아직은 좋아하는 감정과 별개로 거리감이 느껴지기 때문일 것이다.

"동화 씨."

"네?"

그 거리감을 생각하고 있을 때 이름이 불려 동화는 저도 모르게 새된 소리를 내고 말았다. 괜히 헛기침을 하는데 무진이 물컵을 그녀의 앞으로 내밀었다. 그는 친절과 배려가 정말 몸에 배어 있는 사람이었다. 동화는 컵을 들어 물을 한 모금 마시며 목을 축였다.

"동화 씨는 말을 조금 더 하는 편이 좋겠어요."

무슨 뜻인지 쉽게 이해가 가지 않았다.

"필요함에 따라 해야 하는 게 말이잖아요. 그런데 동화 씨
는 그런 것 같지가 않아서요. 귀찮아질 것 같으면 입을 다물
어 버리는 거 아니에요?"

정곡을 찔렀다. 무진의 말이 맞다. 그녀는 조금이라도 주
위가 흐트러지거나 귀찮아질 것 같으면 그대로 입을 다물었
다. 그래서 그 질 나쁜 소문들이 눈덩이처럼 커져 5년이나
떠돌아다닌 것이다.

"말을 아낄수록 좋다고 하긴 하지만 해야 할 땐 해야 하는
법이잖아요."

"맞아요."

"다음 주부턴 좀 바빠질 것 같아요. 콩쿠르 준비가 있어서
요. 일찍 끝나도 10시쯤이 될 것 같고, 일요일은 동화 씨도
쉬고 싶을 것 같아서……."

무진은 같이 있을 때 핸드폰을 거의 보지 않는 편이다. 그
리고 다른 곳에 신경을 쓰지도 않는다. 오로지 만나고 있는
사람에게 집중을 한다. 오늘 처음으로 그가 다이어리를 뒤적
이는 모습을 보는 것 같았다. 확실히 무진은 지금 동화와 사
귀고 있다고 자각하고 있는 것이다.

"동화 씨가 괜찮다면 시간이 늦어도 이 카페에서 만나면
될 거 같은……. 왜 그렇게 웃어요?"

"무진 씨가 우리 관계에 대해 확실하게 자각은 하고 있는

것 같아서요."

"아, 물론이죠."

"일요일에도 피곤하지 않아요. 늦게 만나는 것도 상관없고. 무진 씨 밥은 먹을 거 아니에요. 점심에 시간이 나면 같이 먹으면 되는 거죠."

확실히 무진은 남자가 맞다. 대체적으로 시간을 짜는 것에 남자들은 조금 단순한 편이다. 그러니까 개별 시간을 따지지 않고 하루 전체를 상중하로 잘라 판단한다고 해야 하나? 무진도 그건 피해 가지 못한 듯했다.

"음, 화목금을 빼고는 점심시간이 조금 여유 있어요. 한 시간 30분쯤? 그때 데이트를 하면 되겠네요."

웃을 때 반달이 되는 무진의 눈을 보는 게 좋았다.

무진은 다이어리에 무엇인가를 빠르게 적어 내려가고 있었다.

"난 무진 씨보다는 훨씬 한가하고 시간도 유동적으로 움직일 수 있어요. 매일매일 보자는 뜻은 아니에요. 무진 씨가 편하고 몸이 조금 덜 피곤할 때 보자는 거지."

웃고 있던 무진의 눈이 풀렸다. 그리고 이내 고개를 좌우로 저었다.

"나는 동화 씨가 조금 더 이기적이어도 된다고 봐요."

"네?"

"그런 부분은 배려하지 말아요. 우린 사귀는 사이니까."

동화는 왠지 망치로 뒤통수를 한 대 맞은 느낌이었다. 누군가를 사귈 때 그녀는 늘 이런 식으로 배려를 했다. 오늘 피곤해, 소리를 들으면 그럼 오늘은 쉬라고 말을 했다. 보고 싶어도 얼굴을 보는 건 다음이어도 된다고 생각했다.

"아, 그런가요?"

"그런 겁니다. 사귀는 건."

"몰랐네요. 연애를 두 번 했는데. 무진 씨는 어때요? 연애 많이 해 봤어요?"

"음, 사귀는 여자에게 과거를 말하는 건 안 된다고 하던데……."

"누가 그래요?"

"친구들이요."

그렇게 말하며 무진이 웃었다. 그리고 커피를 한 모금 마시고 잔을 내려놓으며 그것을 손으로 감싸 쥐었다.

"왠지 능숙해 보이거든요, 무진 씨는."

"연애가?"

"뭐, 여자를 대하는 것도? 아니, 사실 배려가 몸에 배인 사람 같긴 한데 남자한텐 어떻게 하는지 보질 못해서요. 그냥 모든 사람들에게 그렇게 친절한가 싶기도 하고."

무진이 미소 지으며 살짝 고개를 숙였다. 그리고 커피를 한 모금 더 마셨다.

"그 나이에 연애 경험 한 번도 없었다면 왠지 거짓말일 것 같고. 아니, 편견이죠. 사실 제 친구들 중에서도 연애를 해 보지 않은 애들 많아요. 그냥 뭐가 맞지 않아서 연애를 못 할 수도 있는 거니까."

"아, 알겠네요. 왠지 내가 연애를 했어도 하지 않았어도 실망일 것 같은 기분?"

동화가 솔직히 고개를 끄덕였다. 마음의 갈피가 사실은 잘 잡히지 않는다.

"동화 씨 말대로 연애 경험이 없었다면 거짓말이고. 나도 두 번의 연애 경험이 있어요."

막상 듣고 보니 생각보다 기분은 무덤덤했다. 무진도 당연히 연애를 해 봤을 거라고 생각했기 때문이다. 궁금한 건 그가 '어떤 여자들을 사귀었나'였다. 비슷한 분위기를 가진 여자를 만났을까? 아님 정적인 여자?

"최근에 이별한 건 언제였어요?"

"한, 2년쯤?"

이건 조금 충격이다. 생각보다 오래되지 않았다. 하긴, 그는 이제 겨우 서른두 살이고 한참 연애를 할 때였다. 아니, 오히려 2년이나 텀이 있었다는 게 신기하다고 해야 할까? 이렇게 듣고 나니 더 궁금해졌다.

"얼마나 사귀었는데요?"

"오래 사귀진 못했어요. 첫 연애는 10개월? 두 번째는 1년 2개월쯤이요."

"왜 헤어졌어요?"

"일방적으로 차인 거죠."

"차여요?"

목소리가 너무 컸나 보다. 사람들의 시선이 몰려드는 게 느껴졌다. 무진은 그런 시선에 그저 웃고 말았다.

"제가 차인 게 그렇게 놀랍습니까?"

"네."

"정말 인기 없는 타입인데."

"왜 차였어요?"

"재미가 없다고요. 두 번째는 조금 재미있긴 한데 야망이 없다고 차였어요."

동화가 살짝 입을 벌리고 말았다. 어떻게 그런 시시한 이유들로 무진을 찬 것일까. 사실 무진이 사귀었던 여자들이라고 해서 기대감이 높았나 보다. 특별한 여자들을 사귀었을 거라고 생각했다.

그 여자들은 무진의 특별함을 발견하지 못했던 것일까? 비단 그가 천재라 칭송받던 그런 특별함을 뜻하는 게 아니었다. 기본적으로 사람을 대할 때의 그 따뜻함을 말하는 것이

었다. 아니, 어쩌면 다행이란 생각도 들었다. 그녀들이 무진
과 이별을 했기 때문에 이렇게 만나게 된 것이 아닌가.

"무슨 생각해요?"

"고맙다는 생각이요."

"뭐가요?"

"무진 씨하고 이별해서 저한테도 이렇게 기회가 온 거잖
아요."

무진이 웃음을 터트렸다. 뭐가 그렇게 재미있는지 그는 고
개를 숙인 채 어깨까지 들썩이고 있었다. 한참을 웃던 무진
이 고개를 들었다. 고르고 흰 윗니가 드러나고 입술 끝은 위
로 올라간다. 어쩌면 그게 무진의 웃는 모습을 더 환하게 보
이도록 만드는 게 아닐까 싶었다.

"흠흠, 미안해요. 생각보다 동화 씨는 재미있는 성격 같아
서요."

"제가요?"

"그런 생각을 할 수 있다는 게 조금 신기했거든요. 그렇네
요. 동화 씨 말처럼 그래서 이렇게 동화 씨를 만날 수 있는
거네요."

"사실 조금 놀라기도 했어요. 왠지 2년이나 텀이 있던 것
도 놀랍고……."

"감정이 조금 느리게 진행되는 편이라서요. 사실 누군가를

만나고 이렇게 빨리 교제를 결정한 건 동화 씨가 처음이에요."

그것까지는 생각하지 못했다. 그래, 그는 진중한 사람이었다. 무엇이든 간에 말이다. 연애 역시 그랬을 것이다.

"감정도 늦게 식는 편인가요?"

"음, 그건 아닌 것 같아요. 의외로 또 끝이 날 땐 깔끔하게 끝맺거든요."

"헤어지고 다시 잡아 본 적 없어요?"

"없어요."

그는 단 1초의 망설임도 없이 대답했다. 동화는 문득 헤어지게 된다면 무진을 만날 수 없을 거란 생각이 들었다. 그저 헤어짐을 생각하는 것뿐이었는데 가슴 한구석이 답답해져 온다.

무진이 고개를 창밖으로 돌렸다. 듬성듬성 내리던 눈은 어느새 쉽게 보일 정도로 내리고 있었다. 하얗고 커다란 눈송이가 창문에 붙었다 이내 바람에 흩날려 사라졌다. 오늘도 눈이 쌓일 것 같다.

"생각해 보니 서른이 넘어가는 동안……."

동화는 저도 모르게 숨을 꿀꺽 삼켰다. 무진의 목소리는 낮고, 고요하며 진중하다.

"뜨거운 연애는 해 보지 못했네요."

❧　　❧　　❧

　동화는 침대에 똑바로 누워 천장을 뚫어지게 바라보았다. 가슴 위에 놓은 깍지 낀 손가락은 계속 움직이고 있다. 입술을 꾹 다물고 슬쩍 깨물던 동화가 한숨을 내쉬며 모로 돌아누웠다.

　"하게 된다면, 좋겠네요."

　무진의 질감 좋아 보이는 입술이 아주 느리게 움직였다. 그녀의 이름이 빠져 있지만 상관없다. 무진은 그녀를 똑바로 보고 말을 해 주었으니 말이다. 가슴이 설렌다. 아주 오랜 시간 잊고 있었던 감정의 싹이 움트려 하고 있었다. 저도 모르게 웃으며 발을 동동 굴렀다. 그러다 정신을 차리고 자리에서 벌떡 일어나 앉아 뺨을 살짝 쳤다.

　"안 되지, 안 돼. 이게 지금 뭐하는 짓이야."

　꼭 10대 소녀가 된 느낌이다. 아니, 10대 때도 이런 행동은 하지 않았다. 왠지 스스로가 우스워 절로 웃음이 터져 나왔다. 그때 노크 소리가 들렸다.

　"네."

문이 조심스레 열리나 싶더니 곧 황 여사가 안으로 들어왔다. 실크 소재의 잠옷을 펄럭이며 들어온 황 여사가 침대에 앉더니 그녀의 허벅지를 철썩 소리가 나게 때렸다.

"팬티 보이겠다, 애."

"뭐 어때, 내 방인데."

밖에선 보는 눈이 있어 짧은 바지 차림은 한 번도 해 본 적이 없었다. 심지어 친구들이 워터파크를 가자고 할 때도 늘 거절했다. 기억을 떠올리자 어려서부터 늘 남의 눈치를 보고 살아왔던 듯하다. 지난 5년간은 눈치를 보지 않고 멋대로 살려 했지만 그럼에도 습관처럼 짧은 옷차림은 하지 못했다.

"애, 엄만 너무 궁금하다."

"뭐가?"

"눈치 없는 척할래? 그 권무진이라는 사람 말이야."

"뭐가 그렇게 궁금해. 인화하고 같이 연주회 간 적도 있다면서."

"이렇게 될 걸 알았니? 그리고 하도 오래되어서 기억이 가물가물하다. 네 아빠한테 물어봐도 계속 아무 말씀 안 하시잖니."

윤 회장이 무진을 불러들인 건 그녀도 알고 있다. 그때도 사실은 약간 흥분을 했던 터라 어찌 보면 윤 회장에게 조금

되바라지게 굴었을지도 모르겠다. 그 뒤로 윤 회장과 무진에 대해서는 한마디도 하지 않았다. 벌써 무진과 만난 지 3주가 되었는데, 황 여사의 성격에 많이도 참았구나 싶었다. 잔뜩 눈을 반짝이고 있는 황 여사를 보니 막상 입이 떨어지지 않았다.

"어때? 만나 보니까. 성격은 좋다고 하던데."

"누구한테 들었어?"

"왜, 대신산업 딸내미가 밑에서 배운다고 하잖어. 대학도 붙었다더라? 그 집 딸내미 알아주는 돌이잖니. 예전에 무슨 동네 콩쿠르 나간다고 해서 갔다가 어휴, 도무지 듣지도 못하겠더니."

"하여간 이렇게 뒷담들을 하시지."

그 말에 황 여사가 찰싹 소리가 나게 그녀의 팔뚝을 때렸다. 민소매인지라 그대로 찡한 아픔이 올라왔다. 동화가 입술을 삐죽이며 맞은 곳을 문질렀다.

"애, 다 놀라워하거든? 나만 그런 거 아니다? 그래서 언제 인사시켜 줄 건데."

"인사는 무슨 인사야."

"벌써 헤어졌니?"

"아니. 사귄 지 이제 한 달도 안 됐어. 그런데 무슨 인사를 해?"

"사귄다고? 결혼한다면서."

이건 또 무슨 말이냐는 듯 황 여사가 눈을 동그랗게 뜨고 물었다.

"요즘 세상에 누가 한두 번 만나고 결혼 결정을 해."

"네가 한다면서."

"응. 결혼할 거라면 이 사람과 한다고."

"너 올해 꼭 결혼해야 된대."

"누가 그래?"

"송 여사가 유명한 무속인 안다고 해서 내가……."

"엄마!"

그놈의 무속 신앙은 잘도 믿는다. 동화가 큰 소리를 내자 황 여사가 놀란 듯하더니 이내 괜히 헛기침을 뱉었다.

"다 너희 잘되라고 그러는 거지, 엄마가 궁금해서 보는 거 아니거든?"

"핑계는."

"엄마 진짜 안 보여 줄 거야?"

동화는 곰곰이 생각했다. 황 여사는 궁금증을 참지 못한다. 애초에 태어나기를 고명딸로 태어나 고이 키워져 거의 공주와 다름이 없었다. 거기다 윤 회장이 또 얼마나 쥐면 꺼질까 불면 날아갈까 대하던가. 한 번 하고 싶은 건 곧 죽어도 해야 하는 성격이다. 가만히 뒀다가는 정말 다짜고짜 무진의 학원으로 찾아갈 것이다. 어떤 핑계를 대든 말이다. 결국 동화가 포기를 해야 했다.

"물어는 볼게."

차이코프스키 피아노 협주곡 1번은 피아니스트의 힘이 중요하다. 얼마 지나지 않으면 초연된 지 200년이 될 이 곡은 워낙에 유명한지라 누구든 들으면 바로 '아, 이 음악' 하고 고개를 끄덕일 것이다. 그래서 피아니스트들의 처음이자 마지막이라는 위대한 곡이라고 하지 않던가. 차이코프스키 특유의 폭발력을 이 곡으로 극대화시키고 그 진가를 확인할 수 있는 것이다.

"조금만 더 천천히. 좀 더, 그래."

1악장은 오케스트라와 마치 경쟁을 하듯 연주해야 한다. 그러면서 또 조화를 이루어야 하기 때문에 피아니스트들의 개성을 확인하기에 적합했다. 이제 고1인 신혜는 피아니스트로서의 역량이 좋았다. 마치 무대 위에 있는 듯 꽤나 만족스러운 연주를 해내서 스스로도 웃고 있었다.

"정 교수님께서 관심 많이 보이셨어요. 정말 제대로 배우는 게 좋을 것 같아요."

"저는 교수님께 계속 배울 거거든요?"

"하하, 내 역량을 넘어서서."

무진이 웃으며 주변을 정리하기 시작했다. 신혜는 비록 그의 연주를 직접 듣지는 못했지만 동영상을 즐겨 본다고 했다. 피아노는 친 적이 있지만 바이올린 연주는 그 뒤로 하지 않았다. 콩쿠르에 나가서 1등을 하고 오면 꼭 바이올린을 켜 달라며 조르고 있는 중이기도 했다.

체구가 작고 귀염성이 많은 신혜를 보고 있으면 꼭 예진이 떠올랐다. 예진도 피아노에 꽤나 소질이 있었지만 그 사건 이후로 완전히 음악을 멀리했다.

"교수님, 그때 그 여자분이요."

"네."

"혹시……"

신혜가 우물쭈물거렸다. 무진은 정리하던 것을 멈추고 뒤를 돌아보았다.

"맞습니다."

"네?"

"제 여자 친구 맞아요."

"아…… 그러시구나."

물론 신혜가 자신을 좋아한다는 것 정도는 알고 있다. 그리고 그 감정이 10대의 동경이라는 것 또한 잘 알고 있다.

무진이 웃으며 먼저 피아노실을 나섰다.

"나와요, 불 끌게요."

그리고 돌아보는데 동화가 서 있었다. 분명 카페에서 만나기로 했는데 올라온 모양이었다. 무진이 급히 시계를 보았다. 이런, 잠깐 한 번 더 살펴본다는 게 약속 시각이 5분 정도 지나고 말았다.

"미안해요, 잠깐 살핀다는 게……."

"괜찮아요. 카페에 사람도 너무 많고 해서 그냥 커피 들고 왔어요. 다행히 세 잔을 사 와서 같이 먹을 수 있겠네요."

동화의 말에 무진이 신혜를 보았다. 신혜가 웃으며 고개를 끄덕이고 있었다. 결국 세 사람이 소파에 앉아 커피를 한 잔씩 앞에 두었다. 신혜는 잔뜩 궁금한 게 많은 얼굴로 동화를 보았다.

"언니, 몇 살이에요?"

"몇 살 같아 보여요?"

"음, 화장도 안 짙고, 피부도 좋고. 어려 보이는데 또 옷 스타일은 노숙하단 말이죠. 가늠하기 힘들게."

그 말에 동화가 웃고 말았다. 그런 이야기를 자주 듣기는 했다. 대체적으로 거의 무채색 계열의 옷들이었다. 특히 겨울에는 터틀넥이나 소재가 좋은 니트 종류를 즐겨 입었다. 황 여사는 그 나이답게 좀 화려하게 입으라고 했지만 그래

봤자 그녀는 카멜색이나 베이지색, 아니면 죄다 무채색 계열이었다.

"그리고 옷 되게 비싸 보여요. 명품 맞죠?"

"어떻게 알았어요?"

"요즘은 고등학생들이 그런 거에 더 관심 많거든요. 특히 예고는 장난 아니에요."

그 말에 동화가 오, 소리를 내며 고개를 끄덕였다. 그녀가 관심을 갖는 것 같자 신혜는 누가 샤넬을 들고 왔더니 그 뒤에 한두 명씩 들고 오기 시작했다는 얘기부터, 묘한 경쟁심 때문에 더 좋은 것, 더 나은 걸 사는 애들 얘기까지 늘어놓았다.

사실 동화는 그냥 일반 고등학교를 나와 그런 분위기는 잘 느끼지 못했다. 예고는 또 워낙 개성이 강한 아이들이 모인 곳이라 그럴 수도 있단 생각이 들었다. 그때 무진의 벨소리가 들렸다.

"잠깐 실례 좀 할게요."

동화가 살짝 고개를 끄덕이자 무진이 핸드폰을 들고 일어서서 원장실로 들어갔다. 동화는 무진의 뒷모습을 물끄러미 바라보는 신혜를 보며 저도 모르게 살짝 웃었다. 저 나이 때는 원래 예술을 하는 사람이 멋있어 보이는 법이었다. 그녀의 학교에도 미술 선생님이 30대 초반의 총각이었는데 짝사랑을 하던 애들이 얼마나 많았는지 지금 생각하니 그것도 모두 추억이었다.

"그런데요."

"네."

"두 분 언제부터 사귀신 거예요? 한 달 전에 물어봤을 때 교수님은 여자 친구 없다고 하셨는데."

사실 동화는 조금 전 무진이 아무렇지 않게 '여자 친구'라고 하는 말을 들었다. 무진이 뭐라고 말을 할까 궁금하기도 했다. 아니, 무진이라면 숨기지 않고 이야기할 것 같았지만 그래도 사람 마음이라는 게 원래 좀 그렇지 않던가. 확인하고 싶은 무언가가 있다.

"한 달 전이면 진짜 우리 둘 다 모르는 사이였던 게 맞아요. 3주 정도 됐네요."

"두 분 잘 어울리는 것 같아요."

"고마워요."

"교수님도 잘생기고 언니도 예쁘고."

"학생도 엄청 예뻐요."

신혜가 얼굴을 붉히며 좋아했다. 원래 동화는 과거를 돌이켜 보는 타입은 아니었다. 그런데 막상 신혜를 보자 다시 저때로 돌아가도 좋을 거란 생각이 들었다. 그땐 정말 안전한 울타리 안에 있어서 마음이 편했던 때였다.

"어? 엄마 오셨나 보다. 그럼 이만 가 볼게요. 교수님께 먼저 내려간다고 전해 주세요. 참, 언니 커피 잘 마실게요."

"그래요, 조심히 가요."

꾸벅 인사를 하고 나가는 신혜를 보고 뒤를 돌아보았다. 마침 무진이 고개를 끄덕이며 전화를 끊고 밖으로 나왔다.

"엄마가 와서 갔어요. 대신 인사 전해 달래요."

"그랬어요? 어머니하고 통화를 하는데 좀 길어졌네요. 저녁 뭐 먹고 싶은 거 있어요?"

동화가 손목을 들어 시계를 보았다. 8시가 조금 넘은 시각이라 딱히 뭘 먹기에 애매하지 않을까 생각했다.

"배 많이 고파요?"

"아뇨. 4시쯤에 간식으로 피자를 먹었더니."

"그럼 간단하게 죽 같은 걸로 먹을까요?"

"그래요."

한 번씩 스트레스를 받으면 위염 증상이 나타나곤 했다. 그럴 땐 대체적으로 거의 굶었다. 두 사람은 문을 닫고 나와 같은 건물 안에 있는 전문 죽집으로 들어갔다. 주문을 하고 잠시 말이 없어졌다.

동화는 어떻게 이야기를 꺼내야 할까 망설였다. 아무래도 부모님이 보고 싶어 한다는 이야기는 부담스러울지 모른다. 더군다나 윤 회장이 한 번 그를 불러들인 적까지 있지 않던가.

"무진 씨."

"네."

"부탁이 있는데."

"뭔데요?"

"이게 좀 부담스러울 수도 있거든요. 거절해도 돼요."

무진이 괜찮다는 듯 고개를 끄덕였지만 왠지 쉽게 입이 떨어지지 않았다. 결국 동화가 고개를 가로저었다.

"아니에요."

"뭔데 그래요. 정말 괜찮으니까 말해 봐요."

무진은 언제나와 같은 얼굴을 하고 있다. 결국 동화가 한숨을 내쉬며 입을 열었다.

"사실 저희 엄마가 궁금한 거 정말 못 참는 성격이시거든요. 제가 덥석 누군가를 사귄다고 하니까 궁금하셨나 봐요."

그 말에 무진이 고개를 끄덕였다.

"집으로 초대를 좀 했으면 한다고."

저도 모르게 목소리가 점점 줄어들었다. 역시 이런 부탁을 하는 건 힘들었다. 무진과 이제 서로 알아가는 단계였다. 그러고 보니 무진이 무엇을 좋아하는지 싫어하는지도 제대로 모르고 있다. 아니, 한 달도 되지 않은 시기이니 서로의 취향을 알고 있는 게 더 이상할지도 모른다.

"역시 좀 어렵죠?"

"맞아요, 상당히 어려운 문제네요."

그렇게 예상을 했으면서도 막상 저런 이야기를 들으니 동화는 왠지 모르게 가슴이 철렁 내려앉았다. 무진이 '괜찮습니다'라고 대답을 할 거라 은연중 짐작했던 것인지도 모른다. 동화가 입술을 슬쩍 깨물었다. 그 모습을 본 무진의 짙은 눈썹이 살짝 일그러진다.

"동화 씨."

"네."

"내가 좀 이기적이라도 괜찮을 거라고 말했잖아요."

"네?"

"한 번씩 동화 씨에게 내가 어려운 사람인가 느껴질 때가 있거든요."

무진은 어려운 상대가 맞다. 이유는 이미 그가 좋아졌고, 잘 보이고 싶기 때문이다. 그러니 처음보다 더 대하기 까다로운 상대가 된 것이다.

"언제든 괜찮으니 초대 감사하다고 전해 드려요."

그 말을 듣자마자 동화의 눈이 커졌다.

"괜찮겠어요?"

"네."

"왜요?"

그 물음에 무진은 다소 황당하다는 얼굴을 했다. 동화 역시 그렇게 말을 뱉어 놓고 실수했다는 것을 알아차렸다. 당황한 그녀의 얼굴을 보고 무진이 이내 픽 웃더니 고개를 끄덕였다.

"나는 윤동화 씨 남자 친구잖아요."

8

사소한 어떤 것

날이 조금 따뜻해졌다 싶더니 창밖으로 비가 오고 있었다. 아니, 따뜻해졌다고 느낀 것도 그전이 너무 추워서 그랬던 것뿐이다. 이제 2월이 끝이 났다. 3월은 봄의 계절이고 간혹 가다 눈이 올지도 모르지만 이제 서서히 따뜻해질 것이다.

"권무진 씨 역시 이기적일 필요가 있지 않나요?"

무진은 동화의 말을 곰곰이 생각했다. 글쎄, 그동안 꽤 이기적으로 살아왔다고 생각했는데 동화의 눈엔 아닌 모양이었다.

오늘 저녁은 그녀의 어머니에게 초대를 받았다. 동화의 집 앞은 자주 가서 잘 찾아갈 수 있다고 했지만 동화는 아무래도 같이 가는 게 좋겠다고 말을 했다. 그래서 약속까지 잠깐의 시간이 남아 병원에 들른 참이었다.

5월에 있을 각종 콩쿠르 준비 때문에 다들 신경이 곤두서 있었다. 무진은 일주일에 한 번 정도 편히 쉴 수 있도록 배려를 해 주었다. 원한다면 토, 일요일에 나와서 연습을 해도 된다고 했지만 다들 오랜 강행군에 지친 모습들이었다. 그래서 주말엔 거의 학원 문을 열지 않았다. 오늘은 특별히 오전에 잠깐 문을 열어 연습을 봐 주었지만 말이다.

"비가 많이 오니?"

"깨셨어요? 조금요, 곧 그칠 것 같아요."

"무진이 오늘 멋있구나. 특별한 데이트니?"

근영의 말에 무진이 웃으며 고개를 끄덕였다. 톤이 다운된 그레이 슈트에 검은 터틀넥을 입었다. 평소와 별다를 것 없는 차림새였는데 근영의 눈엔 근사하게 보이는 모양이었다. 아니, 어쩌면 아버지를 투영해 볼지도 모르겠다는 생각이 들었다.

"오늘은 좀 어떠세요?"

"음, 아주 좋아. 정말 푹 잤어."

확실히 오늘은 근영의 얼굴이 생기 있어 보였다. 볼이 묘하게 분홍빛으로 물들어 있었다. 무진이 가까이 다가가 근영의 얼굴을 한 번 쓸어 주며 의자에 앉았다.

"동화 씨 집에 초대를 받았어요."

"이름이 동화니?"

"네. 왜요? 알고 있는 이름이세요?"

"아니다. 동화라는 이름만 해도 몇인데. 그래. 가서 예의 바르게 행동하고."

근영의 말에 무진은 저도 모르게 웃고 말았다. 역시 아무리 커도 품 안의 자식인 모양이었다.

"어머니, 저 이제 학생 아니잖아요."

"엄마 눈엔 늘 어린애처럼 보이는 법이지."

"예의 바르게 행동하고 올게요."

꼭 어린아이가 된 것처럼 무진이 말했다. 근영은 앙상하게 마른 팔을 들어 무진의 머리를 한 번 쓰다듬어 주었다. 그 따뜻한 손길이 좋아 무진의 눈이 저절로 감겼다. 이런 시간이 얼마나 더 지속될지는 모르겠다. 하지만 최대한 근영이 고통을 느끼지 않았으면 좋겠다고 생각했다.

"동화 씨도 어머닐 보고 싶어 해요."

"나를?"

근영이 눈을 동그랗게 뜨며 말했다. 무진이 고개를 끄덕이며 웃었다. 이럴 때의 근영은 꼭 여고생 소녀 같다. 두 손을 가슴에 모으고 순진무구한 어린아이 같은 표정을 지을 때 말이다.

"동화 씨는 제가 굉장히 바르게 컸다고 생각하나 봐요. 그래서 어머니가 어떤 분이실지 궁금하다고 하던데요?"

"그렇게 봐 주어서 고맙구나. 감동인걸. 그런데 엄마가 이런 모습인데 봐도 괜찮을지 모르겠다."

"괜찮을 거예요. 정말 좋은 사람이거든요. 차림새나 겉모습을 보고 판단할 사람이 아니에요."

무진의 말에 근영이 그를 한 번 쭉 흘겼다. 왜 근영이 그런 표정을 하는지 몰라 무진은 고개를 살짝 한쪽으로 기울였다.

"그 아가씨에게 빠진 모양이구나?"

"네?"

"그런 식으로 사람에 대해 속단하지 않았잖니. 예전 네 여자 친구들에 대한 말은 한 번도 들은 적이 없어. 그리고 그 아가씨에 대해 말할 때 얼마나 좋은 표정인지 넌 모를 거야."

저도 모르게 손을 올려 얼굴을 한 번 더듬었다. 동화를 만날 때 어떤 표정을 지었던 것일까? 무진은 동화가 참 좋은 여자라고 생각했다. 그 생각은 만날 때마다 더 깊어졌다. 그럼 저도 모르는 사이 시나브로 스며든 것일까?

"예쁘니?"

"네."

거릴 것 없이 대답했다. 동화는 누가 보기에도 예쁜 여자다. 작고 갸름한 얼굴에 이목구비는 입체적이다. 사실 처음 만난 날 동화의 얼굴을 보고서 무진은 TV에 나오는 사람이 아닐까 생각했었다. 워낙 TV를 잘 안 보기도 하지만 꼭 화려한 이목구비를 자랑하는 배우 같다고 생각했기 때문이다. 하지만 알고 있다. 동화는 내면이 훨씬 성숙하고 좋은 여자라는 것을.

"감히 제가 만나도 좋을까 걱정될 만큼요."

근영이 웃었다.

"언제든 괜찮으니까 아가씨 편한 시간에 와도 된다고 해. 엄만 조금 더 자야겠다."

무진이 고개를 끄덕이며 근영의 시트를 다시 한 번 정리해주었다. 근영은 곧 잠이 들었다. 시계를 확인한 뒤 자리에서 일어난 무진은 병실 문을 조용히 닫고 나왔다. 시간이 괜찮다면 유진을 보고 싶지만 30분 이내로 동화의 가게로 출발을 해야 할 것 같았다. 입원실에 오기 전 수술에 들어갔다는 말을 들었기 때문에 유진이 언제 나올지 모르는 상황이었다.

그때 막 모퉁이를 돌아 터벅터벅 걸어오는 유진이 보였다. 인사를 건네는 사람들에게 진이 다 빠진 모습으로 고개를 숙이는 유진을 보며 무진이 웃고 말았다. 보아 하니 이틀 내내 잠도 자지 못하고 시달린 모습이었다.

"누나."

유진이 고개를 들었다. 이제까지 힘없던 사람이라고 생각 못 할 만큼 빠른 걸음으로 다가왔다.

"어디 가?"

"동화 씨 집에."

"시간 얼마나 남았는데? 누나하고 커피 한잔하고 가. 지금 스물여섯 시간 동안 카페인 구경도 못 했어."

"30분쯤?"

"출발."

유진이 강한 악력으로 무진의 팔을 잡고 이끌기 시작했다. 로비에 있는 커피 전문점으로 가서 무진은 유자차를, 유진은 카푸치노를 선택했다. 2분도 채 되지 않아 나온 음료를 받아 든 두 사람이 가까운 곳에 자리를 잡고 앉았다. 달큰한 시나몬 향을 맡자 자연스레 동화가 연상되었다.

"왜 웃어?"

"아냐."

"그 여자 집에 인사드리러 가는 거야? 뭐 좀 사 들고 가야지."

"그래서 꽃다발을 준비했는데 좀 그런가?"

"교제 허락받으러 가는 거야? 그럼 그 정도로 됐지, 뭐. 인사 잘 드리고 와."

"그렇게."

"참, 그때 식당에서 헛소리 지껄이던 인간들. 내가 밟아 놓을 틈도 없이 다들 입 다물더라? 권무진 그때 눈빛이 장난 아니었나?"

그 말에 무진이 픽 웃고 말았다. 그는 성인이 된 후로 한 번도 주먹다짐을 해 본 일이 없었다. 그런데 그때 상진이 덤벼들었다면 처음으로 악의를 품고 누군가에게 주먹을 날리지 않았을까 생각되었다.

"그런 여자 아니야."

"그래. 야, 그리고 그런 여자면 어때? 뭐 남자만 자기 과시해야 하냐? 여자가 남자 친구 몇 명 사귀었다고 하면 꼭 걸레로 만들더라? 남자들 성격 진짜 이상해. 물론 마약은 말도 안 되는 소리였지만."

그렇게 말하며 유진이 카푸치노를 순식간에 반이나 비워 내었다. 뜨겁지도 않은 모양인지 유진은 커피를 잘도 마셨다.

"뜨거워. 천천히 마셔."

"이제 습관이 돼서 그래. 앞에 뭐만 있으면 무조건 입에 넣고 본다니까."

카운터 앞에서 산 쿠키도 벌써 반 이상이 유진의 입으로 들어가 사라졌다. 칼로리가 필요할 땐 이런 쿠키만 한 게 없다며 칭송을 하기도 했다.

"엄마 요즘 컨디션도 좋으시고, 곧 날도 따뜻해질 것 같은데. 조만간 납골당에 갈까?"

무진이 고개를 끄덕였다. 그는 특별한 일이 없으면 아버지가 있는 납골당에 한 달에 한 번 정도 꼭 찾아갔다. 하지만 유진은 병원 일이 바빴고 근영은 입원 날짜가 길어지며 가지 못한 지 한참 되었을 것이다.

"조만간 가자."

"그래서, 결혼할 생각이야?"

"나는 그래."

"그 여자는?"

"나는 동화 씨에게 기회를 주고 싶은 거야."

"기회?"

"사계절을 겪고 나서도 나라는 사람이 좋을지."

"너는? 사계절을 겪을 동안 어떻게 될 것 같은데?"

무진이 잠시 창밖으로 고개를 돌렸다. 어느새 비가 멈춘 하늘은 여전히 흐렸지만 더 이상 비가 올 것 같지는 않았다.

마침 비어 있는 공간이 있어 주차를 하고 차에서 내렸다.

코트를 입을까 하다 어차피 또 운전을 하려면 벗어야 해서 문을 닫았다. 차가 잠긴 것을 확인하고 주차장을 돌아 나왔다. 그러고 보니 동화의 가게에 들어가는 것은 처음이다.

가게 바로 옆의 도넛 가게를 보고 그 안으로 들어가 여러 가지를 골라 담았다. 잘 포장된 박스를 들고 가게 정문을 향해 걸어갔다. 커다란 유리 안으로 사람들의 모습이 보였다. 그중에서 동화의 모습도 쉽게 찾아내었다. 그리고 동화의 앞에 있는 남자를 보았다.

키가 크고 모델처럼 비율이 좋은 남자였다. 자세가 꼿꼿하고 당당해 보인다. 웃고 있는 옆모습을 보았다. 꼭 동화를 처음 볼 때 같은 느낌이 들었다. 배우처럼 잘생긴 남자는 동화와 악수를 하고 가볍게 껴안았다.

동화 역시 거리낌 없는 모습이었다. 곧 식탁 앞에 마주 앉아 무엇을 보는지 서로 머리를 맞대고 누군가가 말을 하면 고개를 끄덕였다. 친밀한 듯한 두 사람을 보며 무진은 한참을 그렇게 서 있었다.

뭐랄까, 남자는 여유가 넘치고 자신감이 가득 찬 모습이다. 그리고 다정한 얼굴로 동화를 마주 보고 있다. 물론 무진은 그 모습을 보고 어떠한 오해도 하지 않는다. 아니, 그럴 필요가 없다고 생각을 한다. 다만 동화가 누군가의, 그것도 남자의 앞에서 자연스럽게 웃고 행동하는 것을 상상해 본 적이 없었다. 막상 그것을 마주하고 나니 가슴 한구석이 왠지 뜨끔해지는 것이다.

그때 막 고개를 돌리던 동화와 시선이 마주쳤다. 무진이 슬쩍 웃어 보이자 동화의 눈이 동그랗게 변했다. 그리고 재빨리 자리에서 일어나 걷기 시작했다. 무진의 시선이 자연스레 동화의 모습에 맞춰 움직였다. 문이 열리고 동화의 음성이 들렸다.

"무진 씨, 일찍 왔네요? 빨리 들어와요, 춥잖아요."

"가게에 처음 오는데 뭘 준비 못 했어요. 도넛 괜찮을까요?"

"그럼요, 우리 직원들 여기 도넛 엄청 좋아하거든요."

동화가 자연스레 무진의 손에서 박스를 가져갔다. 그리고 다른 직원에게 그것을 건네주었다. 직원은 함박웃음을 지으며 고맙다는 인사를 했다. 무진 역시 고개를 숙이며 인사를 하고 동화의 손이 이끄는 곳으로 걸어갔다. 조금 전 동화와 이야기를 나누던 남자가 자리에 서서 두 사람을 기다리고 있었다.

"이쪽은 강도수라고 도하가구 사람이에요."

"안녕하십니까, 강도수라고 합니다."

도수가 주머니에서 명함을 꺼내 앞으로 내밀었다. 그것을 받아 들고 재빠르게 읽은 무진이 주머니에 넣은 뒤 자신의 명함을 도수에게 건네주었다.

"권무진입니다."

도수는 사람을 만나는 것이 익숙한 듯 보였다. 명함을 꼼꼼하게 확인하여 읽고 재킷 윗주머니에 구겨지지 않게 넣는다. 그리고 자연스레 미소를 띤 얼굴로 손을 내밀었다. 무진은 손을 내밀어 도수의 악수를 받아들였다.

"윤동화가 눈이 높긴 하네요. 이렇게 잘생긴 남자 친구를 다 두고."

"과찬이십니다."

"사실 지금 제가 한국 들어온 지 세 시간밖에 안 되어서 정신이 없습니다. 이해해 주세요. 나중에 뵙죠. 그럼 믿고 간다."

"그래, 오빠. 나야말로 잘 부탁해. 배웅은 안 한다?"

"됐어, 인마."

도수가 자연스레 동화의 머리를 슥 쓰다듬고 걸어 나갔다. 마치 모델이 런웨이를 걷는 듯한 모습이었다. 하지만 동화는 그런 것은 신경도 쓰이지 않는 듯 재빠르게 대리석 식탁 위에 펼쳐진 것들을 치우고 있었다.

"무진 씨, 오늘 커피 마셨죠? 그럼 국화차로 할래요? 선물 받았는데."

펼쳐진 것들을 치우는 데 시간이 꽤 오래 걸렸다. 무진은 동화의 작은 손이 빠르게 움직이는 것을 물끄러미 바라보았다. 아니, 정확히는 동화의 머리카락이었다. 무진의 손이 올라가 동화의 머리를 쓰다듬었다. 그러자 바쁘게 움직이고 있던 동화가 그대로 멈췄다. 살짝 놀란 듯 동화가 눈을 동그랗게 뜨고 무진을 보았다.

다른 남자가 자연스레 만지는 모습이, 싫다.

절로 한숨이 나왔다. 그런 동화를 보고 경진이 인상을 찌푸린다. 그러고 있을 거면 차라리 사무실로 들어가라는 눈치였다. 하긴, 오전부터 계속 식탁 앞에 앉아서 한숨을 내쉬고 있으니 보기도 싫을 것이다.

"동화야, 윤동화? 계속 그러고 있을 거면 차라리 집에 가지 그래?"

"안 돼. 무진 씨 오기로 했거든."

"그런데 왜 자꾸 한숨이야."

"오늘 우리 집에 가잖아."

"그게 뭐 어때서?"

"너도 우리 엄마 알잖아. 완전 속물. 거기다 눈치도 없고. 그냥 공주님으로 태어나 계속 공주시잖니. 말실수할까 봐 자꾸 걱정돼."

잔뜩 걱정이 묻어 있는 동화의 말투에 경진이 들고 있던 포트폴리오를 식탁 위로 탁 소리가 나게 올려 두고 고개를 저었다. 동화는 이미 식어 빠진 커피 잔을 그냥 뱅뱅 돌리며 경진의 시선을 피했다.

"뭐가 문제야. 그런 말 하나로 바뀔 남자 아니라면서."

"잘 보이고 싶어서 그런 거지."

"무슨 꾸민 모습만 계속 보여 줄래?"

"그건 아니지만……. 아무튼 그냥 좋아하는 사람한테는 좋은 모습만 보이고 싶은 거잖아."

"그래, 그건 그렇지."

아무리 생각해도 무진이 식구들과 만나는 것은 너무 이르다. 거기다 인화도 너무 궁금하다며 저녁에 온다고 하지 않았던가. 재형이 출장을 가 있는 게 정말 다행이었다. 그렇지 않았으면 무조건 끌고 왔을 테니 말이다. 더 다행인 건 윤 회장도 현재 유럽 출장 중이라는 것이었다.

"윤동화."

"오빠!"

동화가 자리에서 일어나자 도수가 성큼성큼 걸어왔다. 그러고 보니 거의 4년 만이었다. 미국으로 유학 간 뒤로 거의 보지를 못했으니 말이다. 도하가구와는 어렸을 때부터 집안끼리 친하게 지내어 어른들이 농담으로 사돈을 맺자고 할 정도로 편했다. 그리고 도수는 5년 전 이상한 소문이 돌기 시작할 때 가차 없이 쓴소리를 날리기도 했다. 그래서 동화는 도수에게 많이 고마워하고 있었다.

"뭐야, 언제 들어왔어?"

"한국 도착하자마자 여기 온 거다."

그렇게 말하며 도수가 가볍게 동화를 끌어안았다. 그러니까 도수는 거의 친척 오빠에 가까운 사람이었다. 어려서부터 동화를 동생처럼 여기고 예뻐해 주었다.

"뭐야, 오빠 그럼 회사로 들어가는 거야?"

"미국에서도 일은 계속하고 있었지. 부산에 '바림' 완전히 떨어져 나가면서 오픈하는 거 알지?"

"그럼, 부산이라서 얼마나 다행인데."

"너희 가게 수입 가구만 취급하는 거 아니지?"

"내 눈에 예쁘면 무조건 판매하지. 그런데 딱히 국내 가구는 관심이 없었고, 도하는 가구를 안 주잖아."

"바림 포트폴리오 받았지? 어때?"

"괜찮은 거 꽤 많더라. 어디 좀 볼까. 내가 체크해 놓은 것들이 몇 개 있거든."

언제는 경영 같은 건 하기 싫다고 하더니 맡은 일이라고 최선을 다한다. 그 모습이 도수답다고 생각했다. 동화는 도수가 챙겨 온 자료들을 살펴보며 고개를 끄덕이기도 하고 몇 개의 제품들은 실제로 보고 판단하기로 했다.

"영광이네, 팀장님께서 미국에서 오자마자 찾아 주시고."

"그동안 고생 많았다."

그게 무슨 뜻인지 동화는 잘 알고 있었다. 그냥 남들이 뭐라 떠들든 신경을 쓰지 않았던 것인데 그렇게 말도 안 되는 루머로 퍼질 줄 몰랐었다. 자신이야 모임 같은 것에 참석을 하지 않아 제대로 듣지 못하고 짐작만 했지만 상화나 인화, 부모님이 어떤 심정이셨을지 생각하니 가슴이 답답했다. 그나마 이제라도 바로 잡아 다행이었다.

"세상엔 미친놈들이 참 많아."

"그렇지 뭐. 참, 오빠 결혼 안 해?"

"할머니하고 조건 걸었어."

"조건?"

"내가 경영에 참여하는 대신 결혼은 멋대로 하겠다고."

"정말? 그렇게 하시래?"

"내 고집도 만만치 않거든. 너는?"

"나도 남자 친구 있지."

픽 웃으며 고개를 젓던 동화가 막 시선을 돌렸을 때 바깥에 서 있는 무진과 눈이 마주쳤다. 반가움에 재빨리 자리에서 일어나 문을 열고 무진을 맞이했다. 무진을 소개하는데

도수의 시선이 위아래로 움직이는 것이 느껴졌다. 상화와 친구이기도 한 도수는 어려서부터 꼭 친오빠인 것처럼 행동하곤 했다.

"그럼 가 볼게."

도수가 부드러운 손길로 그녀의 머리를 한 번 쓰다듬었다. 그 손길이 동화는 무슨 뜻인지 잘 알고 있다. 그동안 잘 견뎌 내어 주어 고맙다는 마음을 둘러말하고 있는 것이라 그저 고개를 끄덕였다.

"무진 씨, 오늘 커피 마셨죠? 그럼 국화차로 할래요? 선물 받았는데."

대리석 식탁 위로 펼쳐진 것들을 빠르게 정리하기 시작했다. 하여간 강도수는 일을 만든다며 속으로 구시렁거리는데 머리 위로 따뜻한 손길이 느껴졌다. 행동이 그대로 굳은 동화가 눈을 동그랗게 뜨고 무진을 보았다. 무진이 어색하게 웃으며 손을 내려놓았다.

"뭐가 묻어서요."

"아, 정말요? 차 준비해 올게요."

조금 전에 창고에 잠시 다녀왔는데 그때 뭔가가 묻은 모양이었다. 동화는 괜히 머리를 쓸어내리며 배치되어 있는 스넥 바로 걸어갔다. 그리고 바로 옆에 나와 있는 CD 케이스를 보았다.

아주 앳된 무진의 모습이었다. 눈을 감고 바이올린을 앞으로 들고 있는 연출까지, 틀림없는 무진이었다. 그럼 지금 매장 안에 울리고 있는 바이올린 소리가 무진의 연주란 말인가?

뜨거운 물을 따르다 말고 뒤를 돌아보았다. 무진은 경진과 웃으며 이야기를 나누고 있었다. 재빨리 찻잔을 들고 걸음을 옮겼다.

"오늘만 튼 거 아니에요. 제가 예전부터 팬이라서 자주 틀어 놓거든요."

"고맙습니다."

경진의 말을 듣고 보니 매장 안에 이 바이올린 연주가 자주 흘렀던 것 같기도 했다. 동화가 무진의 앞으로 찻잔을 내밀었다. 투명한 글라스 안에 말라 있던 국화가 활짝 펴져 은은한 향을 내고 있었다.

"잘 마실게요, 동화 씨."

"네. 불편하면 음악 다른 걸로 바꿔도 되는데."

"괜찮아요."

저도 모르게 무진의 표정을 살폈다. 그는 늘 옅은 미소를 짓고 있다. 오늘 역시 마찬가지다. 흘러나오는 음악에 대해서도 딱히 불편한 기색은 없어 보였다.

"그럼 두 분 이야기 나누세요."

"고마워요, 경진 씨."

한쪽 눈을 찡긋 감은 경진이 동화의 어깨를 툭 치며 지나 갔다.

"동화 씨."

"네."

"강도수 씨, 가까이 지내는 사람인가요?"

"어렸을 때부터 봐 왔거든요. 그리고 저에 관한 안 좋은 소문들, 오빠가 유학 가기 전까지 많이 눌러 줬어요."

고개를 끄덕이는 무진을 보며 동화는 찻잔을 들었다. 도수 가 왔을 때 경진이 새로 가져다준 커피는 이미 반쯤 식어 있 었다. 그것을 물끄러미 보던 무진이 찻잔을 바꿔 갔다.

"바꿔 마시는 게 좋겠어요."

"그거 다 식었는데."

"식은 커피도 괜찮아요. 아무래도 옆에 있는 잔들, 동화 씨 게 아닌가 생각되어서."

무진의 시선을 따라 동화의 눈동자도 움직였다. 그러니까 오늘 하루 종일 이 자리에 앉아 무려 커피를 다섯 잔이나 비 웠다. 아니, 정확히는 네 잔이었다. 한 잔은 방금 무진이 가 져갔으니 말이다.

"눈치가 백단이시네요."

"끊기 힘들다면 하루 한두 잔 정도로 줄여 보는 건 어때요? 볼 때마다 동화 씨는 커피만 마시는 것 같아서."

"줄여야겠다 생각은 하는데 막상 보면 커피를 시키고 있더라구요. 이제 정말 좀 바꿔 봐야겠어요. 몸에 영향도 끼치는 것 같고."

"불면증?"

괜히 말했다 싶었다. 사실 심각한 건 아니었고 일주일에 한두 번씩 쉽게 잠들지 못할 때가 있었다. 그럴 때면 보통 푸르게 동이 터 오는 것을 보곤 했다. 그래도 서서히 나아지고 있는 중이었다. 예전에 그 비율이 일주일에 3~4일이었다면 요즘은 하루 이틀 정도니까 말이다.

"어떻게 알았어요? 잠 못 드는 거."

"눈이 늘 충혈되어 있어서."

그 말에 동화가 손을 들어 눈꺼풀을 괜히 슥 만졌다. 뭔가 막 하나가 쓰여 있는 느낌이 들 때가 있다. 막 일어났을 땐 괜찮지만 일상생활을 하다 보면 어느 순간 극심한 피로가 몰려온다.

"만성인 거 아니에요? 본인은 잤다고 생각해도 깊게 잠이 못 들 수도 있고."

"그래서인가? 홍삼을 먹어도 피로가 쉽게 안 풀리는 것 같아요."

"주말엔 한가하죠?"

"네."

사실 늘 한가하다는 말이 맞다. 가게는 경진이 거의 운영을 하고 있었고 그녀는 경진의 타박에 나오는 것뿐이었으니 말이다.

"같이 뒷산이라도 다녀야겠네."

"등산하자는 거예요?"

"네."

무진의 대답에 동화가 괜히 시선을 피하며 눈동자를 굴렸다. 하지만 무진은 단호했다. 내일 아침 8시까지 데리러 오겠다고 말하지 않는가.

"하지만 등산복도……."

아니, 등산복은 있다. 영인의 친구 중 누가 등산복을 런칭했다며 한가득 가져와 그녀에게도 던져 주고 갔었다.

"어려운 산은 못 가요."

"걱정 말아요. 산책 코스로 갈 테니까. 그럼 이만 일어설까요?"

무진이 시계를 살피며 말했다. 초대 시간까지는 약 30분 정도가 남았다. 지금 집으로 출발하면 조금 이르기는 하겠지만 상관없었다. 아침부터 시간이 빨리 가기를 고대하고 있던 사람은 황 여사였으니 말이다.

동화가 자리에서 일어서며 가방을 찾았다. 무진은 자신의

옆자리에 있던 가방을 들었고 동화가 그것을 받기 위해 손을
내밀었다.

"내가 들고 갈게요."

"별로 무거운 것도 아닌데."

"이게 안 무거워요?"

무진이 의외라는 얼굴로 말했다. 보통 여자들이 많이 들고
다니는 가죽 가방의 기본 무게가 이렇게 많이 나갈 거라곤
생각을 못 했다. 안에 많은 물건이 들어 있는 것도 아닌데 말
이다.

"에이, 이 정도는 다들 기본으로 들고 다녀요."

늘 가방을 들고 다녔던 터라 막상 빈손으로 걷자니 손이
어색했다. 하지만 무진은 가방을 돌려줄 생각이 없는 듯했다.

의외로 나쁘지 않았다. 동화는 고개를 끄덕이며 무진의 옆
에 나란히 서서 걸었다. 그리고 보니 가구를 보러 오는 젊은
커플들은 대부분 남자가 여자의 가방을 들고 있었다. 자신이
그런 경험을 해 볼 거라고는 생각하지 못했었다.

경진과 다른 직원들에게 인사를 하고 가게를 나섰다. 주차
장까지는 얼마 되지 않는 거리였지만 그 짧은 순간에도 무진
이 배려를 해 주는 것이 좋았다.

"가만히 보면 무진 씨는 매너가 참 좋아요."

"무슨 뜻이에요?"

"아니, 예전 여자 친구들에게도 참 잘했겠다 싶어서요."

"그거 지금 질투하는 거예요?"

동화가 자리에 멈춰 서서 무진을 보았다. 그녀가 서자 이상함을 느꼈는지 무진이 뒤를 돌았다.

"동화 씨?"

"진짜네. 나 방금 질투했나 봐요."

"네?"

"그러니까 내가 발견하기 전에 흔적이 있으면 알아서 좀 치워 줄래요? 바가지 긁는 여자 되기 전에."

무진이 웃으며 고개를 숙이고 말았다. 동화 역시 웃으며 무진의 팔에 자연스레 팔짱을 꼈다. 웃고 있는 두 사람은 낯선 시선을 알아채지 못했다.

9
시작하기 직전

"반가워요, 황연주라고 해요. 동화 엄마고."

"처음 뵙겠습니다. 권무진입니다."

그렇게 식사가 시작되었다. 황 여사는 무진이 건네는 꽃다발을 보고 제법 감동스러운 얼굴을 했다. 그러고 보니 황 여사가 사모님들과 함께 꽃꽂이를 배우러 다닌다고 했을 때 망치기만 한다면서 우울한 표정을 짓곤 했던 게 기억났다. 그녀도 역시 여자인데 왜 꽃을 좋아한다는 것을 몰랐을까. 황 여사의 생일이나 결혼기념일에 대충 봉투만 건넸던 게 떠올랐다.

"연애할 때 이후로 꽃다발 처음 받아 봐요."

감동한 얼굴이 연기는 아닌 모양이었다. 황 여사는 꽃다발을 한참이나 안고 내려놓지를 못했다. 뒷좌석에서 무진이 꽃다발을 꺼냈을 때 동화도 잠깐이지만 놀라기는 했다.

"이거 꽃꽂이 정성스럽게 해야겠네. 참, 배고프죠. 내가 이렇게 정신이 없어. 이쪽으로 와요."

황 여사는 자연스럽게 그를 식당으로 안내했다. 생각해 보니 늘 루즈 핏 소재의 옷만 입다 오늘은 몸에 제법 붙는 정장을 입어 불편했다. 올라가 옷을 갈아입고 나올까 생각하던 동화는 그냥 무진의 뒤를 따랐다. 식사를 하고 나서 무진과 함께 잠깐 나가야겠다 생각했기 때문이었다.

식당과 부엌은 따로 구분이 되어 있다. 그래서 식당엔 10인용 대리석 식탁과 와인 셀러, 간이 조리대 정도가 전부였다. 생일 때도 10인용 대리석이 가득 찬 적이 없었는데 오늘은 정말 빈틈이 보이지 않을 정도였다. 조리대 위도 식탁 위에 놓이지 못한 음식들이 올려져 있었다.

"오늘 우리 엄마 힘 좀 썼네? 재형 씨 올 때도 이렇게 안 해 주더니."

"얘는, 내가 언제 그랬니? 무진 씨, 그쪽으로 앉아요."

인화가 괜히 입술을 삐죽이자 황 여사가 재빨리 어깨를 툭 쳤다. 차려진 음식을 보고 동화 역시 놀라기는 매한가지였다.

자리를 잡고 앉자 황 여사는 손바닥만 한 크기의 노릇하게 익은 전복 구이를 잘라 무진의 앞접시에 놓아 주었다. 거리가 있는지라 직접 자리에서 일어나서 말이다.

"아닙니다, 제가 먹겠습니다."

"내가 특별히 아는 집에 부탁해서 공수받은 거예요. 크기가 커도 부드럽고 맛이 좋거든요."

"고맙습니다, 잘 먹겠습니다."

"그래요. 참, 술 마실 줄 알아요? 좋은 술이 있는데 꼭 대접하고 싶거든."

"그럼 한 잔 주십시오."

사실 무진이 술을 거절할 줄 알았다. 하지만 그는 아주 부드럽게 웃으며 고개를 끄덕였다. 어딘지 모르게 황 여사는 들떠 보이는 얼굴이었다.

"영준 엄마, 그 술 좀 부탁해요."

"네, 사모님."

대체 얼마나 좋은 술이기에 저렇게 접대를 한다는 걸까. 고개를 저으며 젓가락을 든 동화는 막상 어디로 손을 뻗어야 할지 갈피를 잡지 못했다. 그래서 앞에 있는 고사리로 젓가락을 움직이는데 그녀의 앞접시로 황 여사가 장어를 놓아 주었다.

"넌 꼭 풀만 먹으려고 하더라?"

꼭 그런 건 아니었다. 그냥 팔을 뻗는 게 귀찮아서 평소에도 거의 바로 앞에 있는 반찬들을 먹은 것뿐이었다. 아무래도 오늘 황 여사의 컨셉은 자상한 엄마인 모양이었다. 곧 포항댁이 가져온 술을 보고 인화가 입을 쩍 벌렸다.

"세상에, 오빠하고 재형 씨가 달라고 할 땐 눈도 안 깜빡이더니."

"그땐 숙성이 덜 되어 그랬지. 저번에 선물받은 산삼으로 만든 술이에요. 내가 술 담그는 걸 또 좋아해요."

"이렇게 귀한 걸 제가 마셔도 될지 모르겠습니다."

"잘 익었나 봐 줘요. 처음 개시하는 거거든."

동화는 장어 토막을 질겅질겅 씹으며 황 여사를 보았다. 오늘 황 여사는 정말 어느 때보다도 편안해 보이고 즐거워 보인다. 지난 5년간 그녀에게 전혀 내색을 하지 않아 몰랐었다. 얼마나 속을 끓이고 있을지. 그냥 늘 공주처럼 자라서 엄마지만 철이 없다고 여겼다.

하지만 자신의 생각이 틀렸음을 깨달았다. 역시 자식은 부모의 마음을 헤아릴 수가 없다. 그때 눈앞으로 하얀 잔이 들어왔다. 고개를 들어 보니 무진이 그녀의 앞으로 잔을 내밀고 있었다.

"어머, 우리 동화 이런 술은 잘 못 마시는데."

"약주니까 한 잔 정도는 같이해도 괜찮지 않을까요?"

황 여사가 살짝 불안한 얼굴로 동화를 보았다. 그러고 보니 한동안 알코올에 푹 빠져 지낸 때가 있었다. 그 이후로 술은 마셔도 많이 마시지 않고 회식 때 한두 잔 정도만 하는 줄로 알고 있다.

"괜찮아요, 같이 마셔요."

동화가 잔을 받자 무진이 술을 따라 주었다. 산삼 특유의 향이 훅 끼쳐 올라왔다. 그 모습을 보던 인화도 슬쩍 술잔을 내밀었다.

"안 돼, 요즘 임신 준비한다면서."

"엄마, 언젠 약주라며."

"그럼 딱 한 모금만 해."

황 여사가 탐탁지 않은 얼굴로 인화의 잔에도 술을 따라 주었다. 네 사람은 술잔을 부딪치고 입으로 가져갔다. 향은 강하지만 알코올 특유의 맛이 진하게 코끝을 때려 동화는 저도 모르게 인상을 찌푸리며 물을 찾아 마셨다. 그렇게 쓴데도 불구하고 무진은 표정 하나 변하지 않았다.

사실 처음 무진이 술을 마실 땐 조금 신기하기도 했다. 왠지 술과 권무진이라는 남자는 잘 어울리지 않는다고 느껴졌기 때문이다. 즐겨도 와인 정도라고 생각했다.

하지만 그는 스스로 한때 술이 없으면 잠이 들지 못했을 정도라고 말했다. 친구와 아버지의 죽음이 얼마나 큰 아픔이었을지 동화도 이해는 할 수 있어 그저 고개를 끄덕였을 뿐이다.

"비발디 바이올린 소나타 연주하신 적 있잖아요."

"네."

"저는 비발디는 솔직히 다 거기서 거기, 비슷하다고 생각했는데 그때 정말 감동받았어요. 엄마는 울기까지 했어요."

어차피 클래식에 관해선 문외한이고 잘 알지도 못한다. 그나저나 황 여사가 연주를 듣고 울었다니. 왠지 의외이면서도 귀엽다는 생각이 들었다.

동화는 팔을 괴고 세 사람이 나누는 이야기에 귀를 기울였다. 다행히 음악에 관련된 이야기를 하는 무진의 표정은 아파 보이지 않았다.

"술을 굉장히 잘 마시네?"

"한때 많이 마셨었죠."

"언니처럼 술독에 빠져 있었던 건 아니겠죠?"

인화의 말에 황 여사가 재빨리 옆구리를 쿡 찔렀다. 휘청하던 인화가 괜히 눈치를 보며 밥을 크게 떠서 입안으로 넣었다.

"힘들 땐 술이 친구가 되어 주는 법이니까요."

"요즘도 많이 마셔요?"

"아뇨, 요즘은 거의 마시지 않습니다. 동화 씨와 몇 번 마신 게 다였습니다. 그리고 말씀 편하게 하십시오."

"어머, 그럴까?"

그렇게 말하며 황 여사가 그녀를 흘겼다. 하지만 무진이 '간단히 마셨습니다'라고 말을 해 다시 분위기가 풀렸다.

식사 자리는 꽤나 좋았다. 밥을 다 먹고 거실로 나와 차를 마시면서도 이야기가 끊이지 않았다. 주로 황 여사와 인화가 대화를 이끌어 나가고 무진은 거기에 맞춰 답을 하는 정도였다.

한동안 술독에 빠져 살았다더니 정말 무진은 술이 꽤나 강한 모양이었다. 산삼주를 여섯 잔이나 마시고 인화가 가져온 와인까지 마셨다. 산삼주 같은 경우는 양주보다 훨씬 독해서 동화는 마시다 헛기침까지 했을 정도였다. 그녀가 와인 두 잔에 약간의 열감을 느낄 때도 무진은 평소의 얼굴색 그대로 거의 변화가 없었다.

"어머니가 편찮으시면 결혼을 좀 서두르는 게 좋지 않을까?"

무진의 말씀 편히 하시라는 말에 황 여사는 마치 이미 사위라도 되는 것처럼 그를 대하고 있었다. 분명 결혼 이야기는 꺼내지 말라고 했는데 황 여사의 머릿속에서는 싹 지워진 모양이었다. 동화가 헛기침을 했다.

"만난 지 이제 한 달 남짓입니다. 사계절 정도는 서로 어떤 사람인지 겪어 보는 게 좋을 것 같다고 판단을 내렸습니다."

"그래. 나는 두 사람이 결혼을 하고서 연애를 즐기는 것도 나쁘지 않다고 생각했지."

황 여사의 말에 무진이 살짝 미소를 지었다. 저건 어떤 의미일까? 사실 동화도 황 여사와 같은 생각을 했다. 아마 처음 만났을 때 그런 생각을 했는지도 모른다.

분수대를 바라보고 있던 무진의 뒷모습이 지금도 선연했다. 그저 무진이 뿜어내는 맑음에 처음부터 끌렸을지도 모르겠다.

"스물여덟 살이면 이른 나이입니다. 너무 걱정하지 마세요. 속단할 수는 없지만 미래에 동화 씨 옆에 있는 사람이 저이고 싶은 건 변함없습니다."

심장이 쿵 울리는 소리를 들었다. 누군가와 나란히 서서 앞을 향해 걸어간다는 것을 그동안 깊게 생각해 보지 않았다. 그저 결혼을 한다면 무진과 하겠구나, 최근 생각했을 뿐이다. 나이가 들어서도 지금과 같은 마음이면 참 좋겠다는 생각이 들었다.

"시간이 늦었으니 이만 일어나 보겠습니다."

"바쁜 사람을 너무 오래 잡아 뒀네. 이제 얼굴도 봤으니 자주 놀러 와요. 집 밥 먹고 싶을 땐 언제든 오고. 동화 없어도 환영이니까."

"고맙습니다. 그럼 나중에 또 뵙겠습니다."

한 치의 흐트러짐 없이 인사를 마친 무진과 함께 집을 나섰다. 대리 기사를 불러야 하지 않냐는 황 여사의 말에 무진은 차를 동화의 가게에 두고 왔다며 고개를 저었다. 두 사람은 대문을 나섰고 동화는 같이 카페로 가려고 했다. 하지만 무진이 고개를 저으며 전화를 해 택시를 불렀다.

"많이 피곤해요?"

"아니, 동화 씨가 피곤해 보여서. 얼른 쉬는 게 나을 것 같아요. 나올 필요 없었는데. 추운데 얼른 들어가요."

"내일 같이 점심 먹을래요? 무진 씨도 차 가지러 어차피 가게로 와야 하잖아요."

"그럴게요. 빨리 들어가요, 추워요."

무진이 동화의 머리카락을 귀 뒤로 넘겨 주며 웃었다. 복숭아처럼 불그스름 변한 볼이 귀엽다는 생각이 들었다. 손이 다시 한 번 멋대로 올라가 동화의 볼을 쓸었다. 바람이 차가워서인지 붉은 볼임에도 불구하고 뺨은 차가웠다.

"택시 올 때까지 기다릴게요. 산삼주를 마셔서 그런지 하나도 안 추운데요?"

"볼이 차가운데."

그녀가 계단을 완전히 내려가지 않아 두 사람의 키 높이가 비슷했다. 올려 보지 않는 무진의 얼굴은 이렇구나, 생각되었다. 그는 거의 실내 생활을 해서인지 깨끗한 피부를 가지고 있다.

숨을 쉴 때 달큰한 산삼 냄새가 난다. 이제야 같은 술을 마셨다고 인지할 수 있었다. 그가 두 손을 들어 올려 그녀의 볼과 귀를 동시에 감싸 쥐었다. 커다란 손에 그녀의 얼굴이 거의 파묻힐 지경이었다.

알코올은 충동을 부추긴다. 동화는 무진의 붉은 입술을 바라보았다. 꼭 루즈를 바른 것처럼 붉은색이다. 술 때문에 그런 것일까? 동화가 손가락을 무진의 입술에 살짝 가져다 댔다. 그러자 무진이 웃으며 그녀의 손가락 끝에 입을 맞추었다. 그리고 얼굴을 감싸고 있던 손을 내려 그녀의 허리를 감싸 끌어안았다. 옷 위로도 그의 단단한 근육이 느껴졌다. 그 갑작스런 행동에 동화는 숨을 쉬는 것도 잊어버릴 것 같았다.

"동화 씨."

대답을 해야 하는데 할 수가 없다. 입술이 꼭 얼어붙은 것처럼 움직이질 않는다. 무진은 허리를 안고 있던 팔에 조금 더 힘을 주어 손으로 그녀의 등을 천천히 쓰다듬었다. 동화가 낮은 숨을 뱉었다.

"윤동화 씨."

"네."

"나도 이제 인정할게요."

"뭘요?"

심장이 쿵쿵 소리를 낸다. 맞닿은 심장으로 고동이 느껴질 지도 모르겠다. 동화는 숨을 천천히 뱉었다. 그럼에도 불구 하고 심장은 과부하에 걸린 것처럼 진정될 줄을 몰랐다.

"시작된 것 같아요."

왠지 눈앞이 흐려진다. 동화는 축 늘어뜨렸던 팔을 뻗어 무진의 허리를 감싸 안았다. 단단한 그 느낌이 좋다.

"윤동화라는 여자가 좋아요."

세상에 태어나 누군가에게 고백을 해 본 것은 처음이다. 묘한 심장의 증폭이 어색하면서도 즐겁게 느껴졌다.

사실 고백을 하거나 누군가를 좋아한다는 건 참 어려운 일 이라고 생각했다. 그렇다고 해서 예전에 사귀었던 사람들을 좋아하지 않았다는 뜻은 아니다. 그땐 그 나름의 최선을 다 했었다. 하지만 그때와 지금의 마음은 전혀 다르다. 그때보 다 훨씬 깊고, 넓으며 소중하다.

평소 사람과의 관계는 시간이 흐를수록 더 깊어지고 가까 워진다고 생각했다. 어쩌면 그래서 지나간 두 번의 연애도 알고 지내던 가까운 사람이었는지 모른다. 그땐 그게 당연하 다고 생각한 것뿐이었다. 누군가를 가볍게 만나고 사귈 주제가 되지 못한다는 것을 스스로가 가장 잘 알고 있지 않던가.

어떻게 보면 동화를 만나게 된 것은 행운이다. 동화가 자리를 잘못 찾지 않았다면 분명 그냥 모르는 사람으로 스쳐 지나갔을 것이다. 그저 한 공간에 잠깐 있었을 뿐 안면도 없는 사이로 말이다.

막상 그런 생각을 하니 가슴 한구석이 지끈거린다. 상상만으로도 오싹해지는 느낌이다. 그럼에도 저도 모르게 웃음이 났다. 계속 웃고 있었던 것인지 룸미러로 택시 기사와 눈이 마주쳤다.

"좋은 일 있으신가 봐요?"

결국 시선이 마주치자 택시 기사가 먼저 말을 걸어왔다. 무진은 헛기침을 뱉으며 괜히 입술에 힘을 줘 보기도 했다.

"그게 잘 보이나요?"

"그럼요. 눈이 웃는 건 정말 기쁘지 않으면 힘들거든요."

무진은 기사의 말에 아버지가 떠올랐다. 기쁜 모습은 눈으로 나타난다고 하셨었다.

사람들은 아버지가 돌아가시고 나서 그의 앞에서는 말을 아꼈다. 물론 아버지가 돌아가신 것은 슬픈 일이다. 하지만 언제까지 아버지의 죽음만을 떠올리고 있을 순 없지 않은가. 비록 아버지와의 미래를 쌓을 수는 없지만 미리 쌓인 추억들이 많았다. 거기엔 온통 좋은 기억들뿐이다. 돌이켜 보면 모든 것들이 좋은 추억인 것이다.

"저희 아버지 같은 말씀을 하시네요."

"그런가요? 아버지와 친하신가 봐요? 우리 애들은 이제 고등학생인데 사춘기인지 뭔지 말도 안 하려고 하더라고요."

그렇게 말하는 기사의 얼굴에 씁쓸함이 번졌다.

"사춘기잖아요. 기사님이 먼저 다가가 주고 손 뻗어 보세요. 처음엔 어색해하겠지만 어느 순간엔 좋아할 거예요. 아버지와의 추억이 많이 있는 게 참 좋거든요."

"손님 말을 들으니 정신이 번쩍 드네. 바쁘고 피곤하다는 핑계로 말 좀 걸어 보려는 아들에게 괜히 화풀이나 했었는데. 이제 그러지 말아야겠네요. 손님만 모셔다 드리고 들어가는 길에 치킨이라도 사 들고 가 봐야겠어요."

기사의 말투는 어딘가 정말 아버지를 닮아 있다. 이제야 술기운이 올라오는 걸까? 어린 시절의 아버지와 함께 공유하고 있는 추억은 많다. 하지만 10대가 되어 세계 각국으로 돌아다니다 보니 아버지와 함께할 시간이 줄었다.

모두가 유학을 권유했을 때도 사실 고민이 많았다. 아마 결정하기 전날 아버지가 웃으며 다녀오라고 했다면 가지 않았을 것이다.

하지만 그때 아버진 꽤 많이 우셨다. 이제 내 아들이 아닌 연주가가 되는 거라면서 말이다. 그 눈물은 감격이기도 했고,

섭섭함이기도 했다. 그것을 아버지도 무진도 이해했기 때문에 열네 살의 연주가 권무진이 탄생한 것이다.

"좋은 아버지시네요."

멋쩍은 듯 웃는 기사의 모습을 보며 무진은 달리고 있는 창밖으로 고개를 돌렸다. 초봄의 밤이 깊어 간다.

❖　　　❖　　　❖

아침부터 일찍 눈이 떠진 덕에 식탁 앞에 앉아 있는 중이었다. 원래 아침을 안 먹기도 하지만 커피를 마시러 왔다가 윤 회장에게 꼼짝없이 잡히고 말았다. 하는 수 없이 자리에 앉아 몇 가지 과일과 커피를 먹었다.

시간은 이제 겨우 6시 30분이었다. 유럽 출장을 다녀왔지만 피곤하지도 않은지 윤 회장은 월요일 아침부터 출근을 할 생각인 모양이었다.

유럽에서 고생을 했다며 황 여사는 아침부터 상다리가 거의 부러지도록 음식을 차려 놓았다. 물론 상당수가 무진이 왔을 때 봤던 음식들이었다. 그것을 윤 회장도 눈치를 챈 모양이었지만 조용히 먹고 있었다.

"그래, 네 엄마는 권무진 씨가 마음에 든다고 하는구나."

막 딸기 하나를 목으로 넘길 때 무진의 이름이 나와 동화는 저도 모르게 컥컥거리고 말았다. 황 여사는 윤 회장이 오자마자 무진에 대해 어마어마하게 떠들어 댔을 것이다.

서둘러 물을 마시던 동화가 다시 곰곰이 생각했다. 하긴, 황 여사는 무진을 만나기도 전부터 예전의 '연주자 권무진'을 떠올리고 있었다. 그러니 기본적인 점수를 높게 주었을 것이다.

돌이켜 생각해 보면 황 여사는 재형을 처음 봤을 때 별로 마음에 들어 하지 않았다. 그래서 인화가 왜 그렇게 장모가 쌀쌀맞냐며 화를 냈던 때도 있었다. 그런 황 여사가 무진을 만나고서부터 꽤나 기분이 좋아 보였다. 동화에게도 필요한 게 있으면 언제든 말하라고 했고 오늘은 무진에게 반찬 좀 가져다주라며 바쁘게 움직였다.

"엄만 원래 예술가를 좋아하잖아요."

"넌?"

"말했잖아요. 좋아한다고."

뭘 굳이 또 물어보냐는 듯 심드렁하게 대답했다. 볼이 가득 차게 멜론을 입에 넣어 씹었다. 아마 예전 같았더라면 이렇게 말을 하지도 못했을 것이다. 아니, 하지 않았을 것이다.

하지만 동화는 무진에 관해서만은 윤 회장과 협의를 볼 생각이 없었다. 윤 회장과 동화의 시선이 부딪쳤다. 순식간에 식당 안의 분위기가 얼어붙었고 황 여사는 어쩔 줄을 몰라 하는 얼굴이다.

"나도 같은 실수는 안 한다."

그 말에 동화뿐만이 아닌 황 여사의 얼굴에도 놀라움이 고
스란히 비쳤다. 사실 스물세 살의 동화는 힘없던 대학생이었
다. 물론 크게 바뀐 것은 없지만, 그래도 이제는 윤 회장을
똑바로 마주할 만큼 나이가 들긴 했다.

"어머니 건강이 안 좋으시다니 결혼 서둘러야 하는 거 아
니냐."

"그러고 싶지 않대요."

그 말에 막 국을 떠 마시던 윤 회장의 행동이 멈췄다. 황
여사는 헛기침을 했고 동화는 과일을 계속 먹었다. 윤 회장은
한참 동안 그 상태 그대로 있더니 이내 숟가락을 내려놓고
물을 마셨다.

"결혼은 더 생각해야 한다?"

"돌려 말하지 말고 그냥 말씀하세요."

"그러니까 권무진 씨 마음은 아직 그 정도는 아니다?"

"네. 제가 먼저 좋아했잖아요. 그리고 아직 사귄 지 한 달
도 안 됐어요."

심기가 불편한 듯 윤 회장이 헛기침을 했다. 아무래도 오
늘 아침 식사 자리가 조금 더 길어질 것 같았다.

"아빠 권무진 씨가 마음에 안 드세요?"

"원래 딸 가진 아버지 마음은 다 그런 거야."

아무래도 아침부터 싸움으로 번질 것 같았는지 황 여사가 중재에 나섰다. 하지만 두 사람은 서로 마주한 시선을 옮기지 않고 있었다.

동화는 이럴 때 자신이 윤 회장을 많이 닮았다는 것을 깨닫곤 했다. 그래, 원래 같은 성격끼리는 자꾸 부딪치는 것이다. 이제껏 그것이 싫어 발버둥을 쳤다. 그것을 인정하고 나니 왠지 허탈해서 저도 모르게 허, 소리를 뱉고 말았다. 그 소리에 윤 회장의 미간이 찌푸려졌다.

"아뇨, 나하고 아빠하고 참 많이 닮은 것 같아서."

"네 엄마 말이 맞다."

"뭐가요?"

"어떤 녀석을 데려와도 나는 만족하지 못할 거다."

동화가 고개를 끄덕였다. 원래 어느 부모든 내 자식이 제일 귀한 법이다. 그러니 그렇게 현균의 집을 협박하지 않았을까?

물론 현균이 그립다는 건 아니다. 이젠 미안함만 남은 것이다. 어쨌거나 한 사람의 인생을 바꾸어 놓았으니 말이다. 그냥 평범한 여자를 만났더라면 그는 그런 일들을 당하지 않아도 되었을 것이다.

"아빠."

윤 회장이 고개를 끄덕였다.

"그때 내가 집안 사람들과 모든 것을 끊어 버렸다면 불행해졌을 거라고 생각하세요?"

"뭐?"

"저는 그 상태로도 만족하며 살아갔을 거예요. 그런데 지금은 아빠에게 조금은 감사하단 생각도 해요. 정말 기댈 수 있는 사람을 만날 수 있게 해 주셔서. 오늘 좀 일찍 나가야 해서요. 이만 일어날게요."

보통 부모님이 식사를 하시는데 먼저 일어나지는 않는다. 하지만 윤 회장과 황 여사도 먼저 일어나는 동화를 보고 아무 말을 하지 않았다.

아마 지난 5년간 그녀 스스로 '현균'에 대한 이야기를 꺼낸 건 처음이었으니 그랬을 것이다. 어쩌면 부모님은 5년간 늘 가슴을 졸였는지도 모른다. 윤동화가 어느 날 갑자기 떠나 버릴까 봐 말이다.

계단을 올라서던 동화가 멈춰 서서 뒤를 돌아보았다. 대리석 기둥에 가로막혀 식당 안은 보이지 않는다. 아마도 두 사람은 침묵한 채 아침밥을 먹고 있을 것이다. 분명 동화의 입에서 '현균'이라는 말이 나온 것에 여러 가지 의미를 두면서 말이다.

하지만 부모님의 분위기를 더 이상 느끼기 싫어 그대로 계단을 올라섰다.

가게를 열고 이렇게 이른 시간에 나온 건 오랜만이었다. 초반엔 매번 일찍 나왔었는데 그러면 직원들이 부담을 느낀다는 경진의 말에 완급 조절을 했다. 주차를 하고 뒤를 돌아보았다. 오늘은 무진과 함께 점심을 먹기로 했다. 무진은 밖에서 먹을 거라고 생각하고 있겠지만 그녀의 차 뒤에는 황여사가 싸 준 반찬들이 가득했다.

"뭐야, 오늘 운동화 왜 이리 일찍 왔어?"

"그냥 오늘따라 눈이 일찍 떠지더라? 반찬 좀 싸 왔어. 밖에서 사 먹는 것도 지겹다면서. 우리 엄마가 오랜만에 실력 발휘 좀 하셨대."

그 말에 경진이 재빨리 다가와 그녀의 손에서 반찬이 들어 있는 가방을 마치 매처럼 낚아챘다. 경진의 주위로 몰려드는 직원들도 잔뜩 기대하는 얼굴이었다. 동화는 경진이 쓰고 있던 걸레를 들고 가구를 닦기 시작했다. 다들 아침도 안 먹고 출근을 한다. 사무실 안 모두가 와자지껄 떠드는 것을 보니 반찬을 보고 흥분한 듯했다.

"다들 아침 안 먹고 왔죠? 좀 늦게 오픈하지, 뭐. 밥 먹고 일 시작해요."

"정말요?"

"사장님, 그래도 돼요?"

사실 경진이 반대를 할 줄 알았다. 하지만 경진도 정말 배가 고팠던 듯 신이 나서 햇반을 사겠다며 지갑을 들고 뛰어나갔다.

한 번씩 이렇게 반찬을 좀 싸 들고 와야 하는 모양이었다. 경진도 독립을 해서 혼자 살고 있고 다른 직원들도 대부분 마찬가지였다. 조금 더 자고 싶어서 아침을 먹지 않는 경우도 많았다.

다들 아침을 든든하게 먹어서인지 오전 시간 내내 활기찼다. 동화는 시곗바늘이 11시 30분을 향해 가는 것을 보고 자리에서 일어났다.

"어디 가?"

"무진 씨하고 점심 먹기로 했어."

"뭐야. 무진 씨 주려고 만든 반찬 우리가 덤으로 먹은 거야?"

"겸사겸사. 다녀올게."

"안 와도 되니까 데이트 좀 해."

경진은 등을 떠밀기까지 했다. 동화가 웃으며 손을 흔들고 가게를 나섰다. 바람이 차갑게 뺨을 때린다. 동화는 제대로 여미지도 못한 머플러를 손보았다. 꼭 무진이 옆에 있는 느낌이 든다.

이 머플러가 뭐라고 그동안 아껴 두고 한 번도 해 보지 못했다. 아니, 정확히는 무진의 향이 날아갈까 봐 하지 못한 것이다. 하지만 며칠 걸어 두었더니 그녀의 향수 냄새로 완전히 바뀌고 말았다.

커다란 창에 비치는 모습을 다시 한 번 확인했다. 머리카락을 채 다 말리지 못해 풀어 놓았더니 엉망으로 보였다. 가방을 바닥에 내려 두고 깔끔하게 묶은 뒤 다시 머플러를 여몄다. 코트를 털어 내고 얼굴을 보는데 이상하게 오늘따라 화장이 잘 안 먹은 것 같아 불만스러웠다.

푹 쉬고 잘 잤다고 생각했는데 아닌 모양이었다. 그것도 아니면 아침에 있던 윤 회장과의 신경전 때문일지도 모른다.

윤동화와 권무진은 이제 시작하는 사이이다. 하지만 그녀의 부모님은 과할 정도로 두 사람의 관계에 지나친 관심을 가지고 있다.

아무래도 당분간 좀 서늘하게 나갈 필요가 있다는 생각이 들었다. 그렇지 않으면 황 여사는 정도를 모르고 무진을 귀찮게 할 것이다.

"동화야."

자신을 부를 사람이 누가 있나 싶어 고개를 갸우뚱거렸다. 허리를 숙이고 가방을 들어 뒤로 돌아섰을 때 동화의 얼굴이 천천히 굳어 갔다. 남자는 어색한 미소를 한 채 살짝 눈썹을 찌푸렸다. 그건, 쑥스러움을 느낄 때의 습관 같은 것이었다.

"오랜만이야."

현균이다.

10

깊이에서 오는 상실

평온한 얼굴로 잠이 들어 있는 근영의 얼굴을 무진은 물끄러미 바라보다 손을 뻗었다. 따뜻하고 부드러운 피부결이다. 살이 많이 빠진 것뿐이지 근영의 모습은 예전과 크게 다를 게 없다. 유진은 이제 엄마가 365일 다이어트를 하는 나보다 허리가 더 날씬하다며 괜한 투정도 부리곤 했다.

유진은 그와는 달리 장난기가 많고 사람을 편히 해 주는, 한마디로 시원시원한 타입이었다. 한 번씩 유진은 이 불공평한 나라에서 남자로 태어났어야 했다며 울분을 토해 내기도 했다. 그 말엔 무진도 동의하는 바였다. 적어도 이 나라에선 남자로 태어나는 것 자체가 축복이니 말이다.

유진이 외과를 택했다고 이야기를 들었을 때도 무진은 바로 고개를 끄덕였다. 말로는 성형외과나 피부과를 선택해 배가 터지도록 돈이나 벌겠다고 했지만 유진은 결국 힘든 길을 가기로 결정했다. 그 선택을 존중해 주는 무진을 보고 유진은 말없이 웃었다. 유진이 외과를 택한 것을 근영이 반대했다는 것은 나중에 안 사실이었다.

근영의 입장도 이해가 되었다. 하나뿐인 딸이 조금 더 편한 길을 가길 원했을 것이다. 실제로 유진은 레지던트 시절 응급실에서 폭주 환자에게 칼을 맞았다. 왼쪽 어깨엔 아직 상처가 남아 있었다.

근영은 연락을 받자마자 혼비백산해서 달려갔고 당장 과를 옮기라며 난리였다. 그때 유진은 어느 과나 응급실을 거쳐 가는 것이고 이건 운이 없었던 경우라며 근영을 달래었다. 그리고 근영을 보낸 뒤에야 무진을 보고 놀란 울음을 토해 내었다. 그때 무진은 우는 유진을 처음 보았다.

아버지가 돌아가셨을 때도 유진은 울지 않았다. 무표정한 얼굴로 장례 절차를 마쳤다. 누군가는 유진에게 장녀답게 대견하다고 했고 누군가는 독하다고도 했다. 하지만 무진은 누구보다 아버지를 좋아했던 유진이 차마 울지 못할 정도로 아버지의 죽음을 인정하지 못하고 있다는 것을 알아차렸다. 모든 식구들에게 슬픔이었지만 유진에겐 아마도 세상을 잃은 아픔이었을 것이다.

"울 것 같은 표정이야."

근영의 목소리에 멍하니 창밖을 보고 있던 무진이 고개를 돌렸다. 반사적으로 근영의 이불을 정리해 주고 그저 웃었다.

"슬픈 일 있니?"

"슬프다기보다, 누나가 참 힘들었을 것 같다는 생각이 들어서요."

"유진이?"

"첫째가 받는 압박감은 둘째인 제가 상상도 하지 못할 만큼 클 것 같아요."

그 말에 근영은 잠시 생각이 잠긴 얼굴이었다. 무진은 문득 동화가 떠올랐다. 동화에겐 오빠가 있지만 어딘지 모르게 둘째보다 첫째 같은 느낌이 든다.

물론 아직 동화의 형제 관계에 대해서는 잘 알지 못한다. 하지만 왠지 동화는 부모님을 실망시켜 드리기 싫어 어깨에 짐을 한가득 얹고 있는 것처럼 보였다. 조금은 이기적이어도 좋을 텐데 그러지 못하는 여자였다.

"맞아. 어린아이일 뿐인데 첫째라는 이유로, 누나라는 이유로 어른성을 강요한 건 아니었을까 생각도 많이 했단다."

"그러셨어요?"

"언젠가 한번 그러더구나. 나도 아직 유치원 다니는 애기인데 왜 자꾸 그러냐고. 그 말 듣고 한동안 네 아버지나 나나 반성 많이 했지."

그 말에 무진도 웃고 말았다. 사람들은 어쩌면 아주 사소한 것을 보느라 중요한 본질은 잊어버리곤 한다. 한 번씩 그렇게 일깨워 주는 사람이 있으면 좋겠지만 대부분 그것을 보지 못하고 지나쳐 버린다.

"스스로를 위해 조금은 이기적이어야 사람이 편하지 않을까요?"

"왜? 누가 너무 착해서 걱정되는 거니?"

"제가 좋아하는 여자요."

"그때 그 아가씨가 좋아진 거니?"

그다지 놀라지 않은 듯 근영이 부드럽게 물었다. 무진은 고개를 끄덕이고 창밖을 보았다. 금방이라도 비나 눈이 쏟아질 것처럼 하늘이 컴컴했다. 불과 30분 전까지만 해도 눈이 시릴 듯 푸른 하늘이었는데 말이다.

"처음인 것 같구나."

"네?"

"무진이 네 입으로 좋아하는 사람을 말하는 게."

어딘지 모르게 근영은 기쁜 모양이었다. 그래, 어떻게 보

면 그는 표현이 서툴고 느린 남자였다. 누군가는 답답하다고
했었고 누군가는 감정이 있느냐 물었다. 그러면서 대체 악기
는 어떻게 다루었냐고 말이다.

"무진아."

"네."

"어떤 아가씨니?"

"순수하고, 용기 있는 사람이요. 동화 같은 사람이라고 생
각해요."

앞에 있는 커피에서 모락모락 김이 피어오르고 있었다. 하
지만 두 사람 중 어느 누구도 커피를 마실 생각을 하지 않았
다. 동화는 그저 물끄러미 앞에 앉아 있는 현균을 바라보았
다. 하지만 현균은 그녀의 시선을 피하고 있다.

언젠가 현균을 만나게 된다면 미안한 마음이 들지 않을까
생각했다. 그런데 우습게도 정말 그것뿐이다. 그저 미안할 뿐
이지 그 이상의 감정은 들지 않는다. 스스로가 놀랄 정도로
말이다.

5년이라는 시간은 그런 것일까? 한없이 길다고 생각했지
만 또 너무나 짧은 찰나일지도 모른다. 지난 5년간 현균은

크게 변한 것이 없는 것 같았다. 건강해 보이는 까만 피부도 그대로이고 단정해 보이는 얼굴도 그대로이다. 그저 시간이 흘러 살짝 남아 있던 볼살이 이젠 완전히 빠졌다는 것 정도였다.

"미안해."

동화의 말에 그제야 현균이 시선을 마주쳤다. 그럼에도 불구하고 그건 얼마 가지 못했다. 현균은 다시 고개를 숙이며 머그를 손으로 감싸 쥐었다.

"날 만나지 않았더라면 쓸모없는 고생 같은 거 안 했을 텐데."

그가 고개를 저었다. 방금 전과 다르게 현균은 고개를 똑바로 올리고 그녀를 보며 당당히 이야기했다.

"그런 거 아니야. 미국 가서 많이 배우고, 많이 느끼고 돌아왔어. 윤 회장님 아니었더라면 평생 꿈도 못 꿨을 일이지."

동화의 눈이 커졌다. 현균은 윤 회장에 대해 불신만 가득할 줄 알았다. 하지만 아닌 모양이다. 현균의 눈엔 어떤 확신 같은 것들이 있었다. 의외이다. 윤 회장과 설마 그동안 계속 연락을 했던 걸까?

"다음 달부터 태일기업에 대리로 들어가. 대우도 좋아."

"우리 아빠가…… 연관되어 있어?"

"없다고는 할 수 없지. 회장님이 소개시켜 주신 거니까."

"아냐. 오빠 실력이 좋은 거겠지. 태일에서 사람 아무나 뽑진 않잖아."

"그렇게 봐 줘서 고맙다."

현균은 겸손하게 대답하지만 그의 실력이 좋다는 것 정도는 알고 있다. 수석으로 입학했고 성적도 늘 좋았다. 미국으로 가기 전까지 전액 장학금을 놓쳐 본 적이 없을 정도였다. 늘 성실했으며 주어진 것에 감사할 줄 알고 최선을 다하는 사람이었다.

"약속 있니?"

"어?"

"자꾸 시계 보잖아."

현균의 말에 깨달았다. 늦어도 12시 30분까지는 무진의 학원으로 가기로 했다. 그래서 저도 모르게 계속 시계를 본 모양이다. 동화가 어색하게 웃고 말았다.

"나 좋아하는 사람이 생겼어."

"그래."

현균은 웃고 있었지만 어딘가 인상을 찌푸리고 있는 듯도 했다. 그래, 옛 연인에게서 이런 말을 듣는 것은 달갑지 않을 것이다.

"예전에, 우리가 헤어질 때 말이야."

현균의 말에 동화가 집중했다. 적어도 그게 현균을 위한 예의였다. 현균이 잠시 헛기침을 하고 커피를 한 모금 마시며 목을 축였다.

"네가 그랬었잖아. 이제 지겹다고."

그랬었다. 이제 내 생활로 돌아가고 싶다는 말도 했었던 것 같다. 그땐 그게 현균을 위한 일이라고 여겼으니 말이다. 현균을 놔주는 게 옳다고 생각했다.

"거짓말이라는 걸 알고 있었어."

동화는 물끄러미 현균을 보았다. 현균 역시 더 이상 시선을 피하지 않았다.

"끝까지 널 잡지 못한 건 널 위한 것보다 날 위한 것이었지. 윤 회장님이 제시하시는 조건들, 결국 포기하지 못하고 넘어간 건 나거든."

"다 지나간 과거잖아."

"그렇지. 어쨌거나 생각만큼 윤 회장님이 나쁜 분은 아니시라는 거야."

"좋은 아버지야, 좋은 남편이고. 그냥……."

"아니야. 동화야, 네 생각보다 훨씬 좋은 아버지야. 내게 약속도 하셨었어. 정해진 시간 내에 잘 마치고 돌아오면 널 다시 만나도 좋다고 말이야."

처음 듣는 이야기에 동화의 눈이 커졌다. 그걸 알고 있었더라면 애초에 선 자리 같은 건 나가지 않았을지도 모른다.

이제야 현균이 웃으면서 인상을 찌푸린 이유를 알 것도 같다. 그녀는 좋아하는 사람이 생겼다고 현균에게 말했다. 현균은 그녀의 성격을 잘 알고 있다. 이미 바뀌어 버린 마음을 돌릴 수 없다는 사실을 알고 있을 것이다.

"어떤 남자니?"

"어?"

"네가 좋아한다는 남자."

어딘지 덤덤한 듯한 목소리로 묻는 현균을 보며 동화가 살짝 고개를 숙여 컵을 잡았다. 아주 약간 현균의 목소리 끝이 떨렸다는 것을 알았지만 듣지 못한 척 커피를 한 모금 마셨다. 이 집의 커피는 신맛이 강했다.

"처음엔 그냥 외모가 마음에 들었어."

"잘생겼겠구나?"

어딘지 장난기 어린 현균의 말투에 웃고 말았다. 그래, 잊고 있었다. 현균은 사람을 편하게 만들어 주는 꽤나 유머러스한 사람이었다.

"그런데 만날수록 참 깊은 사람이라는 생각이 들더라. 왠지 거대한 나무를 보고 있는 느낌이야. 몇천 년 동안 그 자리를 지키고 있는 그런 나무처럼."

동화는 무진이 그렇게 느껴졌다. 아무리 흔들어도 흔들리지 않는 그런 사람 같다고 생각됐다. 그저 무진이 옆에 있는 것만으로 굉장히 안정이 되는 느낌이었다. 그동안 정처 없이 풍랑이 흔들면 흔드는 대로 떠도는 작은 배였다면 지금은 그 나무에 줄을 매어 놓고 흔들릴지언정 움직이지 않는 배 같았다.

원래 더 좋아하는 사람이 불안하다고 하지 않던가. 불과 얼마 전까지만 해도 그랬다. 하지만 그럼에도 불구하고 그렇게까지 가슴이 아플 정도로 힘들지 않았던 것은 무진이 그런 사람이라서였을 것이다.

"얼굴, 좋아 보인다."

"그래?"

"그 사람 많이 좋아하나 보구나."

목소리는 어딘지 자조적이기도 하고, 씁쓸한 것처럼 느껴지기도 했다. 하지만 동화는 아무렇지 않은 척 웃었다. 여기서 괜히 어중간한 위로를 건넨다면 그건 상대방을 더 아프게 만든다는 것을 누구보다 잘 알고 있기 때문이었다.

"아주 예전에 말이야. 결국 내가 돌아갈 곳은 없다고 생각했던 것 같아. 예전의 사랑을 부정하는 건 아니야. 그땐 내가 그만큼 어렸고, 상대방을 헤아리지 못했던 거지. 그래서 후회도 많았던 거고. 지금의 내가 있게 된 건 오빠의 도움도 꽤 커."

"조금이라도 도움이 되었다니 다행이다."

그래, 아마 현균을 다시 만나게 된다면 속이 답답해지진 않을까 스스로를 의심하기도 했다. 아니, 불과 얼마 전까지만 해도 그런 생각을 했었다. 아마 무진을 만나지 못했더라면 그러지 않았을까?

"고마워."

"내가 오히려 고맙지. 사실 이 말을 하려고 언젠가 한 번은 만나야지 생각했었어."

"나도. 그럼 서로 고마운 걸로 하자."

편히 웃으며 고개를 끄덕이는 현균을 보고 동화가 컵을 손에서 놓았다. 따뜻한 온기가 손바닥에 남아 뜨거웠다.

"난 조금 더 앉아 있다가 갈게. 먼저 일어나."

"그래."

동화가 옆에 두었던 클러치를 들고 자리에서 일어섰다. 입가에 슬쩍 미소를 짓고 있던 현균이 따라 일어났다.

"아냐, 일어날 필요 없어."

"동화야."

아주 편안한 음성이다. 예전에 그의 편안한 음성을 참 좋아했던 기억이 떠올랐다.

"마지막이잖아. 한 번만 안아 봐도 될까?"

동화는 물끄러미 현균을 바라보았다. 보고 싶지 않았다. 어쩌면 이제껏 그냥 아닐 거라고 혼자 믿고 있었는지도 모른다. 아직 미련이 남아 있는 그 얼굴을 보는 것을 애써 외면하고 있었던 것이다.

5년이라는 세월은 많은 것을 변하게 만든다. 아마, 현균은 지난 5년간 윤동화라는 여자를 상상했을 것이다. 그 상상은 멋대로 깊어져 환상 속의 윤동화를 만들어 냈을 것이다. 현실의 윤동화는 완전히 잊고 말이다. 세월의 깊이에서 오는 상실을 이제 현균도 서서히 받아들이고 있는 것 같지만 그것이 완전한 것은 아니다.

"아니, 악수로 끝내자."

동화가 먼저 손을 내밀었다. 잠시 그 손을 물끄러미 바라보던 현균이 고개를 끄덕였다. 다행히 현균은 환상 속의 윤동화에게 완전히 빠진 건 아닌 모양이다.

현균의 손은 무진처럼 크다. 하지만 뜨겁지 않다. 쉽게 힘이 풀리고 공중에서 두 사람의 손이 멀어졌다.

따로 인사는 하지 않았다. 현균은 다시 자리에 앉았고 동화는 손목시계를 보며 급히 카페를 나섰다. 벌써 12시 25분을 향해 간다. 아마 10분 정도 늦더라도 무진은 이해해 줄 것이다. 아니, 몇 시간이고 기다릴 것이다.

막 카페 문을 열었을 때 3월의 차가운 바람이 눈도 제대로 뜨지 못할 정도로 불어닥쳤다. 하지만 그 상태 그대로 굳은 건 화단에 걸터앉아 자신을 바라보고 있는 무진 때문이었다.

동화가 멈춰 서 있자 무진이 자리에서 일어나 앞으로 걸어왔다. 그리고 그녀의 코트를 여며 주었다. 차가운 바람을 온전히 막아 주는 사람인 것 같았다.

"학원에 있는 거 아니었어요?"

"병원에 들른 김에 같이 갈까 해서요."

목덜미를 살짝 스친 무진의 손가락이 차가웠다. 무진의 손은 늘 따뜻했다. 얼마나 밖에 있었던 걸까.

"오래 기다렸어요? 전화라도 하지 그랬어요."

"음, 오래 끌 것 같진 않고. 혹시라도 바람을 피우면 어쩌나 지켜본 것도 있고."

장난기가 다분한 말투였다. 아마 현균의 말처럼 마지막이니 안아 보았다면 무진은 어떤 반응을 보였을까. 무진은 그녀의 손을 잡고 가게 옆 주차장으로 걷기 시작했다.

"바람피웠으면요?"

"들어가서 남자를 한 대 치지 않았을까요?"

"진짜?"

"물론 철이 들고 나서 사람을 때려 본 적은 한 번도 없지만."

하긴, 주먹질을 하는 무진이라니. 전혀 상상이 되질 않는다. 그는 폭력적인 면과는 전혀 거리가 먼 사람 같았다. 친구의 동생을 보고 험담하는 사람들을 때렸다는 말을 들었을 땐 동화도 당연히 그 자리에 있었으면 그랬을 거라고 생각했다.
하지만 역시 주먹질하는 무진은 도무지 떠올릴 수가 없다.

"때리면 그냥 맞았던 거 아니에요?"

"어떻게 알았어요?"

"진짜? 맞아 봤어요?"

"아주 예전에 한 번."

"왜요?"

무진은 누군가와 싸움을 할 것 같지 않았다. 그리고 시비
를 거는 사람도 아니다. 아니, 애초에 누군가를 화가 나게 하
는 타입이 아닌 것 같다. 절로 동화가 걸음을 멈추자 무진도
그대로 서서 그녀를 바라보았다.

"어떤 여자분이 고백을 했는데 거절을 했어요. 근데 다짜
고짜 어떤 남자가 와서 한 대 치던데요?"

"그 여자를 짝사랑했던 남자?"

"네. 너무 화가 나서 반격을 해야겠다 싶었는데 날 때리고
나서 어린애처럼 주저앉아 엉엉 울잖아요."

"그래서 못 때리고 말았구나?"

무진이 웃으며 고개를 끄덕였다. 아마 무진의 성격상 때리
지 못했을 것이다.

"그리고 위로해 줬죠?"

"어떻게 알았어요?"

정말 놀란 듯 무진이 눈을 크게 뜨고 말했다.

"그럴 것 같았어요. 근데 무진 씨. 왜 안 물어봐요?"

"뭘요?"

"아까 그 사람 누군지, 왜 만났는지 이런 거. 안 궁금해요?"

무진은 잠시 말이 없었다. 그리고 곧 결심한 듯 고개를 끄덕이더니 그녀의 손을 이끌었다.

"학원으로 가서 이야기해요. 여긴 바람이 차가워요."

왠지 약간 섭섭해지는 것 같기도 하다. 보통 사귈 땐 약간의 간섭 정도는 하지 않던가? 아니면 무진이 워낙 무던한 타입이라 그런 것일까? 서로를 향한 마음은 맞지만 아직 깊이가 달라 그런 것일까?

무진의 학원 건물에 도착해 주차를 하고 올라갈 때까지 그는 아무 말이 없었다. 그저 손에 그녀가 가져온 물건들을 가득 들고 정면만 바라보고 있었다. 학원에 들어서자마자 그는 히터를 틀고 공기청정기를 돌렸다. 원장실 안에 마주 앉자 동화는 가지고 온 도시락 통을 테이블 위로 펼쳤다.

"맛있겠네요."

정수기에서 뜨거운 물을 받아 온 무진이 그녀의 앞으로 컵을 내밀었다. 컵의 온기에 얼어붙었던 손도 녹는 듯했다.

"많이 먹어요. 아, 장국도 있는데."

보온병에 담아 온 장국을 따라 무진에게 건네주었다. 젓가락을 들고 무엇을 먹어야 하나 고민을 하는 듯 보이는 무진을 향해 노릇하게 잘 튀긴 새우튀김을 건네주려고 했다.

"화단에 앉아 있을 때 생각이 좀 많아졌어요. 안에 들어가서 그 남자가 누구냐고 물어봐도 되는지. 아님, 이대로 기다려야 하는지. 그냥, 사람은 감이라는 게 있잖아요. 예전에 동화 씨가 만났던 남자인 것 같아서. 기다리는 걸 택했어요."

막 젓가락을 들기 위해 움직이던 동화의 행동이 그대로 멈췄다. 무진의 말투는 직설적이고 단호했다. 왠지 화를 억누르는 것 같기도 했다.

"질투했어요?"

"네."

오히려 당황한 건 동화였다. 저렇게 틈도 없이 바로 대답을 할 줄은 몰랐기 때문이었다. 동화가 놀란 얼굴을 하고 있자 무진이 픽 웃었다.

"강도수 씨 때는 그냥 무작정 했던 질투였어요. 위험한 생각 같은 건 안 들었거든. 그런데 아까 그 남자는 무의식적으로 하는 질투가 아니니까 무서운 거예요. 아, 카페 문을 열고 나와서 동화 씨가 나에게 헤어지자고 하면 어쩌나. 그런 생각이 들었어요."

"확신이 없었어요?"

"확신이 없다기보다, 다시 한 번 깨달은 계기가 됐다고 해

야 할까요? 내가 생각보다 훨씬 윤동화라는 사람을 마음에
두고 있구나 하는 걸."

얼핏 무진의 귀가 붉어진 것 같았다. 아니, 어쩌면 착각일
지도 모른다. 하지만 그 무던한 말투에서도 진심이 느껴져
동화는 웃고 말았다.

"사실은 나 좀 화날 뻔했거든요."

"화요?"

"아니, 무진 씨가 너무 덤덤해 보이는 거예요. 서로 마음은
같지만 깊이가 달라서 그러나? 먼저 시작한 사람은 나잖아
요. 사실 확신이 없던 건 나였을지도 모르겠어요."

어쩌면 그래서 괜히 무진을 몰아붙였을지도 모르겠단 생
각이 들었다.

"동화 씨, 나는 조금 느린 사람이에요. 하지만 확신을 가진
이상 뒤로 물러나진 않아요. 그러니까 동화 씨가 날 믿어 주
었으면 좋겠어요. 날 신뢰한다고 했던 것처럼."

"신뢰한다고 한 순간 이미 믿기 시작한 거예요."

동화가 웃었다. 무진도 그런 동화를 따라 웃었다.

"나는 앞으로 동화 씨와는 미래만 생각하고 싶어요. 과거
는 더 이상 중요하지 않다고 생각해요."

왠지 모를 감동을 받은 것 같다. 말을 듣고 보니 무진과
함께하는 미래를 딱히 생각해 본 적이 없었다.

"동화 씨, 궁금한 게 생겼어요."

"뭔데요?"

"두 달 전이었다면, 우리가 시작하기 전에 그 사람이 왔더라면 동화 씨와 만날 수 없었을지도 모르겠다는 생각이 들어서."

"그래도 우린 만났을 거예요."

무진은 살짝 의외라는 얼굴을 하고 있었다.

"이미 내겐 과거가 된 사람이었거든요."

❖　　　　❖　　　　❖

오후엔 대학에서 무진의 강의가 있었다. 두 사람은 내일 보자고 하며 각자의 차에 올라탔다. 아니, 정확히는 동화가 차에 올라타서 먼저 출발하는 것까지 무진이 지켜봐 주었다. 동화는 저도 모르게 웃으며 룸미러로 살짝 뒤를 보았다. 무진은 여전히 그 자리에 서서 그녀의 차가 멀어지는 것을 보고 있었다. 무진을 좋아하게 된 건 행운이었다.

동화의 차가 멈춰 선 곳은 회사 본사였다. 주차를 하고 내리자 경비가 다가왔다. 평소였다면 신분을 밝혀야 했지만 뒤따라 들어오는 차에서 내린 안 비서가 그녀에게 인사했다.

"오랜만에 봬요, 아저씨. 그동안 잘 지내셨어요?"

"우리 동화 더 예뻐졌구나. 회장님 뵈러 온 거니?"

"네. 지금 안 바쁘셨으면 좋겠지만."

"마침 회의 끝날 시간이다. 올라가자."

정확히는 비서실장으로 윤 회장의 친한 대학 후배였고 벌써 30년 가까이 회사에 몸을 담고 있었다. 그야말로 가까운 친척과 다름이 없었다.

"벌써 군대 갈 나이가 됐어요?"

"그럼. 어찌나 많이 컸는지 이제 징그럽다, 징그러워. 차는 뭘로 줄까?"

"마시고 왔어요. 그냥 들어가서 기다릴게요."

"그래, 그럼."

안 비서는 직접 회장실 문을 열어 주었다. 그러고 보니 철이 들고 나서 회사에 온 것은 처음이었다. 어렸을 때는 이곳이 꼭 넓은 놀이터처럼 느껴졌었는데 말이다.

다 커서 들어선 회장실은 옛 기억보다 훨씬 협소한 곳이었다. 그녀가 선물했던 마호가니 테이블이 떡하니 자리를 차지하고 있는 것을 보니 새로웠다. 선물을 했으면서도 가구가 들어오는 날 오지 않았다.

소파에 앉아 사무실을 슥 둘러보았다. 커다란 테이블 위엔 모니터만 세 개였고 공간이 무척이나 넓은데도 불구하고 틈이 보이지 않을 정도로 서류나 프린트물로 빼곡했다. 저것만으로도 윤 회장이 얼마나 고단한지가 느껴져 코끝이 시큰해졌다.

회사 하나를 이끌기 위해선 많은 힘이 들 것이다. 하지만 윤 회장은 집에서 그런 내색을 했던 적이 한 번도 없었다. 어렸을 때 윤 회장은 쉬는 날이 되면 직접 운전을 해 가족들과 가까운 교외라도 나가 함께하려고 했다. 그 가정적이고 자식들을 사랑하는 마음을 그동안 알아채지 못한 것도 후회가 되었다.

그때 문이 벌컥 열리더니 놀란 윤 회장의 얼굴이 눈에 들어왔다. 안 비서에게 그녀가 왔다는 말을 들은 게 틀림없었다.

"불쑥 찾아와서 놀라셨죠?"

동화가 자리에서 일어나며 웃자 윤 회장도 따라 웃었다. 차는 됐다고 말하며 문을 닫은 윤 회장이 다가와 소파에 앉았다.

"오늘 바쁜 일 있으세요?"

"음, 서류 하나만 훑으면 돼. 10분 정도 걸릴 거다."

"그 뒤는요?"

"괜찮아."

"저녁 약속은요?"

"오늘은 웬일로 없구나."

"그럼 우선 서류 살펴보세요."

윤 회장은 동화가 왜 찾아왔는지 모르겠다는 얼굴을 하면서도 기쁜 내색을 감추지 못하고 있었다. 그리고 자리에서 일어나 책상 앞으로 걸어갔다. 동화는 그런 윤 회장의 얼굴을 보면서 웃었다.

무진에게 들어 알고 있다. 그녀에게 선물받은 가구들을 은근히 자랑했다고 말이다. 그렇게 좋았으면서 왜 말을 하지 않은 걸까. 하긴, 두 사람은 계속 표현이 부족한 부녀였다.

동화는 모니터와 서류를 훑고 있는 윤 회장의 얼굴을 물끄러미 바라보았다. 새삼 자신이 윤 회장을 많이 닮았다는 것을 다시 한 번 깨달았다.

윤 회장은 재킷도 벗지 않은 채로 앉아 서류를 훑고 있었다. 그리고 이내 끝났는지 서류를 옆으로 밀어 놓으며 자리에서 일어섰다. 시계는 5시를 향하고 있었다.

"조금 이른 퇴근 괜찮으시죠?"

"물론."

"그럼 저하고 데이트해요."

데이트라는 말에 윤 회장은 놀란 얼굴을 했다.

"기억 안 나시나 보네. 저 고등학교 다닐 때 데이트 많이 했잖아요."

"동화야."

윤 회장의 목소리가 흔들렸다. 왠지 눈가에 눈물이 고이는 것도 같았다. 동화는 윤 회장의 앞으로 걸어가 팔을 뻗어 안았다.

11

〈〈〈〈〈〈〈〈〈〈〈〈
인연의 양면

사실 지레짐작으로 무진이 피아노 독주회에 직접 참석해 연주를 듣는 건 힘겨워하지 않을까 생각했다. 하지만 무진은 진지한 자세로 경청을 하고 연주가 끝나자 아낌없는 박수를 보내 주었다.

차이코프스키하면 백조의 호수나 호두까기인형 정도를 떠올렸었다. 피아노 협주곡은 처음이었는데 생각했던 것보다 훨씬 화려하고 장엄하기까지 한 선율에 놀랐다. 피아노 연주 자체가 이렇게 거칠 수도 있다는 것을 처음으로 느꼈다고 해야 할까?

연주회에 대한 느낌을 그렇게 말하자 무진은 웃으며 고개를 끄덕여 주었다. 아주 솔직하게 잘 느꼈다면서 칭찬까지 해 주었다. 그게 진심인지 아니면 농담이 섞인 것인지 확실히 알 수는 없었지만 무진의 미소 속에서 답을 찾아내었다.

"그래도 내 귀가 잘못 들은 건 아니죠?"

"진심이라니까, 왜 의심을 해요?"

"전공자 앞에서 괜히 아는 척하는 것일까 봐 그러죠."

"나는 전공자보다 비전공자들이 더 정확한 귀를 갖고 있다고 생각해요. 우린 멋대로 연주를 하면서 해석하는 경향이 있거든. 결국 이름값으로 연주회 티켓 가격이 결정되기도 하고 스승이나 동기라고 박수를 쳐 주기도 하고."

"어? 그런 적 있었어요?"

무진이 슬쩍 시선을 피했다. 아무래도 그런 적이 있는 모양이었다. 동화는 왠지 무진의 마음을 이해할 수 있을 것 같았다. 그녀도 꽤나 유명한 가구 디자이너가 내놨다는 가구를 보고 저도 모르게 인상을 찌푸릴 때가 있지 않았던가.

실용성 따위는 아예 배제한 형편없는 가구라고 했다가 꽤나 말도 들었다. 물론 그렇게 말을 해 주어 속이 시원하다는 이야기도 몇몇 사람들에게 들었다.

"뭐 어때요. 나도 유명 디자이너에게 막말했다가 묻힐 뻔했는데."

"동화 씨가요?"

"네. 아니, 가구가 너무 실용성이 없는 데다 디자인도 형편없는 거예요. 테이블인지 의자인지도 정확히 모르겠는데 그걸 어떻게 가구라고 해요. 쓴소리 했다가 한 소리 들었었죠."

"그래서 어떻게 됐어요?"

"뭐, 교수 연줄이라도 잡고 싶은 애들은 절 질타했죠. 속 시원하다는 사람들이 훨씬 많았지만."

그때 너무 안하무인처럼 군 것이 아닐까 걱정을 하긴 했었다. 사실 늘 말없이 뒤로 호박씨를 까는 재벌 3세답다는 이야기도 나온 것으로 알고 있다. 어떤 말을 들어도 상관은 없었지만 괜히 이름값 부풀리는 그 모습이 싫었다고 해야 할까. 물론 그 선배는 지금도 역시 잘나가는 디자이너였다.

"음, 불의를 보면 못 참는 성격이네요?"

"그 정도는 아니에요. 그런데 너무하잖아요. 뒤로 교수나 기업을 등에 업고 당연하다 우쭐대는 게 어이가 없었어요. 사실 그 선배 동기 중에 훨씬 좋은 작품을 내놓은 사람들이 많았거든요. 그런데 누구 하나 뭐라 하는 사람이 없는 거예요. 아마 제가 JD제약 딸이 아니었다면 완전 매장됐을걸요?"

참 씁쓸한 사실이지만 그랬다. 그래서 그녀가 그렇게 말을 뱉었을 때 교수들도 아무 말 못 하고 그저 헛기침을 뱉었지 않았던가. 스스로 보는 눈이 틀리지 않았다는 것을 그때 확신했다. 교수들도 그것을 '작품'이라 하기 어려웠음을 동화도 알 수 있었기 때문이었다.

"동화 씨는 그럼 디자이너가 되고 싶었어요?"

"아뇨, 애초에 재능이 없는 걸 스스로 알고 있어서 디자인 같은 건 포기했어요. 그런데 배운 게 도둑질이라고 어려서부터 가구는 많이 봐 왔거든요. 할머니가 앤티크 가구 좋아하셔서 수집을 하시기도 했고. 같이 다니면서 많이 봤어요. 그러다 보니 지금 하는 일을 하게 됐죠."

눈이 반짝이는 것을 느꼈다. 연주회를 보던 내내 무진의 눈빛이 그러했다. 동화는 자신의 눈빛도 그랬으면 좋겠다고 생각했다.

"동화 씨."

"네."

"혹시 부담스럽지 않다면 내가 소개해 주고 싶은 사람이 있는데."

왠지 어렵게 말을 하는 것 같아 동화가 고개를 끄덕이며 잡은 손에 힘을 주었다. 무진에게 어려운 사람이고 싶지 않다. 무슨 말을 하든, 어떤 행동을 하든 편한 사람이 되고 싶었다. 비록 무진보다 어리지만 같이 믿고 의지해 나갈 수 있는 사람이 되길 바랐다.

무진은 스스로가 왠지 들떠 있는 것 같다고 생각했다. 어려서부터 차분한 성격이라 들뜸을 느낀 적은 거의 없었다. 심지어 소풍을 간다거나, 콩쿠르로 인해 해외를 나가게 된다고 했을 때도 이런 느낌은 받지 않았다. 더군다나 평소와 달리 민낯이지만 입술에 옅은 핑크빛 립스틱을 바른 근영을 보면서 무진은 저도 모르게 웃고 말았다.

"오늘따라 우리 어머니 더 예쁘시네."

아주 오랜만에 환자복도 벗고 외출을 한 터라 근영 역시 들떠 보였다. 항암 치료 때문에 머리카락이 빠져 가발을 써야 했지만 무진은 꼭 근영이 교단에 서던 그때의 모습을 보는 것 같았다. 오랜만에 근영의 뺨에 생기가 돌고 활기차 보이는 것 같아 안심이었다.

"얼굴에 뭐라도 좀 바를 걸 그랬어."

"괜찮아요. 예쁘기만 하시네. 어디 불편하신 곳은 없으세요?"

"괜찮아. 오늘따라 식욕도 좀 도는 것 같고."

근영은 처음으로 무진의 여자 친구를 소개받는다는 것에 기대를 하고 있는 듯했다. 무진은 손목에 찬 시계를 보았다. 약속 시간까지는 아직 10분이 남았다. 지금은 기다리는 그 시간마저 즐겁다는 생각이 들었다. 그때 문이 열리며 말간 동화의 얼굴이 드러났다.

"동화 씨, 일찍 왔네요?"

"서두른다고 서둘렀는데 차가 좀 밀려서. 어? 안녕하세요. 꽃가루는 왠지 안 좋을 것 같아서 작은 화분으로 하나 사 왔어요."

문을 닫으며 인사를 하느라 동화는 정신이 없어 보였다. 그리고 조심스럽게 들고 온 화분을 테이블 위로 놓았다.

"어머, 행운목이네. 내가 정말 좋아하는 나무예요. 자리에서 못 일어나는 거 이해 좀 해 줄래요?"

"그럼요. 편하게 계세요."

동화가 머플러를 풀고 코트를 벗으며 온전히 얼굴을 드러냈다. 오늘따라 더욱더 하얗게 빛이 나 보이는 동화의 얼굴을 보며 무진이 살짝 웃었다. 근영을 만나러 온다고 분명 평소보다 더 신경을 썼음이 분명한 차림이었다.

"마음에 들어 하시니 다행이네요. 뭘 고를까 걱정했는데. 참, 제가 제대로 인사도 못 드렸네요."

"어머, 동화 아니니?"

살짝 고개를 숙이며 머리카락을 정리하던 동화가 고개를 들었다. 무진 역시 근영의 말에 놀라 저도 모르게 눈을 크게 뜨고 말았다.

"선생님!"

"세상에. 무진이가 만난다는 사람이 동화였어?"

아직도 얼떨떨한 얼굴로 서 있는 무진과 다르게 근영과 동화는 서로 손을 마주 잡으며 반가워했다. 그러니까 두 사람이 사제지간이었다는 것을 이제야 깨닫게 된 것이다.

"이렇게 보니까 정말 선생님하고 무진 씨 많이 닮았어요. 왜 몰랐지? 생각도 못 했어요."

"무진이가 날 닮아서 남자답게 생기지는 못했지. 어렸을 때도 얼마나 여자애 같다고 놀림 당했는데."

"선생님, 몸은 좀 괜찮으세요? 저번에 선생님 뵈러 학교 갔다가 갑자기 관두셨다고 해서 놀랐는데. 연락처도 안 가르쳐 주고."

"그랬니? 애들이 하도 쉬라고 성화고, 몸도 좀 안 좋아져서. 요즘 컨디션이 꽤 좋아. 그나저나 이렇게 만나니 정말 반갑다."

근영의 눈에 눈물이 그렁그렁 맺혔다. 동화 역시 그러했다. 동화에 대한 이야기 나왔을 때 근영에게 조금 더 자세히 이야기를 했어야 했다.

반가워하는 두 사람을 보니 무진은 저도 모르게 울컥 속이 뜨거워져 입술을 살짝 깨물었다. 두 사람의 대화에서 빠져 주는 게 좋겠다고 결정을 내렸다.

오랜만에 만난 사제 간은 쉴 새 없이 대화를 했다. 무진은 모르고 있던 동화의 학창 시절을 간접으로나마 알게 되었다. 그저 두 사람이 나누는 대화를 듣는 것만으로도 즐거웠다. 그동안 다른 사람들의 대화를 숨죽여 들어 본 적은 없었다. 자신의 일이 아니기도 했고, 딱히 관심도 없었기 때문이었다.

그런데 눈을 반짝이며 옛 추억을 회상하는 동화를 보고 있자니 같이 웃게 된다. 동화가 울상을 지으면 그도 울상을 짓는다. 동화는 참 표정이 풍부한 사람이었다. 그동안 왜 몰랐던 걸까. 동화가 짓는 표정 하나하나가 참 좋다는 생각이 든다. 스스로도 중증이라는 생각이 들 만큼.

담임은 아니었지만 동화가 근영을 잘 따랐고 졸업을 하고 나서도 종종 학교에 들를 정도였다는 건 꽤나 놀라웠다. 근영은 평소에 제자들을 각별히 아끼기는 했으나 그중에서도 동화를 꽤 좋아했던 듯했다.

"정말 언제 이렇게 예쁜 아가씨가 된 건지 모르겠다."

병원으로 돌아와 다시 옷을 갈아입고 침대에 누운 근영은 여전히 동화에게서 눈을 떼지 못하고 있었다. 평소보다 훨씬 얼굴이 좋아 보였다. 아픈 사람이라는 생각이 들지 않을 만큼.

"자주 찾아올게요, 선생님."

"바쁘잖니."

"아니에요. 내일은 경진이도 같이 올게요. 같이 일하고 있는데 얼마나 절 구박하는지 몰라요. 가게 나가면 빨리 들어가라고 종용한다니까요. 제가 있으면 장사가 안 된다나 뭐라나."

"이런, 경진이 오면 혼 좀 내야겠는걸."

"이제 좀 쉬세요. 오늘 많이 피곤하셨을 텐데."

"이렇게 다시 보니 좋다, 동화야."

동화가 고개를 끄덕였다. 근영은 참 좋은 선생님이었다. 작은 고민도 진심으로 들어 주는 엄마 같다고 해야 할까? 처음, 아는 사람이 한 명도 없는 학교에 들어가 적응을 하지 못하던 동화에게 근영은 참 많은 도움을 주었다.

근영이 잠이 든 것을 확인한 무진이 동화를 이끌고 조용히 병실을 빠져나왔다.

"엄청 놀랐어요. 선생님이 무진 씨 어머니일 줄 상상도 못 했거든요."

"나도 놀랐어요. 세상이 좁다고 해야 하는 건지."

"에이, 인연이라고 해야죠."

"그래요, 인연."

웃으며 인연이라고 말하는 무진을 보고 동화가 팔짱을 꼈다. 오늘은 무진이 더욱 가깝게 느꼈다. 좋아하고 존경하던 선생님의 아들이 무진이리라고는 생각도 하지 못했었다. 이렇게 가까운 데 있는 사람이었다, 무진은.

"참, 이번 주 토요일에 시간 있어요?"

"4시 이후론 괜찮아요."

"그때 결혼한 친구 있잖아요. 한수호. 걔가 집들이 한다고 난리더라구요. 꼭 같이 오라고."

"선물 사 들고 가야겠네요?"

"에이, 선물은 무슨. 그냥 티슈 하나 들고 가면 돼요."

이미 수호가 결혼을 할 때 에어컨을 떡하니 선물했다며 동화가 고개를 저었다. 그것도 모자라 축의금까지 원했던 뻔뻔한 친구라고 말해 주었다.

말은 그렇게 했지만 동화는 수호의 사랑에 박수를 보냈다. 그렇게 집에서 반대를 하던 여자와 결국엔 결실을 맺었으니 말이다. 수호와 비슷한 입장에 있었기에 어쩌면 더욱 감정이입을 했을지도 모른다. 무진은 그런 동화를 보며 왠지 씁쓸함이 배어 나오는 것을 어찌할 수 없었다.

물론 동화를 믿고 있다. 그럼에도 불구하고 씁쓸한 건 역시 마음이 좁기 때문이다. 질투라는 덩어리가 그를 좀먹는 것이다. 생각을 하고 있다는 것을 동화가 알게 된다면 어떤 반응을 보일까.

역시, 싫을 것이다. 동화는 지나간 과거는 신경을 쓰지 않는 사람 같았다. 오로지 앞만 보고 나아가는 사람이라고 느꼈으니까. 무진은 저도 모르게 손을 들어 올려 동화의 머리를 한 번 쓰다듬었다.

"어? 뭐 묻었어요?"

"아뇨."

"그냥."

말을 얼버무렸다. 질투에서 나온 행동이라고 말을 하기 왠지 쑥스러웠기 때문이었다. 그가 어색하게 웃자 동화도 따라 웃었다.

막 고개를 돌리던 그때 별로 마주하고 싶지 않던 남자와 마주쳤다. 상진도 무진을 보자마자 굳은 얼굴을 하며 발의 방향을 돌리고 있었다.

"야, 조상진. 너 차트 제대로 보라고 했어, 안 했어!"

"죄, 죄송합니다."

"이게 완전히 빠져 가지고 말이야. 너 한 번만 더 걸려 봐, 에이씨."

익숙한 이름에 동화는 고개를 돌렸다. 남자는 얼굴이 벌게 진 채 재빨리 시선을 피하며 발걸음을 옮기고 있었다.

생각났다. 조 병원을 물려받을 후계자였고 원래 그녀와 선을 볼 사람이었다. 그런데 저렇게 대놓고 허겁지겁 피하는 것을 보니 어쩌면 저 남자가 자신을 알고 있을지도 모르겠다는 생각이 들었다. 그때 무진의 핸드폰이 울렸다.

"네. 아뇨, 아직 병원입니다. 네, 그럴게요."

무진이 서둘러 핸드폰을 끊고 동화를 보았다.

"동화 씨, 잠깐 1층 카페에서 좀 기다려 줄래요? 어머니 검사 결과가 나왔다고 해서요."

"그럴게요. 다녀와요."

고개를 끄덕인 뒤 걸어가는 무진의 뒷모습을 물끄러미 보았다. 다리가 길어서인지 보폭이 큰 무진의 걸음은 시원시원했다. 무진이 코너를 돌아 완전히 사라지자 동화는 에스컬레이터 쪽으로 향하려던 걸음을 멈추었다.

한 의사와 대화를 나누고 있는 사람은 수호의 어머니인 현정이었다. 그러고 보니 한국대 병원 원장이 현정의 사촌 오빠라는 이야기를 들은 것도 같았다.

"어휴, 내가 얼마나 속상한지 오빠는 모를 거야. 그나저나 그 배 속의 애가 우리 수호 애는 맞는지, 원."

"결혼까지 했는데 뭘 그래. 그리고 아들을 그렇게 못 믿어?"

"걔만 아니었어도 JD제약 딸이 우리 며느리 되는 거였다니까."

"너도 너다. JD 딸 이상한 소문 만들어 퍼트린 것도 너면서."

"에이, 그냥 살짝 흘려만 준 거지. 워낙 JD에 침 흘리는 사람들 많았잖수. 나만 그랬나? 뭐, 요즘 만나는 남자 있다던데. 피아노 학원 운영하는 남자라나 뭐라나. 별 볼 일 없는 것 같더라고. 그러니 내가 속이 터지게 생기지 않았겠어? 그에 비하면 우리 수호는 얼마나 잘났어."

동화는 저도 모르게 픽 웃고 말았다. 그런 이상한 소문 같은 건 또래들이 싱겁게 흘린 이야기라고 생각했었다. 그런데 알고 보니 한양제약의 사모님이 그녀를 며느리로 들이기 위해 괜한 소문을 퍼트린 거다.

"괜히 그 소문 퍼트려선. 지금 JD 회장 눈 뒤집혀서 난리란다."

"일이 그렇게 커질 줄 알았나. JD에 비하면 우리가 좀 힘이 약하니까. 결혼시키면 우리 수호가 얕잡혀 보일 것 같아서 그랬던 거지. 어차피 날 어떻게 찾겠어."

"안녕하세요, 사모님."

동화의 목소리는 아주 낮았고, 어떻게 들으면 음산하기까지 했다. 뒤를 돌아보는 현정의 얼굴이 상대를 확인하자 눈에 띌 정도로 새파래지고 있었다.

무진의 말이 맞다. 그녀는 애초에 타인에게 많은 기대를 하지 않는다. 하지만 신뢰가 쌓이면 그때부터는 달라진다. 때론 어린애 같은 순수한 면을 갖고 있어서 무턱대고 상대를 믿게 된다. 하지만 동전의 양면 같은 부분이 있어 한번 돌아서면 다신 뒤돌아보지 않는 냉정한 면도 있었다. 물론 그 냉

정한 모습은 거의 보이지 않곤 했지만 말이다.

"이모, 삼촌! 방금 전에 내가 누굴 봤……."

그녀가 코너를 돌기 전 걸음을 멈춰 섰기 때문에 반대편으로 돌아오던 상진은 동화를 발견하지 못한 모양이었다. 그 관계를 알게 된 동화는 어이가 없어 절로 실소가 새어 나올 뻔했다. 현정의 얼굴은 곧 쓰러지기 직전이었다.

"최악이군."

목소리는 더 이상 깊이 파고들 수 없을 만큼 속삭이는 음성처럼 들렸다.

"도, 동화야. 그게 아니라 아줌마가……."

"그 정도로 하셨음 뒷감당도 각오는 해 두셨겠네요?"

새파랗다 못해 하얗게 질린 현정의 모습을 보는 건 그다지 달갑지 않다. 수호는 현정을 무척이나 많이 닮았다.

물론 두 사람을 연관 지어 생각하지 않는다. 아마 수호도 현정이 그런 유언비어를 퍼트렸다는 사실은 모를 것이다. 수호는 처음 만났을 때부터 여지껏 그녀에게 아쉬운 소리를 한 적도 없었다. 어떻게 저런 탐욕스러운 여자 밑에서 그렇게 자라났는지 이제 신기할 정도였다.

"본인 아들은 이제 안 될 것 같으니까 조카까지. 세상 참 좁아요. 그렇지 않아요, 조상진 씨?"

상진의 눈동자가 갈피를 잡지 못하고 바쁘게 돌아가고 있었다. 그래, 현정이 그저 한마디 흘렸다고 해서 루머가 눈덩이처럼 불어나진 않을 것이다. 그 중심엔 저 조상진이라는 남자가 있었던 것이다.

"저기, 저는⋯⋯."

"뭐 긴말 필요 있겠어요? JD와 한양제약은 이로써 끝난 거라고 생각하시면 되겠네요."

"동화야. 이거 우리 남편하고 상관없는 거다. 내가 혼자 그런 거야."

"그러니까 원망 좀 받으세요."

안절부절못하는 현정을 보면서도 측은함 같은 건 느껴지지 않는다. 지난 5년간의 헛소문을 아무렇지 않게 흘려보내고 있었지만 힘들지 않았다고 하면 거짓말일 것이다.

이 문제를 쉽게 넘길 생각은 없다. 한양이 망하든, JD가 타격을 입든 밀고 나갈 생각이었다. 아마 윤 회장이라면 한양을 아예 꺾을 정도로 흔들어 놓으려 할 것이다. 아니, 애초에 '그런 제약 회사가 있었어?'라고 할 정도로 만들어 버릴지도 모르겠다.

"좀 놓으실래요?"

어느덧 다가와 팔을 잡고 있는 현정을 보며 동화가 마치 오물이라도 묻은 듯 쳐다보았다. 그리고 힘을 주어 팔을 빼고 탈탈 털었다.

"수, 수호. 수호를 생각해서 좀 봐주면 안 되니?"

"수호는 사모님과 인연 끊었다던데요."

"뭐?"

"걱정 마세요. 별개로 볼 테니까. 궁금하네요. 제 루머의 중심에 사모님이 계셨다는 걸 수호가 알면 어떨지."

수호는 좋은 친구이다. 그 정도로 마음이 넓은 친구를 쉽게 만날 수 없다는 것은 스스로도 잘 알고 있었다. 하지만 수호가 조금이라도 현정을 두둔하게 된다면 아마 인연은 끊길 것이다. 그것도 각오할 것이다.

이젠 터질 만큼 붉어진 현정의 얼굴을 보기가 힘들었다. 다행히도 주머니에서 벨소리가 퍼졌다.

"네, 윤동화입니다."

—카페 안인데 동화 씨가 안 보여서요.

"지금 내려갈게요."

전화를 끊고 현정을 향해 가볍게 목례를 한 뒤 돌아섰다. 입가에 짓고 있던 미소가 완전히 사라지고 굳었다. 분위기와 다르게 대리석 바닥에 닿는 구두 굽 소리는 경쾌했다.

걸려 온 전화는 의외의 사람이었다. 동화는 카페로 들어서

기 전 손에 들고 있는 샛노란 프리지아 다발을 보았다. 향기가 코끝을 부드럽게 스치는 게 좋아 불어오는 차가운 바람마저도 반갑게 느껴졌다.

꽃다발을 내리고 고개를 드는데 문이 열리며 경훈의 얼굴이 드러났다. 웃으며 그녀를 맞이하는 경훈을 보고 동화도 따라 웃고 말았다.

"저 아직 안 늦었는데."

"동화 씨 오는 거 봤는데 안 들어와서 마중 나왔어요. 도망갈까 봐. 오, 그 꽃 나 주는 건가요?"

"네."

경훈이 활짝 웃으며 꽃다발을 가져갔다. 보통 남자들이 꽃을 이렇게까지 좋아하는 경우는 흔치 않았다. 아니, 좋아한다고 해도 사람들 앞에서 이렇게 티를 내지 않는다고 해야 하나? 하지만 경훈은 애초에 대영그룹의 사람으로 늘 우위에 있어 그 누구의 시선에도 신경을 쓰지 않는 듯했다.

"향이 좋네요. 나는 아포카토로 마실 건데."

"그럼 저도 그걸로 할게요."

"여기 솔트(Salt) 아이스크림 맛있거든요."

"그래요? 처음 먹어 보는 건데."

"분명 마음에 들 거예요. 내가 좋아하는 거니까."

저렇게 말을 해도 얄밉지 않고 사람이 좋아 보이는 건 분명 내면에서 우러나오는 자신감 때문일 것이다. 경훈은 카운터로 가서 주문을 하고 나올 때까지 기다리고 있었다. 직원과 웃으며 대화를 나누는 것을 보니 유명인이라 그런 게 아니라 애초에 잘 알고 지내는 사이 같았다.

"먹어 봐요. 에스프레소가 너무 쓸 수도 있으니까 아이스크림 더 가져왔어요."

"고맙습니다."

티스푼으로 아이스크림을 살짝 떠서 입으로 가져갔다. 쌉싸름한 에스프레소가 처음을, 달콤한 아이스크림 맛이 끝을 알려 주었다. 양도 그렇게 많지 않아서 이대로라면 다섯 잔은 더 마실 수 있을 것도 같았다.

"정말 맛있네요."

"그렇죠? 여기 직원이 이탈리아에서 유학까지 하고 온 수재거든요."

"자주 오시나 봐요?"

"아무래도? 여기 주인이 나거든요."

그 말에 동화가 웃으며 고개를 저었다. 어쩐지 경훈이 너무나 자연스럽게 활보를 한다고 했다. 거기다 그녀가 사 온 프리지아는 이미 직원의 손을 거쳐 유리병에 담겨 창틀에 놓여져 있었다. 샛노란 프리지아는 보기만 해도 화사해지는 듯한 기분이 들었다. 그러고 보니 프리지아 꽃병이 한두 병이 아니었다.

"프리지아 정말 좋아하시나 봐요."

"예쁘잖아요. 보고 있으면 뭔가 포근해지는 느낌이라고 해야 하나? 꼭 병아리 같지 않아요?"

"그런 것도 같아요. 저는 꽃은 별로 안 좋아해서 많이 사 본 적이 없거든요. 자세히 본 적도 없고."

"아니, 이렇게 예쁜 사람이 꽃을 안 좋아할 수 있어요?"

"칭찬 감사합니다."

으레 음악가라고 하면 어렵다고 생각되기 마련이었다. 하지만 경훈은 보통의 음악가들에게서 보이는 예민함과 같은 것들이 보이지 않았다.

"혹시 권 교수한테 여기 온다고 말했어요?"

"아뇨."

"나랑 헤어지면 만나러 갈 건가?"

"글쎄요."

근영의 상태는 그다지 좋지 않았다. 검사 결과가 그전과 비교했을 때 특별히 좋아진 것도 나빠진 것도 아니라고 했다. 무진은 그것만으로도 감사하다고 했으나 걱정이 많은 얼굴이었다.

윤 회장이 위암 권위자라고 하는 박사를 소개해 주었지만 그도 별반 손을 쓸 수 없다는 입장이었다.

"사실은 나 동화 씨에게 사과하려고 데이트 신청한 건데."

"사과요?"

"오해했거든요. 그동안 계속. 정말 미안해요."

더는 되물을 생각이 없다. 어쨌거나 경훈도 대영그룹의 사람이니 그녀에 대한 근거 없는 소문을 많이 들었을 것이다. 거의 기정사실처럼 퍼져 있었고 그녀 쪽에서도 별다른 대응이 없었으니 그대로 믿었을 가능성이 높다.

"사람들이 근거 없는 소문에 열광하고 홀린다는 것을 알면서 늘 무시하는 입장이었거든요. 그런데 무진이는 정말 내가 꼭 동생처럼, 아들처럼 아끼는 녀석이라 객관적으로 보지 못했어요. 그냥 동화 씨를 한 꺼풀 씌우고 봤어요."

"만약 밝혀지지 않았더라면 계속 그러셨을까요?"

"그건 아니에요."

묻진 않았다. 하지만 '정말인가요?' 하고 묻는 동화의 눈빛을 경훈은 읽었다. 경훈이 씁쓸하게 웃으며 작은 찻잔을 손에 쥐었다.

"저번에 사 온 프리지아가 마음에 들었어요. 무진이에게도 그렇게 말했고."

돌려 말하고 있었지만 동화는 충분히 알아들을 수 있었다. 개인적으로 만나 보고 경훈이 단번에 그녀를 캐치했다는 것을 말이다.

"저는 처음부터 지휘자님이 좋았어요."

"아, 이거 영광인데."

경훈이 전혀 생각도 못 했다는 얼굴을 하며 말했다. 어쩐지 당혹감, 들뜸이 동시에 섞인 것 같기도 했다.

"정말이에요."

"내가 더 나쁜 사람이 된 것 같네."

"아니에요. 사람들은 원래 현혹되기 쉬우니까요."

"이렇게 마음 넓은 여자 친구 만난 권무진이 갑자기 엄청 부러워지네. 우리가 먼저 만났으면 더 좋았을 걸 그랬죠?"

동화가 웃었다. 경훈의 천진난만함이 꽤나 마음에 들었다.

"경영에 관심은 있어요?"

"아뇨. 전혀요."

"나도 그래요. 그런데 대충 듣기론 우리 집도 한양과 관련된 모든 것들을 끊은 모양이에요. JD와 일하게 됐다고 그러더군요."

동화가 천천히 고개를 끄덕였다. 수호는 현정의 일을 덤덤하게 받아들였다. 그리고 동화에게 진심으로 사과를 했다. 보고 싶지 않다면 만나지 않겠다는 각오도 한다면서 말이다. 동화는 고개를 저었다.

수호를 믿고 싶다는 것보다는 자신의 친구를 잃고 싶지 않은 마음이 더 컸다. 경진은 그녀를 보고 천하의 호구라고 말을 하면서도 같이 울어 주었다. 영인 역시 마찬가지였다. 펄쩍 뛰면서 그녀보다 더 많이 화를 내 주었다.

"한양에 대한 이야기는 그만하는 게 좋겠어요. 그렇지 않아도 요즘 아버지가 그 일로 바쁘신 것 같거든요. 제 손을 떠난 문제고."

"그렇죠. 그럼 우리 좀 분위기 풀어질 만한 일을 해 볼까요? 나는 열두 살에 처음으로 무진이의 연주를 들었어요. 그런 어린애가 어떻게 저런 감성을 가지고 바이올린을 켤 수 있는 걸까, 충격까지 받았어요. 음, 좀 질투를 했다고 해야 하나?"

"아……."

그것이 순수한 질투임을 안다. 같은 수준을 갖고 있는 사람들끼리 할 수 있는 그런 질투 말이다.

"실수가 아예 없진 않았어요. 그런데 그걸 들으면서 쟤도 인간이긴 인간이군, 하는 생각이 들어서 좀 안심했어요"

"기계가 아니라서 다행이었네요?"

"기계였으면 그런 감동은 못 받지 않았을까요?"

"저도 무진 씨가 연주가일 때 영상 봤는데 정말 다른 사람인 줄 알았어요."

"인상 찌푸리니까 못생기지 않았어요? 잘생긴 얼굴도 그러니 별수 없더구만."

농담 식의 말투에 동화도 따라 웃고 말았다. 보통 연주가들은 연주에 심취하면 저도 모르게 안면 근육이 움직인다. 그모습에서 자유로운 연주가는 없을 것이다. 그건 무진 역시마찬가지였다.

사실 무진의 연주 영상을 보려고 하지 않았는데 결국 호기심에 져서 보고 말았다. 그는 온전히 음악에 빠져들어 홀린것처럼 바이올린을 켰다. 동화는 그저 모니터에서 흘러나오는 연주 소리만 듣고도 소름이 돋았다.

"아마, 무진인 다시 바이올린을 잡아도 옛날만큼 연주를할 순 없을 거예요."

"연습량의 부족인가요?"

"아, 이런. 무진이가 말 안 해 줬나요?"

"네?"

"예진이라고⋯⋯."

경훈이 쉽게 입을 떼지 못했다.

"알아요. 누군지."

"예진이 때문에 무진이가 어깨를 크게 다쳤거든요. 재활을독일 가서 했었는데⋯⋯."

그때 동시에 두 사람의 핸드폰이 울렸다. 메시지 도착음에두 사람 다 긴장됐던 분위기가 조금 풀어졌다.

"확인할까요?"

경훈의 물음에 동화가 고개를 끄덕였다. 보통 메시지는 스팸이 대부분이라서 굳이 확인을 하지 않아도 될 것 같았지만 핸드폰을 꺼낸 경훈의 얼굴이 굳는 것을 보고 손길이 빨라졌다. 메시지를 확인한 동화의 손이 미끄러졌다.

12

놓을 수 있다는 것에 대한 환상

누군가가 그랬다. 죽음을 짐작하고 있었으면 받아들이는 게 더 쉽지 않냐고 말이다. 아니, 그건 틀린 말이다. 아무리 각오를 하고 있었더라도 막상 마주하면 갑작스런 죽음을 맞이하는 사람과 같다.

동화는 잠시 안으로 들어서기 전 심호흡을 했다. 경훈은 이미 들어간 후였고 동화는 차 안에서 한참 동안을 울고 나서야 화장을 고쳤다.

화장을 고치는 중간에도 몇 번이나 눈물이 흘러 애를 먹어야 했다. 무진의 앞에선 울고 싶지 않았다. 그냥, 어깨를 두

드려 주고 위로를 해 주고 싶었다. 무슨 말이라도 건넨다면 분명 울었다는 것을 들킬 테니 말없이 안아 주고 싶었다.

울어도 딱히 변화가 없는 건 다행이었다. 하지만 손에 힘이 들어가 평소보다 화장이 짙어졌다. 눈동자가 충혈된 것까진 숨길 수 없었지만 이 정도쯤은 누가 봐도 이상하지 않을 것이다.

구두를 벗고 안으로 들어섰다. 무진의 얼굴을 보면 왠지 눈물이 왈칵 다시 쏟아질 것 같아 근영의 영정 사진을 보고 똑바로 걸어갔다.

근영은 무진의 어머니로 만나기 전 그녀의 스승이었다. 사진 속의 근영은 활짝 웃고 있었다. 예전의 모습 그대로. 향에 불을 붙여 향로에 꽂고 뒤로 물러섰다. 그리고 절을 두 번 올리고 상주석을 보았다.

무진은 덤덤한 얼굴을 하고 있었다. 아니, 오히려 그녀를 보며 입가에 옅은 미소까지 짓고 있다.

정말 무진은 근영의 살아생전 몇 번이나 이런 결심을 했던 걸까. 동화는 입술 안쪽 살을 꾹 깨물며 울음을 참아 내었다. 소복 차림의 유진이 눈물을 닦아 정리를 하며 자리에서 일어섰다. 유진과 무진은 한눈에 보기에도 남매임을 알 수 있을 정도로 닮아 있었다.

서로 절을 하고 앞으로 다가갔다. 동화는 먼저 유진의 손을 잡아 주었다. 차갑고 마른 손의 감촉이 고스란히 느껴졌다. 유진은 그저 고개를 끄덕이고 있었다. 아마, 조금 더 가까운 사이였다면 동화는 유진을 꽉 끌어안아 주었을 것이다. 이대로 손이라도 계속 잡아 주고 싶었다. 하지만 뒤에 서 있는 다른 조문객들을 위해 자리를 피해 주어야 했다. 유진은 놓지 않을 것처럼 힘을 주고 있던 손에서 힘을 풀었다. 그리고 그녀의 손등을 토닥여 주었다.

몸을 틀었다. 그리고 용기를 내 무진의 얼굴을 보았다. 말없이 위로를 할 수는 없을 것 같다고 생각했다. 입을 막 떼려던 그때, 무진이 그녀를 끌어안아 목덜미에 얼굴을 묻었다. 아주 조금 몸이 떨리고 있었다.

그녀가 틀렸다. 무진은 무덤덤했던 것이 아니다. 인정이 되지 않아 그저 울지 못했던 것뿐이다.

어깨의 들썩임이 커지기 시작했다. 그리고 그의 흐느끼는 소리가, 목덜미를 적시는 눈물이 더욱 크게 번져 갔다. 이를 악물고 울음을 토해 내는 것이 고스란히 느껴진다. 그 모습을 보고 주변 사람들의 울음소리가 커져 가고 있었다.

동화는 말없이 그저 고개만 끄덕이며 무진의 너른 등을 토닥여 주었다. 동화의 눈에 무진은 늘 크고, 넓은 등을 가진 어른처럼 보였다. 하지만 오늘 무진은 세상을 잃어버린 작은 아이 같았다. 동화는 몸을 점점 더 옭아매는 무진을 그렇게 위로해 주었다.

무진은 한참이나 울었다. 다른 조문객들도 그런 그의 모습에 인사도 하지 못하고 그저 눈물을 훔치고 있었다. 지금 그 어느 누구도 무진의 슬픔을 이해할 수는 없을 것이다.

눈에 익은 얼굴들이 몇 보인다. 경진이 어느새 친구들에게 연락을 한 모양이었다. 경진은 1학년 때 근영의 반이었기 때문에 더 슬픈 듯했다. 퉁퉁 부은 눈을 하고 멍하니 영정 사진만 바라보고 있었다. 숟가락을 손에 쥔 채 물끄러미 식어 빠진 육개장을 바라보던 동화가 고개를 들어 올렸다.

언제 그렇게 서러운 울음을 토해 냈냐는 듯 무진은 평소의 모습으로 돌아와 있었다. 조문객들을 맞이하는 그의 모습에선 왠지 모르게 여유도 느껴지는 것 같았다. 찾아와 준 모든 사람들에게 진심으로 감사해하고, 또 미안해했다. 하얀 얼굴이 오늘따라 더욱 하얗게 보이고 눈가가 붉었지만 무진은 정말 평소와 거의 다름이 없었다.

"동화야, 너 정말 오랜만이다."

"일찍 왔네?"

"우리 인사 좀 드리고 올게."

동창들 중에 개중 재벌가의 자식이라고 거리를 두는 친구들도 있었다. 재벌이라는 이름으로 한 꺼풀 씌우고 보는 것은 어쩔 수 없다고 생각했다. 하지만 시간이 흐르고 결국 별다를 게 없다는 것을 서로가 깨닫게 되었다. 어찌 보면 중간에 경진이 많은 중재 역할을 해서 가능했을지도 모른다.

가방을 놓고 걸어가는 친구들의 모습을 물끄러미 바라보았다. 경훈은 최소한의 사람들에게만 연락을 했다고 말했다. 무진과 유진이 조용히 근영을 보내고 싶다고 했다며. 하지만 근영은 존경을 받던 사람임을 숨길 수 없는지 시간이 갈수록 많은 사람들이 오고 있었다. 그중엔 구급대 옷을 입은 채로 그대로 뛰어온 듯한 사람들까지 있었다. 무진과 유진은 그 사람들을 정중히, 그리고 반갑게 맞이했다. 아버지의 동료였던 것이 틀림없었다.

"동화 너는 가게에 대체 언제 있니? 갈 때마다 경진이만 있더라."

인사를 하고 온 친구들의 눈이 다들 새빨갛게 변해 있었다. 손수건으로 눈을 꾹꾹 눌러 참아 보아도 계속 나오는 모양이었다.

근영은 굳이 맡은 반이 아니더라도 학생들의 이름을 외우고 불러 주며 꼭 언니처럼, 이모처럼 대해 주었다. 그때의 추억이 소중한 사람들이 많을 것이다.

"경진이가 그렇게 쫓아내잖아. 자리 잡고 있어서 장사 안 된다고."

"너만 오면 자꾸 수다 떨고 놀게 되어 그런 거지. 그리고 내가 언제 쫓아냈어."

"너희는 근데 어떻게 이렇게 일찍 온 거야?"

경진의 시선이 무진을 향했다 동화에게로 돌아왔다. 동화는 무진 쪽으로 시선을 옮겼다. 무진은 구급대 사람들과 포옹을 하고 이야기를 들으며 고개를 끄덕이고 있었다. 그리고 무릎을 꿇고 앉아 술을 올리고 몇 잔인가 마시기도 했다.

"그렇게 됐어."

지금 여기서 무진과의 사이를 밝힌다면 소란스러워질 것이다. 원래 장례식이라는 건 떠나는 자가 슬프지 않게 소란스러워야 한다고 하지만 동화는 그런 분위기를 원치 않았다.

새벽이 되자 조문객의 발길이 뜸해졌다. 몇몇 사람들은 술을 마시고 있었고, 몇몇은 대화를, 몇몇은 구석에 앉아 졸고 있었다. 경진도 오랜만에 만나는 친구들과 이야기를 나누느라 정신이 없었다.

"뭐 좀 먹었어요?"

가까이에서 들려온 음성에 벽에 기대어 앉아 있던 동화가 자리에서 벌떡 일어섰다. 하지만 유진은 그녀의 어깨를 잡아 다시 앉게 만들었다.

"와 줘서 고마워요. 아, 그러고 보니 인사도 못 했네. 권유진이라고 해요. 무진이가 내 이야기 좀 많이 했으려나?"

"고맙고, 좋은 누나라고 했어요."

"다행이네. 어쩐지 귀는 안 간지럽더라구요."

화장기 하나 없는 유진은 웃는 것도 시원스럽고 예뻤다. 조금 전까지만 해도 그녀의 손을 잡고 어린애처럼 울었던 게 믿어지지 않을 만큼 어른스러웠다.

"이런 차림으로 보기 전에 만났어야 했는데. 수술복이나 의사복도 좀 벗고."

정말 급하게 옷을 입은 모양이었다. 유진이 소복 치마를 살짝 걷자 그 안으로 파란색의 수술복이 드러났다. 근영이 아프지 않고 오래 살았더라면 얼마나 좋았을까. 이렇게 예쁜 자식들과 더더욱 행복했어도 좋았을 텐데.

"우리 무진이 눈이 높았네. 이렇게 예쁜 아가씨 사귀느라 나한테 안 보여 줬구나?"

"아니에요."

"우리 무진이 좋아해요?"

유진의 물음에 동화는 고개를 끄덕였다.

"재미도 없고 무뚝뚝한데."

"다정해요."

"그래요?"

"따뜻하고."

무진은 그런 사람이었다. 재미가 없으면 어떤가. 그저 보는 것만으로도 미소를 지을 수 있었다. 동화는 이제야 깨달았다. 무진은 정말, 그런 사람이었다.

"무진이는 아빠 동료분들 배웅하러 나갔어요. 나가서 밥 좀 먹이고 올래요? 어제부터 아무것도 못 먹었거든요."

"네?"

"여기 들어오면 또 못 먹을 것 같아서 그래요. 조문객 오면 내가 맞으면 되니까 동화 씨가 잠깐이라도 그렇게 해 줘요."

유진의 입술이 파르르 떨리는 것을 보고 동화가 자리에서 일어섰다. 지금 유진은 애써 눈물을 참아 내고 있었다.

"그럼 다녀올게요."

고개를 끄덕이는 유진을 뒤로하고 걸었다. 구두를 신고 밖으로 나가 복도를 뚜벅뚜벅 걸어가자 막 안으로 들어서는 무진이 모였다. 무진이 그녀를 발견하고 움직이기 전 동화가 빠르게 걸어 그의 팔에 팔짱을 꼈다.

"어제부터 아무것도 못 먹었다면서요. 나가서 같이 밥 좀 먹고 와요."

"나는 괜찮……."

"누나에게 엄마와 둘이 있을 시간을 좀 줘요."

무진이 고개를 끄덕였다. 동화의 말이 맞다. 유진은 계속되는 환자들로 바빠서 근영의 얼굴을 마음 놓고 볼 시간이 없었다. 아마 지금뿐일 것이다.

무진은 팔짱을 끼고 있는 동화의 손을 물끄러미 바라보았다. 저 작은 손으로 자신의 등을 안아 위로해 주었을 때 무척이나 크다고 느껴졌다. 그것은 다정하고, 또 단단한 느낌이라서 그렇게 어린애처럼 울고 말았다. 무진이 동화의 손을 아프지 않게 움켜쥐었다. 동화의 손은 오늘도 차다.

"자꾸 장갑 안 끼고 다닐 거예요?"

"꼈어요. 차에 두고 내린 거지."

동화가 그의 손을 잡고 발걸음을 서둘렀다.

병원 앞은 꽤 많은 식당이 있었다. 그중 한 곳으로 들어가 두 사람은 자리를 잡고 앉았다. 얼마 지나지 않아 바로 앞에 뚝배기 한 그릇이 놓였다. 맑은 황태국을 보면서도 움직일 생각이 없는 무진을 보고 동화가 그의 손에 숟가락을 쥐어 주었다.

"입맛 없어도 먹어요. 앞으로 이틀은 더 조문객들 맞이해야 하는데 먹고 힘내야죠."

"그래요."

무진은 고개를 숙이고 국을 떠먹기 시작했다. 동화는 그런 무진의 모습을 물끄러미 바라보았다. 밥을 먹는 행위 자체가 목적인 것처럼 입으로 음식을 넣고 씹기를 반복했다.

부모님을 잃는 슬픔이 어떤 것인지 그녀는 알지 못한다. 그저 짐작만 할 뿐이다. 그래서 무진이나 유진에게 어떤 말도 건넬 수가 없었던 것이다. 혹여, 의미 없이 건넨 위로에 상처를 받게 되면 어쩌나 걱정스러웠다.

동화는 컵에 물을 따라 앞으로 건넸다. 무진은 그런 동화를 보며 슬쩍 미소를 짓고는 컵을 들어 물을 마셨다.

"물 더 줄까요?"

"동화 씨."

"네."

"무슨 말이든 괜찮으니까 해도 돼요."

그 말에 동화가 슬쩍 고개를 저었다. 말을 하기 싫다는 게 아니었다. 왠지 마음을 꿰뚫린 느낌에 할 말이 없어진 탓이었다.

"위로는 충분히 받았으니까."

"무진 씨."

"아마 동화 씨를 만나지 않았더라면, 난 그렇게 울지 못했을 거예요. 동화 씨라는 존재가 내게 얼마나 위안이 되는지 모를 거예요."

"제가요?"

"그냥, 그래요. 동화 씨는 내게 그런 사람이거든요."

오히려 그런 무진에게 위로를 받는 건 자신이다. 동화는 무엇인가 울컥 솟아오르는 느낌에 입술 안쪽 살을 질끈 깨물었다.

하지만 곧 몰려오는 아픔에 악관절에서 힘을 뺄 수밖에 없었다. 무진이 울 때 참느라 깨물었던 곳이 상처가 났는지 피가 나고 있었다. 씁쓸한 맛에 동화가 인상을 찌푸렸다.

"부담돼요?"

"네?"

"그런 표정이라서."

"아니에요. 입안에 상처가 나서…… 그런 건데."

그 말에 무진이 웃었다. 붉어진 눈가는 부어 있어 웃으니 반달처럼 작아졌다. 동화는 팔을 뻗어 무진의 손을 잡았다.

"오히려 내가 할 말이에요."

"뭐가요?"

"내가 무진 씨를 만나고 마음이 넓어졌거든요. 그전엔 정말 옹졸한 사람이었는데. 무진 씨를 만나지 않았더라면 난 평생 그렇게 좁은 곳에 갇힌 채 살았을 거예요."

"동화 씨."

"나는요, 권무진 씨를 사랑하게 됐어요."

옆에서 웃음소리가 들려왔다. 멍하니 무진을 바라보고 있던 동화가 시선을 느끼고 재빨리 고개를 숙였다.

이런 상황에, 이런 식의 막무가내로 사랑 고백을 하려고 했던 것은 아니었다. 더군다나 지금 무진은 정신이 없을 상황 아니던가. 동화가 괜히 손을 들어 올려 앞으로 쏠린 머리카락을 귀 뒤로 넘기려고 하는데 정신이 없어서인지 제대로 되지가 않았다.

몇 번이나 손을 바쁘게 움직이는데 손가락이 제대로 말을 듣지 않았다. 저도 모르게 한숨을 내쉬는데 크고 따뜻한 손이 다가왔다. 크고 긴 손가락이지만 그의 손은 섬세하다. 멋대로 흐트러진 머리카락을 귓바퀴로 넘겨 준다. 절로 시선이 올라와 무진과 눈이 마주쳤다. 그의 입가에 나직한 미소가 걸려 있었다.

"허둥대기도 하는구나."

"네?"

얼굴로 열이 확 쏠렸다. 어려서부터 늘 생각을 한 뒤 움직이거나 말을 했다. 무진의 말처럼 이렇게 허둥댔던 때는 거의 없었다. 두 손을 들어 올려 손바닥을 뺨에 가져다 꾹 눌렀다. 정말 열이 후끈 올랐던 모양이었다. 차가운 손바닥에 뜨거운 열감이 그대로 느껴졌다.

"나도 동화 씨에게 먼저 말을 했어야 했는데."

"뭐를요?"

"어머니께 먼저 했어요."

"네?"

"나도 그래요. 나도 동화 씨가 좋아졌고, 이게 사랑이구나. 그렇게 생각하게 됐어요."

눈물이 왈칵 쏟아졌다. 정말 울려고 하지 않았다. 그런데 그 말을 듣자 눈물이 왈칵 쏟아진 것이다. 더 이상 주위 사람들의 시선이 신경 쓰이지 않았다.

당황한 무진이 손을 어떻게 해야 할지 모르는 듯 버둥거리다 주머니를 뒤졌다. 평소 입던 옷이 아닌 상복이라 손수건이 없다는 것을 깨닫고 티슈를 몇 장 뽑아 동화에게 건네주었다. 하지만 동화가 받지 못하자 자리에서 일어나 그녀의 옆으로 옮겨 앉았다.

무진은 어떤 얼굴로 근영에게 그런 말을 했을까? 근영은 어떤 얼굴을 하고 그의 말을 들었을까.

이렇게 될 줄 알았다면 무진이 천천히 시작하자고 했을 때 고개를 저었을 것이다. 빨리 근영을 만났으면 이렇게 더 사무치진 않을 것 아닌가.

동화는 영정 앞에서 쏟아 내지 못했던 눈물을 이곳에서 모두 쏟아 냈다. 아마 무진은 지금 그녀가 흘린 눈물의 의미를 잘못 이해할 것이다.

한참을 울고 나서야 자리에서 일어났다. 두 사람은 손을 잡고 다시 장례식장으로 향했다. 유진은 벽에 기대어 잠이 들어 있었다. 동화는 이야기를 나누고 있는 친구들 옆으로 걸어가 벽에 기대며 앉았다.

"누나, 안에 들어가서 눈 좀 붙이고 와."

무진의 말에 유진이 정신을 차리려는 듯 몇 번이나 고개를 저었다.

"괜찮아."

"이러다 누나까지 쓰러져. 괜찮으니까 좀 쉬어."

무진은 직접 유진을 바로 옆에 있는 보호자실로 데리고 들어갔다. 보호자실에 불이 꺼졌고 무진이 나오며 문을 닫았다. 그리고 자리에 앉아 영정 사진을 물끄러미 바라보았다.

동화는 그런 무진의 모습을 응시하며 눈물을 참아 내기 위해 이를 꽉 깨물었다. 턱 끝이 부르르 떨리는 것이 느껴졌다. 눈물을 흘리지 않으려 몇 번이나 주먹을 쥔 손에 힘을 주었다.

새벽 3시.

모두가 잠이 들었다. 하지만 무진은 여전히 잠들지 못하고 그 자세 그대로 영정 사진 앞에 앉아 있었다. 동화가 자리에서 일어나 무진의 옆으로 걸어갔다. 인기척에 무진이 고개를 돌렸다.

"좀 마셔요."

음료수를 받아 든 무진은 한 모금 이상 마시지 못하고 그것을 내려 두었다. 아마 먹고 싶지도, 마시고 싶지도 않을 것이다. 하지만 동화의 성의에 마셔 준 것이다.

"무진 씨도 눈을 좀 붙이는 게 어때요?"

"이렇게 어머니를 보고 있을 기회가 지금뿐이잖아요. 괜찮아요."

그렇게 말하며 무진이 그녀의 손을 잡아 주었다. 부르르 떨리고 있는 그녀의 손을 눈치챈 건 아닐까? 하지만 무진의 시선은 여전히 영정에 머무르고 있었다. 그 말 한마디가 눈물겨워 동화는 눈가에 힘을 주며 버텨 내었다.

3일 내내 많은 사람들이 오갔다. 그중엔 동화의 부모님도 있었다. 동화는 바쁜 시간을 내어 와 준 윤 회장이 고마웠다. 무진도 마찬가지인 모양이었다.

윤 회장과 황 여사는 오히려 너무 늦어서 미안하다며 무진과 유진을 위로했다. 그리고 발인식까지 와서 끝까지 자리를 지켜 주었다.

납골당에 나란히 안치된 근영과 우석은 사진 속에서 환히 웃고 있었다. 어린아이의 모습을 한 유진과 무진의 모습도 사진 속에 같이 있었다.

유진과 무진은 아직 자리를 떠나지 못한 사람들과 이야기를 나누며 인사를 했다. 동화는 건물 끝에 서서 그런 무진을 물끄러미 바라보았다.

3일 사이 무진의 몸은 비쩍 말라 보였다. 하얀 얼굴은 더 질려 있어 창백하게 보일 지경이었다. 사람들이 하나둘 떠나고 이제 몇 무리가 남지 않았다. 그때 유진이 다가와 동화의 손을 잡았다.

"고마워요, 동화 씨."

"아니에요. 제가 뭘 한 게 있다고."

"아뇨. 나는 무진이가 울지 않고 참을까 봐 걱정했어요. 그런데 동화 씨 때문에 잘 울어 준 것 같아서 고마워요. 참, 줄게 있는데."

유진이 재빨리 가방을 뒤적거렸다. 그리고 그 안에서 봉투 하나를 꺼내 앞으로 내밀었다. 동화는 그게 뭔가 싶어 고개를 갸웃거렸다.

"엄마가 돌아가시기 전에 신신당부하면서 주시더라구요. 절대 펼쳐 보지 말고 동화 씨 주라고."

"저한테요?"

"뭐라고 써져 있는지 엄청 궁금했는데 안 봤어요. 나중에 봐서 들려 줄 만한 내용이다 하면 알려 줘요. 혹시라도 우리 남매 욕 써져 있으면 좀 순화해 주고."

통통 부어 있는 눈을 한 유진이 웃었다. 동화도 그런 유진을 보며 웃었지만 어느새 눈가가 뜨거워지는 것을 느꼈다. 유진이 입술을 꾹 다물며 고개를 끄덕였다.

"가 봐야겠어요. 병원 엄청 바쁘거든."

"벌써요?"

"원래 일주일 주는데 나 때문에 고생하고 있을 후배들이 안쓰러워서. 그리고 일을 하면 상념 좀 떨칠 수 있지 않겠어요? 동화 씨, 부탁 하나 해도 될까요? 아, 정말 부탁만 계속해서 이거 미안한데."

"괜찮아요."

"무진이 곁에 좀 있어 줄래요?"

동화가 재빨리 고개를 끄덕였다. 더 이상 입술을 열었다간 눈물이 흐를 것 같아 그러는 수밖에 없었다. 고맙다고 말하며 돌아선 유진이 경훈과 무진이 서 있는 곳으로 걸어갔다. 세 사람이 무슨 이야기를 하는 듯하더니 곧 경훈의 차에 유진이 올라탔다. 무진은 그곳에 서서 경훈의 차가 멀어질 때까지 한참을 바라보았다.

"동화야, 무진 씨하고 같이 올 거니?"

황 여사의 물음에 동화가 고개를 끄덕였다. 윤 회장은 말없이 동화의 어깨를 아정히 두드려 주었다.

"빨리 가 보세요. 중국 출장이시라면서요. 엄마도 잘 다녀와."

"엄만 그냥……."

"괜찮다니까. 빨리 가 봐."

동화가 시선을 무진에게로 옮겼다. 을씨년스러운 바람이 스친다. 새까만 정장을 입고 있는 무진의 몸이 왠지 꼭 그대로 바스라질 것만 같은 착각이 들었다.

하지만 무진이 뒤로 돌아섰을 때 동화는 그가 사라지지 않을 거라고 확신했다.

점점 가까이 다가오는 무진을 보며 동화가 손에 힘을 주었다. 바스락거리는 소리에 유진이 건네주었던 봉투가 살짝 구겨졌다. 재빨리 힘을 빼며 그것을 펼치기 위해 손가락을 부지런히 움직였다.

"그게 뭐예요?"

"선생님이 저 주라고 하셨대요."

"편지?"

"네. 무진 씨도 같이 읽을래요?"

"아뇨. 어머니가 동화 씨에게 준 거니까 동화 씨 혼자 읽는 게 좋겠어요."

동화는 고개를 끄덕이고 봉투를 핸드백 속으로 넣었다.

"오늘도 와 주셔서 감사했습니다."

"아니야. 당연히 그렇게 해야 했어. 약혼식이라도 올렸으면 좋았을 텐데."

"괜찮습니다. 어머니는 동화 씨를 만나고 정말 좋아하셨어요. 기억에 참 많이 남는 몇 안 되는 제자였는데 이렇게 만날 줄 알았으면 그때 더 잘해 주었을 거라고 말씀하시기도 했습니다."

근영에게 자신은 특별한 제자였던 모양이다. 물론 동화에게도 근영은 특별한 선생님이었다. 무진은 평소와 크게 다를 바가 없었다. 푸를 정도로 새하얀 흰자위가 살짝 충혈이 된 것 외에는.

"그래. 동화에게서 얘기 많이 들었어요. 좋은 선생님이라고. 그렇게 학교에 가겠다고 했는데 오지 말라고 해서는. 그때 가서 뵈었으면 더 좋았을걸."

슬쩍 동화를 흘겨보는 황 여사의 모습에 무진이 웃었다.

"중국 출장이 있어서 이만 가 봐야겠네. 다녀와서 이야기 더 나누지. 초대하겠네."

"알겠습니다. 조심히 다녀오십시오."

황 여사도 무진과 마저 인사를 나누었다. 비행기 시간이 촉박해서인지 두 사람은 빠르게 발걸음을 옮겼다. 기사가 내리는 것을 본 윤 회장이 손을 저으며 직접 문을 열었다. 황 여사가 타는 것을 확인하고 뒤를 돌아보는 윤 회장을 향해 동화가 고개를 끄덕였다.

검은 세단이 멀어지는 것을 보고 있는데 커다란 손이 눈앞에 들어왔다. 동화는 말없이 그의 손을 잡았다. 따뜻한 온기가 손바닥을 타로 전해져 몸의 신경을 지나 가슴까지 올라왔다.

"우리 호수 한 바퀴만 돌고 갈래요?"

무진의 말에 동화는 발걸음을 옮겼다. 납골당 바로 옆엔 커다란 호수가 있었다.

몇몇 사람들이 호수를 바라보며 이야기를 나누고 있는 것도 보였다. 저 사람들도 사랑하는 사람을 잃고서 많이 힘들 것이다.

스산한 바람이 불어왔지만 동화는 그것을 춥다고 느끼지 못했다. 그저 끝없이 걸어야 하는 사람처럼 발걸음을 옮길 뿐이었다.

나무 다리를 걷던 도중 무진이 자리에서 멈춰 섰다. 동화도 난간에 기대어 무진처럼 호수를 바라보았다. 새하얀 오리 무리가 헤엄을 치며 사냥을 하고 있는 것이 보였다.

동화는 아무런 대화도 없지만 지금 이 순간이 편하게 느껴졌다. 왠지 무진이 온전히 자신에게 의지하고 있는 것 같았다.

"부모님이 같이 계시는 모습을 보며 비로소 인정을 했던 것 같아요."

힘이 조금 더 들어간 손을 동화가 물끄러미 바라보았다. 그리고 다른 손을 들어 그의 손등을 감싸 주었다. 그것이 그를 위해 할 수 있는 지금의 위로였다.

"언젠간 이런 순간이 올 거다, 그럴 것이다, 스스로를 계속 다독였는데 차갑게 식어 버린 어머니를 보고 있자니 인정이 되지 않았거든요. 동화 씨에게 안겨서 울며 깨달았어요. 이제 어머니의 목소리를 들을 수가 없구나. 안을 수가 없고, 손을 잡을 수가 없구나. 돌아가시면 온통 후회라더니, 그 말이 맞아요. 조금 더 안아 드리고, 손을 잡고, 입을 맞출걸."

무진은 마지막으로 근영을 떠나보내기 전 한참 동안 움직이지 못했다. 그리고 손등으로 계속 차갑게 식어 버린 근영의 볼을 쓰다듬었다. 몇 번이나, 계속 그렇게 했다.

"어머닌 한순간도 후회하는 삶을 사신 적이 없다고 말했어요. 늘 최선을 다해서 사랑해 왔고, 아꼈다고."

"학교에서도 그러셨어요. 학생들을 늘 진심으로 대하셨어요. 자식처럼."

"그때쯤 일이 기억났어요. 바이올린을 놓고 조금 방황할 때였는데 어머니가 적응을 못 하는 애가 신경 쓰인다고 그러셨죠."

"설마…… 그거 난가?"

"맞아요."

확실히 처음에 적응을 잘 못 했다. 유치원 때부터 계속 사립을 다니기도 했고 늘 비슷한 환경의 사람들만 주위에 있었다. 교복을 뺀 모든 소지품이 명품이기도 했거니와, 아이들과 어울려 매점에 간다는 건 상상도 할 수 없는 일이었다. 그도 그럴 것이 그녀는 그때까지만 해도 패스트푸드조차 제대로 먹어 보지 못한, 말 그대로 온실 속의 화초였다.

"근데 그때 난 방황 중이었잖아요. 심드렁했죠. 왜 맡은 반 애도 아닌데 신경을 쓰냐고 했어요."

"무진 씨가요?"

"네."

왠지 무진이 그렇게 무심한 말을 뱉었다는 게 쉽게 상상이 가지 않았다.

"그리고 후회했어요. 나보다 더 힘들 사람은 어머닌데. 뺨을 한 대 맞은 것처럼 얼얼했어요. 어머닌 그나마 나이대가 비슷한 내게 도움이 될까 해서 물어보신 걸 텐데. 그래서 친한 친구가 생기면 나아지지 않겠냐고 말했었어요. 그 학생이 동화 씨였다는 걸 알았으면 더 친절히 말했을 텐데."

"아뇨, 아뇨. 경진이는 정말 좋은 친구가 됐어요. 고마워요."

"아뇨. 나야말로 고마워요. 그때 그 학생이 점점 익숙해지고 밝아졌다는 이야기를 듣고 나도 다시 좋아졌거든요. 꼭 친구가 된 기분이었어요. 놓아도 될 것들을 쥐고 괴로워하고 있었어요, 나는. 동화 씨."

동화가 물끄러미 무진을 바라보았다. 수면에 일렁이는 노을이 반사되어 눈부셨다.

"고마워요, 내게 와 줘서."

눈부심이 점점 옅어지고 있다고 생각했다. 무진의 얼굴이 천천히 가까워지고 있어서임을 깨달은 건 입술이 닿을 때쯤 이었다.

13

봄날의 꽃을 좋아하시나요?

멍하니 피아노를 보고 있는 시간이 많아졌다. 정확히는 그 냥 앉아 있었다. 마침 보이는 사물이 피아노였을 뿐이다. 창 밖으로 후드득 떨어지기 시작하는 빗소리를 들으며 천천히 자리에서 일어났다. 갑작스럽게 내린 비 때문인지 우왕좌왕 하며 뛰는 사람들의 모습이 보였다. 누군가가 어깨를 짚자 몸을 흠칫거리며 뒤로 돌아섰다.

"뭐하느라 그렇게 불러도 못 들어."

"교수님."

경훈이 그의 어깨를 툭 건들며 먼저 소파에 앉았다. 무진은 냉장고에서 생강청을 꺼내 들었다. 적당한 비율의 뜨거운 물을 섞자 생강 특유의 알싸한 향이 코를 뚫었다. 잔을 들고 걸어가 테이블에 내려놓고 경훈의 반대편으로 자리를 잡았다.

"향이 좋네."

"동화 씨가 만들었대요."

"직접?"

"동생하고 해 봤다는데 오늘 저도 처음 먹어요."

맛은 장담할 수 없다며 말간 웃음을 짓던 동화가 떠올랐다. 어릴 때 기관지가 약해 근영이 생강청을 자주 만들어 주었다는 이야기를 기억하고 있던 모양이었다. 처음이라고는 하지만 채 썬 생강의 모습은 거의 일정했다. 무진은 멍하니 마실 생각도 못 하고 그저 컵을 쥔 채 바라만 보았다.

"맛도 좋고."

경훈의 말에 차를 한 모금 마셨다. 너무 달지 않고, 생강의 매운 맛도 생각보다 강하지 않았다. 경훈의 말처럼 생강차는 맛있었다. 고개를 돌렸다. 생강청의 양은 상당했다. 그것을 다듬고 채를 써는 건 힘들었을 것이다. 늘 이걸 만들고 나면 근영의 손 마디가 굳은살이 박힌 것처럼 붉어졌던 게 기억이 났다.

"어, 저기. 교수님. 저 지금 좀 일어나 봐야 할 것 같습니다."

"그래? 나도 용건 있어서 온 건 아니었어. 자, 이거."

그의 앞으로 내밀어진 건 스마트 키였다.

"내가 차 바꿔 준다고 했잖아."

"아⋯⋯."

"미리 주는 결혼 선물이라고 생각해."

"네?"

"분위기 보니까 곧 결혼할 것 같던데."

결혼이라. 동화에게 1년간 연애를 해 보자고 제안한 것은 자신이었다. '결혼'이라는 것에 그전엔 딱히 확신이라는 것을 가지지 못했다. 선 자리에 나간 이유로 90% 정도는 근영 때문이었다. 그래서 정말 그냥 그럭저럭 서로 맞춰 가며 살 수 있을 것 같으면 결혼을 해도 될 거라고 생각했다.

그 자리에서 동화를 만나지 않았더라면 어떻게 되었을까? 그럭저럭 괜찮은 여자를 만나 결혼을 하게 되었을까? 이런, 사랑이라는 감정이 무엇인지 평생 느껴 보지도 못하고? 정말 그렇게 살았을까?

"언제 하게 될지 몰라요."

"권 교수가 급한 거 아니었어?"

"동화 씨가 하고 싶을 때를 기다리는 거예요."

"그러다 결혼은 싫다, 연애만 하고 싶다고 하면?"

"그럼 그렇게 할 겁니다."

진심이다. 동화가 하기 싫다는 것은 하고 싶지 않았다. 누군가는 이런 이야기를 들으면 남자가 줏대도, 생각도 없다고 놀릴지도 모른다. 상대를 휘어잡는 것만이 사랑은 아니다. 무진은 그렇게 생각했다.

그렇다고 배려만으로도 온전한 사랑이 될 수는 없었다. 손에 너무 꽉 쥐지도, 그렇다고 너무 느슨하게도 잡지 않는 그것이 사랑이라고 생각했다. 상대와 같은 방향을 보고, 마주 보며 웃을 수 있는 그런 사랑 말이다. 숨이 막히는 것은 사랑이 아니다. 그것은 그저 사랑이라는 이름을 빌린 집착, 애원, 폭력일 뿐이다.

동화는 일면식도 없는 사람들의 세 치 혀에 너무나 많은 상처를 받았다. 비록 그것이 모두 잘못된 일들로 밝혀졌을지언정 사람들은 잘못된 것을 정정하려 들지 않는다. 심지어 상처를 준 일도 잊어버릴 것이다. 그러니 무진이 해야 할 일은 동화가 그들에게서 더 이상 힘들지 않게 다독이고, 안아 주고, 손을 잡고 묵묵히 걸어가는 것이었다.

"교수님."

"왜, 인마."

"사랑이라는 게 생각보다……."

"어렵지."

"그렇지만 좋아요."

"빠져 있구나?"

부드럽게 웃으며 경훈이 잔을 내려놓고 무진을 보았다. 무진이 웃으며 고개를 끄덕였다. 이 사랑은, 말 그대로 빠져들고 있었다.

❖   ❖   ❖

3월.

봄이라기에는 너무 이르다. 꽃샘추위가 계속되고 있었다. 하지만 오늘 오랜만에 버스를 타고 가게로 나오면서 담장에 피어 있는 개나리를 발견했다. 샛노랗게 피어 있는 개나리를 보며 동화는 저도 모르게 콧노래를 불렀다. 아직은 두꺼운 코트에, 장갑을 끼고 있었지만 정말 그 화사하고 싱그러운 봄이 왔음을 알려 주는 듯했다.

근영의 장례식장에서 만났던 동창들은 한 번씩 가게에 들르곤 했다. 가끔 가구를 구입할 때마다 동화는 디스카운트를 해 주려 했지만 경진은 단호했다.

직원가 이하로는 줄 수 없다며 못을 박자 동창들은 '주인보다 더 악독하다'며 웃었다.

JD제약의 윤 회장이 가진 힘이 얼마나 큰지는 모른다. 하지만 말이 좋아 건설 회사와 통신 사업이지 사실상 대기업인

사돈들까지 가세하자 한양제약은 순식간에 무너져 내렸다.

사실, 동화는 그 집안이 완전히 무너지는 것까지는 바라지 않았다. 그런 동화의 마음을 눈치챘던 건지 윤 회장은 한양제약을 말 그대로 삼켰다. 언론에서는 공룡 제약 회사의 횡포라며 말이 많았지만 이쪽 세계에 있는 사람들은 모두 그 말도 안 됐던 루머를 믿고 퍼트렸던 죄로 입을 다물었다.

한양제약은 여전히 운영되고 있었다. JD제약에 속하게 되는 순간부터 수호 집안의 일가가 모두 물갈이되었을 뿐이었다. 오히려 JD제약과 통합이 되며 직원들의 사기는 더 높아졌다.

사실 동화는 수호를 다시 만나면 어떻게 말을 꺼내야 할지 갈피를 잡지 못했다. 하지만 수호는 먼저 찾아와 진심으로 미안하다 사과했다. 원한다면 자신이 JD제약을 관두겠다는 말도 했다.

수호는 좋은 남자이며, 친구이다. 그 점은 윤 회장도 알고 있었다. 혹시라도 수호의 가족들이 그에게 편승할까 임원 자리는 주지 못하겠으나 연구를 계속해 준다면 소장 자리를 주겠다고 약속했다. 수호는 받지 못하겠다 고사했지만 동화는 곁에 남아 꼭 그렇게 해 달라고 부탁했다. 농담으로 혹시라도 너희 어머니가 또 잘못된 소문내면 혼내 줄 거지, 라는 말을 하면서.

수호와 영인이 없었다면 대학 생활이 훨씬 힘들었을 것이다. 수호는 소문만 믿고 그녀에게 접근해 오는 남자들을 얼씬도 못 하게 막아 주었으며 늘 곁에서 지켜 주었다. 누군가는 동화에게 무르다고 했고 누군가는 보기보다 착하다고 했다. 동화는 할 수 있는 한도 내에서 최선의 선택을 한 것뿐이었다.

"경진아."

"어, 말해."

카탈로그를 보느라 정신이 없는 경진이 건성으로 답을 했다.

"아기 침대 좋은 걸로 하나만 구해 줘. 그때 영인이한테 준 것보다 조금 더 좋은 거."

"아기 침대?"

"응. 수호한테 선물해 주려고."

동화가 고개를 끄덕였다. 아이를 따히 좋아하는 건 아니었다. 그런데 그 작은 생명이 두 주먹을 꽉 쥔 채 꼬물꼬물 움직이는 것은 정말 신기했다. 동화가 고개를 돌려 매장을 둘러보고 있는 부부에게로 시선을 옮겼다. 유모차에 누워 있는 아이를 보며 부부가 행복하게 웃고 있었다. 아이라…….

"뭐해, 전화 오잖아."

"어?"

경진의 말에 옆을 보자 진동이 울리고 있었다. 동화가 웃으며 전화를 받았다.

"웬일이야?"

—언닌. 무슨 전화를 그렇게 무뚝뚝하게 받아? 어디야?

"가게."

—무슨 바람이 불어서 이렇게 일찍?

"그냥. 일찍 눈이 떠졌어."

—나 지금부터 씻고 나가면 3시쯤 될 거야. 같이 밥 먹자.

시계를 슬쩍 보자 이제 12시에 가까워지는 시각이었다. 그러고 보니 오늘 일어나서 아무것도 먹지 못했다. 인화가 올 때까지 가게 앞 카페라도 가서 간단한 요기를 해야겠다 싶었다.

"그래. 무슨 일 있어?"

—나 맛있는 거 사 줄 거지?

"꼭 돈 많은 애들이 나한테 밥 사 달래더라. 아무튼 이따가 와."

—응, 이따 봐.

핸드폰을 끊고 주변을 정리하기 시작했다.

"왜? 인화야?"

"3시쯤 온다고 밥 사 달래."

"그런 어중간한 시간에?"

"원래 그러잖아. 밥 먹어. 나는 나가서 간단하게 샌드위치라도 좀 먹을게. 올 때 커피 사다 줄까?"

여기저기서 주문을 하는 소리가 들려왔다. 동화는 고개를 끄덕이며 클러치를 들고 가게를 나섰다. 오늘은 어떤 카페로 가 볼까 잠시 고민을 하다 샌드위치 전문점이 낫겠지 싶어 그쪽으로 발길을 돌렸다. 신호 하나만 건너면 되는 일이었는데 바로 앞에 익숙한 얼굴이 보였다.

근영의 장례식을 치르고 난 뒤 동화는 딱 한 번 무진을 보았다. 말 그대로 그에게 혼자 있을 시간을 주고 싶었다. 쉽게 근영에 대해 갖고 있는 마음들을 흘릴 수는 없겠지만 그가 보내야 할 시간은 지금이 아니면 되돌릴 수 없었다.

공중에서 시선이 부딪쳤다. 신호가 바뀌었지만 무진은 움직일 생각도 하지 못하고 있었다. 동화는 무진을 보면서 천천히 걷기 시작했다.

제대로 먹지 못했는지 얼굴이 왠지 수척해 보인다. 아무래도 샌드위치는 고사하고 고기 종류를 먹으러 가야겠다고 생각했다. 인화와의 약속 때 2인분을 시켜도 된다. 우선 지금은 무진에게 맛있는 밥을 먹여야겠다.

"가게에 오고 있었……."

가까이 다가가자 무진이 그녀의 어깨를 끌어 인도 안쪽으로 들어오게 만들었다. 그리고 그녀의 손을 잡고 세밀히 살피기 시작했다. 살짝 고개를 숙이고 있는 무진을 물끄러미 바라보았다. 길고 끝이 살짝 올라간 무진의 속눈썹은 꼭 인조모를 붙여 놓은 것처럼 숱이 빽빽했다.

"왜 그래요?"

"물집 잡혔네."

"아, 이거. 괜찮아요. 그렇게 아프지도 않은데요, 뭘."

"생강차는 그냥 사다 먹어도 되는데."

"그런 종류는 사다 먹으면 맛이 없잖아요. 만들기도 쉽고 꽤 재미있던데요? 참, 모과 얻어서 모과청도 만들었어요."

"아프죠?"

차마 만지지는 못하겠는지 무진의 손가락이 아주 세심하게 그 부근 위를 더듬고 있었다. 사실 신경 쓰지 않고 있을 때 아프다는 생각도 못 했다.

"자꾸 상기시키면 더 아플걸요?"

"아, 미안해요."

진심으로 미안한 표정이었다. 아무래도 무진에겐 농담이 안 먹힐 것 같다.

"밥 먹었어요? 난 배고픈데."

"그래요. 밥 먹으러 가요. 뭐 먹고 싶어요?"

사실 배가 고픈 건 아니다. 하지만 무진에게 무엇이라도 먹여야겠다 싶었다. 그날 이후 제대로 챙겨 먹지도 않은 것인지 얼굴에 살이 하나도 없어 보인다. 동화가 무진을 끌고 간 곳은 근처에 있는 광양식 불고기집이었다. 불고기 4인분과 밥까지 주문을 하자 메뉴판을 보던 무진이 고개를 들었다.

"4인분?"

"인화랑 와도 기본 4인분은 먹어요. 양이 별로 안 되거든 요. 그리고 무진 씨는 좀 많이 먹어야 할 필요가 있어요."

"나요?"

"처음 봤을 때보다 살이 많이 빠진 것 같아요."

무진이 고개를 살짝 기울이며 볼을 매만졌다. 동화의 말이 맞다. 그동안 제대로 챙겨 먹지 못했고, 계속 입맛도 없었다. 요 며칠 먹은 거라곤 누군가가 사다 준 죽이나 생강차가 전 부였다.

곧 음식이 나오고 직원이 석쇠에 올려진 고기를 굽기 시작 하자 향이 올라오며 식욕이 돌기 시작했다.

"불 줄여 드릴게요, 이제 드셔도 돼요."

"고맙습니다. 동화 씨, 먹어요."

동화는 고개를 끄덕이고 고기 한 덩이를 집어 무진의 밥 위에 올려 주었다. 누군가에게 이런 행동을 한다는 것은 그 동안 상상한 적도 없는 일이었다. 아니, 누군가를 위해 이렇 게 해 주고 싶은 적이 없었다. 그런데 이 모습이 어색하지도 낯설지도 않다. 그저, 좋다.

"무진 씨."

밥과 고기를 입에 가득 넣고 씹느라 말을 못 하겠는지 무진이 고개를 끄덕였다. 마른 볼에 불룩 음식이 들어 있는 모습이 보기 좋았다.

"나 상상했어요."

"상상?"

가까스로 음식을 반쯤 넘긴 무진이 되물었다.

"우리에게도 언젠가 아이가 생길까?"

무진의 눈이 커졌다. 동화는 그런 무진을 보며 웃었다.

"식겠다, 빨리 먹어요."

고기를 밥 위에 올려 주자 무진이 멍한 얼굴로 그것을 입으로 가져갔다. 그렇게 먹으면서도 자신이 어떤 행동을 하고 있는지 자각을 못 하는 것 같았다. 왠지 그런 어린아이 같은 모습이 좋다고 느껴졌다.

식사를 마치고 구두를 신는데 빠르게 계산을 마친 무진이 앞으로 와 자신의 어깨를 짚을 수 있게 자세를 낮춰 주었다. 한 번씩 이런 무진의 세심함에 놀랄 때가 있다. 단순히 음악을 해서 생긴 세심함이 아니라, 몸에 배어 있는 이런 몸짓들이 말이다.

동화는 짚은 어깨를 마치 다독이듯 한 번 쓰다듬고 손을 떼어 냈다. 그러자 무진이 몸을 똑바로 세우며 살짝 흘러내린 동화의 머리카락을 정리해 주었다.

"앞머리가 어정쩡하게 길어서 자를까, 계속 기를까 고민 중이에요."

"아무렇게나 해도 괜찮아요."

"앞머리 있으면 답답해 보이잖아요. 이렇게 있자니 귀찮고."

"아무거나 예쁜데."

그렇게 말하며 동화의 머리카락을 다시 한 번 귀 뒤로 넘겨 주는 무진을 보며 동화는 웃고 말았다. 몸을 똑바로 세우고 걷는 무진의 키가 새삼 크다는 것을 다시 인식하게 되었다. 슬쩍 옆을 보며 그의 키를 가늠해 보았다.

"왜 그렇게 자꾸 힐끔거려요?"

"오늘따라 무진 씨 키가 엄청 큰 것 같아서요. 내가 플랫을 신어서 그런가?"

"그래요? 평소와 다름없는 것 같은데."

무진이 어색하게 웃으며 자신의 몸을 내려 보았다. 그 모습이 꼭 어린아이 같아서 동화는 그를 안아 주고 싶다고 생각했다.

"무릎을 살짝만 굽혀 볼래요?"

그 말에 무진이 무릎을 굽혀 동화와 시선을 맞추었다. 손을 뻗어 무진의 머리를 천천히 쓰다듬어 주자 무진이 웃음을 터트렸다. 이게 운동화의 위로 방식이라는 것을 꼭 알고 있는 것처럼.

"그냥, 이렇게 해 주고 싶었어요."

"어린애가 된 기분인데."

"별로예요?"

"아니, 좋은데. 한 번씩 이렇게 해 줄래요? 생각해 보니 아버지가 돌아가신 뒤로 이렇게 내 머리를 쓰다듬어 주는 사람이 없었어요."

동화가 고개를 끄덕였다. 이 정도쯤은 얼마든 해 줄 수 있었다.

"그럴게요. 참, 무진 씨. 바로 학원 들어가야 해요?"

"음, 2시 반까지는 시간 있어요."

"그럼 이렇게 공원 한 바퀴 돌고 들어가요."

무진이 고개를 끄덕이며 공원이 있는 쪽으로 발걸음을 향했다. 평일 낮인데도 불구하고 공원을 산책하는 사람들이 꽤 많았다. 두 사람도 그 틈에 섞여 분수대 곁으로 천천히 걷기 시작했다.

"얼마 지나지 않으면 벚꽃 필 것 같다."

"그럼 꽃놀이를 갈까요?"

무진의 물음에 동화가 살짝 눈을 동그랗게 떴다. 함께 꽃놀이를 간다는 건 생각도 하지 못했다. 아니, 이제껏 태어나

한 번도 꽃놀이를 가 본 적이 없다. 무진과 함께라면 그곳이 여의도가 되었든, 동네의 길이 되었든 상관없었다.

"그날 동화 씨는 몸만 와요. 내가 도시락 싸 올게요."

"그럼 진짜 몸만 갈 거예요."

"네. 많이 걸을 수도 있으니까 운동화 신어요."

"음, 무진 씨, 꽃 좋아해요?"

"꽃 싫어하는 사람도 있나?"

동화는 고개를 끄덕였다. 경훈에게는 프리지아를 선물해 놓고도 무진에게는 꽃을 사 준 적이 없었다.

"커피나무는 잘 크고 있어요?"

"네. 다행히 제 팔 절반 길이 정도는요. 무진 씨 나무는요?"

"나도 그 정도?"

"잘 커서, 빨리 열매 맺으면 좋겠다."

"3년 뒤에 열매 맺는대요. 그땐 같은 화분에 있는 커피나무를 동화 씨와 바라봤으면 좋겠네요."

바람이 불어왔다. 아직 차가운 기운을 머금고 있었지만 동화는 그게 더 이상 차게 느껴지지는 않았다.

동화는 앞에 놓아지는 음식들을 보고 잠시 말을 잃었다. 인화가 주문을 할 때 좀 많다, 생각은 했지만 막상 테이블에 가득 차려지는 음식들은 주위에서 힐끗힐끗 쳐다볼 정도였다.

"너, 이거 다 먹을 수 있어?"

"남으면 포장하면 되잖아."

"다이어트한다고 난리더니."

"나 이제 다이어트 포기."

말을 마친 인화가 입으로 음식들을 집어넣기 시작했다. 평소 패밀리 레스토랑 음식을 좋아했지만 주변 사람들의 눈도 있고, 너무 기름져서 못 다닌다고 했었다. 그런데 오늘은 정말 작정한 사람처럼 먹고 있었다.

동화는 샐러드를 입으로 넣으며 마지막으로 나온 음식을 놓기 위해 고군분투하는 직원을 도와주려 앞접시를 치웠다. 어차피 테이블 위가 음식들로 가득이라 앞접시가 따로 필요하지도 않았다. 마치 며칠 굶은 사람처럼 전투적으로 먹는 인화를 보며 동화가 음료수를 앞으로 내밀었다. 인화는 음료수와 음식을 한꺼번에 꿀꺽 소리를 내며 잘도 삼켰다.

"스트레스 받는 일 있었어?"

"뭐겠어? 자꾸 시어머니가 애 가지고 스트레스 주니까 그렇지. 병원에서도 이상 없다고 스트레스 주지 말랬는데 옆에서 다 들으셔 놓고도 계속 이러니까 미치겠어."

"내가 약 좀 해 줄까?"

"됐어. 엄마가 해 준 것도 아직 한 트럭인데."

그렇게 말하며 인화가 다시 음식을 입으로 넣기 시작했다.

볼을 빵빵히 하고 다른 음식을 또 집어넣는다.

"너 그러다 체하겠다."

"언니, 내 위가 얼마나 튼튼한지 잊었어?"

인화의 말에 동화도 웃었다. 어려서부터 인화는 유난히 간식 같은 것을 좋아했다. 황 여사는 길거리 분식 같은 것을 절대 못 먹게 했었는데 인화는 친구들과 몰래 먹거나 했다.

학교에 갔을 때는 감시를 못 해서 결국 나중엔 황 여사가 인화의 친구를 매수했다. 그 뒤로 인화의 떡볶이에 대한 집착이 더 심해져서 나중엔 동화에게 몰래 심부름을 시키기도 했다. 그때마다 동화도 분식점에 들러 여러 가지를 사 먹었다. 하지만 그것마저도 들켜 동화의 용돈마저 끊겼었다.

사춘기 때 잘 잡아 주지 못해 인화가 살이 쪘다며 황 여사는 꽤나 자책을 했다. 그리고 수능이 끝나자마자 인화에게 돈을 퍼부으며 다이어트를 강행했다. 사실 동화가 볼 때 인화는 그렇게 뚱뚱한 편이 아니었다. 그냥 통통한 정도였는데 다 강박이 있는 건지 무조건 저체중으로 만들려 노력을 했었다.

인화도 대학에 들어가자 충격을 받은 건지, 늘씬한 몸매에 대한 욕심이 있었던 건지 반항을 접고 이내 다이어트에 열중했다. 그리고 결국 목표 체중을 찍던 날 쾌재를 불렀다. 그 뒤로 꽤나 유지를 잘 했는데 결혼을 하고 나서 재형과 야식을 먹는 일이 많아졌다며 5kg 정도가 쪘다.

"제부가 살쪘다며 뭐라고 해?"

"아니, 오히려 자기가 빼야지. 뱃살 넘쳐나."

"많이 먹는 건 좋은데, 천천히 먹어."

고개를 끄덕이면서도 인화는 먹는 속도를 늦추지 않았다. 한 번씩 스트레스가 극에 달할 때면 폭식을 했다. 아무래도 시댁과 가까이 사는 게 더 스트레스로 작용했나 싶어 걱정도 되었다.

"언니."

"응?"

"언니는 결혼하지 말고 그냥 혼자 살아. 능력도 있는데 뭐 하러 결혼을 해."

"하고 싶은데."

"어?"

의외의 대답인지 인화가 눈을 동그랗게 뜨고 동화를 바라보았다. 그 모습이 꼭 강아지 같아서 동화는 웃으며 음료수를 마시고 내려놓았다. 재형도 아마 저런 인화의 모습에 반해서 결혼을 했을 것이다.

"진짜? 권무진 씨랑?"

"응. 근데 나도 궁금하긴 해."

"뭐가?"

"만약에 나와 무진 씨 사이에서 아이가 생긴다면 누굴 더 많이 닮았을까."

"누굴 닮든 어때. 완전 예쁘게 나오겠지. 나도 내 조카가 기대가 되긴 하네. 사실 애는 아빠 유전자 많이 따른다고 하잖아. 우리 애가 걱정이지, 뭐."

"제부가 어때서."

"솔직히 말해 꾸며 주니까 그 정도지, 아니면 완전 장난 아닐걸?"

절레절레 고개를 저으며 입으로 인화가 고기를 넣었다. 몇 번 잘 씹나 싶더니 이내 표정이 안 좋아졌다. 괜찮아, 라고 물으려던 순간 인화가 그대로 입을 막더니 일어나 화장실이 있는 쪽으로 뛰어갔다.

"그러게 너무 급하게 먹……."

동화가 말을 멈추었다. 설마, 조카가 생긴 걸까? 동화가 웃으며 자리에서 일어나 인화가 간 길을 쫓았다.

완연한 봄이 찾아왔다. 이제 무진은 근영의 죽음을 완전히 받아들이고 있었다. 한 번씩 넋을 놓을 때가 있긴 하지만 그건 아주 잠시였다. 남들은 눈치채지도 못할 만큼.

앞으로 털썩 앉으며 미리 준비해 놓은 딸기 주스를 벌컥벌컥 마시는 유진에게 무진이 봉투를 내밀었다.

"뭐야?"

요즘도 계속 바쁜 건지 유진의 곱고 흰 피부에 짙은 눈 그림자가 드리워져 있었다. 여전히 제대로 못 자고, 못 먹는 모양이었다.

"돈?"

"어머니 재산이라고 해야 하나? 이것저것 정리하다 보니 그 정도 나왔어."

그런 건 전혀 생각도 하지 못했다는 얼굴을 하던 유진은 이내 봉투를 꺼내 들었다. 통장 세 개와 집문서가 들어 있었다. 통장에 생각보다 훨씬 많은 액수가 있다고 느낀 모양이다. 오, 소리를 내는 것을 보니.

"이걸 왜 날 줘? 네 학원 운영비에나 보태. 차라리 사무실을 하나 사. 임대비 아깝잖아. 이 정도로 못 사면 내가 좀 보태 주고."

"누나 돈 많나 보네."

"365일 병원에만 있어 봐. 돈 쓸 일이 어딨냐. 통장에 고스란히 쌓이고 있다. 나도 모르게 은행 VIP가 됐어요."

털털하게 말하며 유진이 어깨를 두드렸다. 꽤나 세게 두드린 것 같은데 아프지도 않은 모양이었다. 오히려 시원하다는 듯 웃는 것을 보니.

"좀 여유 있어지지 않았어?"

"여유? 그런 걸 외과에서 찾을 수나 있겠냐? 가뜩이나 후배 놈의 새끼들이 편한 과 찾아가느라 미치겠다. 우리 이러다 내년엔 후배나 들어올지 모르겠어. 이게 농담이 아니라는 게 유감이야."

유진이 고충을 털어놓으며 봉투를 다시 무진에게로 내밀었다. 그는 그것을 물끄러미 바라보았다.

"네가 알아서 해."

"누나."

"아무리 외과라지만 누나 죽을 때까지 이 타이틀 써 먹을 수 있거든?"

무진이 픽 웃었다. 유진은 이 시대의 전문직을 뭘로 보는 거냐며 탁자를 두어 번 탁탁 쳤다.

"우선은 넣어 둘게."

"그래."

"그런데 이건 진짜 누나가 결정을 해 줘야 해."

"또 뭔데?"

"어머니 반지."

"반지?"

유진이 고개를 갸우뚱했다. 그러다 이내 고개를 끄덕였다. 말을 하지 않아도 알아챈 모양이었다.

"쓰고 싶은 데 써."

"고마워."

"고맙긴. 아, 또 호출. 내가 잠깐이라도 자리를 비우면 꼭 이러지. 간다. 참, 조만간 동화 씨한테 같이 밥 먹자고 해. 내가 근사하게 쏜다고 꼭 말하고."

정말 바쁜지 대답도 듣지 않고 뛰어가는 유진의 모습을 물끄러미 바라보았다. 그 와중에도 딸기 주스는 다 마신 후였다. 이걸 신기하다고 해야 하는 걸까? 무진이 자리에서 일어나 병원 건물을 빠져나왔다.

분명 병원을 나설 땐 학원으로 가기 전에 동화의 가게에 들러야겠다고 생각했다. 그런데 이상하게 학원으로 가고 싶다는 느낌이 들었다. 평소에 감 같은 건 믿지 않는 편이었지만 무진은 그러는 게 좋겠다고 생각했다. 그리고 학원 근처에 다다랐을 때 무진은 자신의 감이 맞다는 생각이 들었다.

새빨간 장미꽃 다발을 품에 안고 차에서 내리는 동화가 보였다. 영인의 생일이라도 되나 싶어서 동화를 물끄러미 바라보았다. 그런데 동화가 카페로 들어가지 않고 건물 엘리베이터 입구가 있는 쪽으로 방향을 옮기고 있었다. 설마, 다른 남자에게 받은 선물을 들고 오는 건 아닌가 싶어 무진의 걸음이 빨라졌다.

"동화 씨."

건물에 막 들어가기 직전 무진의 목소리에 동화가 고개를
돌렸다.

"무진 오빠."

그리고 그 소리에 무진이 소리가 나는 방향으로 시선을 옮
겼다. 상대를 확인하는 순간 무진은 저도 모르게 탄식을 내
뱉었다.

"예진아."

14

되돌리고 싶은 순간

누군가가 부르는 목소리에 뒤를 돌아본 동화는 무진을 발견하고 웃었다. 하지만 무진의 시선이 다른 곳으로 향해 있는 것을 보고 고개를 돌렸다. 둥그스름한 배가 무거워서인지 허리를 받치고 있는 여자가 보였다. 긴 원피스에 코트를 걸치고 있는 여자는 누가 보더라도 임신부였다.

두 사람은 그저 마주 보고만 있었다. 무진은 마치 그대로 굳은 사람 같기도 했다. 그래서 동화는 신호가 바뀌었음에도 불구하고 길을 건너지 못했다. 먼저 발을 움직인 사람은 여자였다.

"동화 씨?"

얼떨결에 고개를 돌렸다. 순간 누구인가 싶어 동화의 눈이 가늘어졌다.

"수술복이 아니라서 못 알아보나?"

"아, 안녕하세요. 죄송해요. 정말 달라서 못 알아봤어요."

어깨를 들썩이며 유진이 가까이 다가왔다. 병원에선 민낯에 수술복 차림이라 지금 모습과는 대조가 되었다. 유진은 정장 차림에 짙진 않지만 화장을 한 상태였다. 물론, 미인이라고 생각을 했었지만 막상 꾸민 모습을 보니 한눈에 알아차리는 건 힘들었다.

"그거 칭찬이죠?"

"그럼요. 밖에서 미모가 더 빛을 발하시는데요?"

"아, 이거. 오늘 내가 비싼 밥 사야겠는데? 사실 방금 전에 무진이 만났는데 오후 스케줄 다 빼 버리고 나온 거거든요. 동화 씨 맛있는 거 사 주고 싶은데 오늘 아니면 진짜 시간이 없을 것 같아서. 학회니 뭐니 다음 달부터 또 정신없거든요."

"바쁘신데 저 때문에 괜히 시간 빼신 거 아니에요?"

"에이, 이제 그 정도 짬은 됩니다. 그런데 무진이한테 가는 길 아니었어요?"

그 말에 동화가 고개를 돌렸다. 유진의 시선이 자연히 동화를 따라갔다. 그리고 이내 무진의 곁에 있는 여자에게서 시선이 멈췄다.

"와, 돌겠네. 쟤가 어떻게 여기…… 야, 권무진!"

유진의 목소리는 상상도 하지 못할 만큼 컸다. 고개를 돌린 무진의 시선이 유진과 동화에게로 머물렀다. 그리고 이내 파란불로 바뀌자 유진은 긴 다리를 이용해 성큼성큼 거의 뛸 듯이 걸었다. 동화는 무슨 상황인지 알 수 없었으나 본능적으로 발이 움직였다.

"이예진. 너 여기가 어디라고 왔어? 대체 얼마나 뻔뻔하면 무진이 앞에 그 얼굴을 내밀 수 있어!"

"언니."

"누나."

"언니? 이게 어따 대고 언니래? 너 때문에 우리 집이 어떻게 됐는지 알아? 너희 남매 때문에!"

무진이 유진을 잡아 뒤로 이끌었다. 흥분을 한 유진은 무진을 완전히 끌고 가진 못했지만 예진에게로는 더 가까이 가지 못했다. 동화는 고개를 돌려 예진의 모습을 살펴보았다. 누구인지도 제대로 모르고 질투를 했던 상대였다. 작은 체구에 배가 잔뜩 불어 의기소침한 모습을 보자 저도 모르게 측은한 마음이 생겼다.

"누나!"

"네 오빠의 그 같잖은 질투 때문에 우리 아빠가 돌아가셨

어. 네깟 목숨 구하겠다고 무진이는 어깨까지 잃었어. 그런
데, 그런데 왜 나타나? 네가 어떻게!"

예진의 손이 바르르 떨렸다. 동화가 무진을 보았다. 곧 무
진이 고개를 끄덕이며 몸부림을 치는 유진을 끌고 가기 시작
했다. 동화는 곧 쓰러질 것같이 휘청이는 예진을 부축하며 바
로 옆에 있는 카페로 들어갔다.

따뜻한 유자차 두 잔을 예진의 앞에 놓아 주었다. 그리고
맞은편에 앉으며 눈물을 흘리고 있는 예진을 향해 손수건을
내밀었다.

"고맙습니다."

"좀 진정되면 차 마셔요."

울고 있는 사람을 달래는 건 어려운 일이었다. 그래서 동
화는 손수건만 건넨 뒤 그저 차를 마셨다. 차를 반쯤 마시고
거의 식었을 쯤에야 토끼처럼 새빨개진 눈으로 예진이 시선
을 맞춰 왔다. 동화는 어색하게 웃으며 잔을 내려놓았다.

"다 식어 버렸는데, 다시 사 올게요."

"아뇨, 정말 괜찮아요."

같이 카페로 걸어올 때 예진은 다리를 절었다. 예진의 몸
이 불편하다고 말을 했었는데 그게 신체적인 것이었음을 이
제야 깨달았다.

"아뇨, 아무래도 좀 따뜻한 걸 마시는 게 좋겠어요. 혹시

우유 마시면 속이 안 좋거나 그래요?"

"아뇨."

"그럼 핫초코로 가져올게요."

자리에서 일어난 동화는 카운터로 걸어가 핫 초코를 한 잔 시키고 슬쩍 뒤를 돌아보았다. 아직 진정이 되지 않았는지 예진은 어깨를 들썩이고 있다. 그 모습을 보며 저도 모르게 한숨을 길게 내쉬고 말았다.

막상 핫초코가 나왔음에도 잠시 고민을 했다. 사실 안면도 없는 여자가 이렇게 신경을 쓰고 챙겨 주어도 괜찮을까 싶어 걱정이 되기도 했다. 임신을 하면 예민해지기도 한다던데. 하지만 지금은 그럴 수밖에 없는 상황이라 결국 동화는 컵을 쥔 손에 힘을 주고 천천히 자리로 돌아갔다.

"따뜻할 때 좀 마셔요."

"고맙습니다."

창밖을 바라보았지만 무진의 모습이 보이지 않았다. 카페는 한적해 그저 잔잔한 음악만이 흐르고 있었다. 동화는 테이블 밑으로 두 손을 모은 채 괜히 죄 없는 손톱만 꾹꾹 눌러 댔다. 그 바람에 젤 네일이 손톱자국으로 홈이 파였다. 이러면 안 된다는 생각으로 고개를 드는데 예진과 시선이 마주쳤다.

"좀 괜찮아요?"

"네. 그런데 무진 오빠와는 무슨 사이신지……."

"아, 윤동화라고 해요."

"네, 이예진입니다."

"저는 그러니까 무진 씨…… 여자 친구?"

예진의 눈이 커지는 것을 보며 동화는 그저 웃고 말았다. 그리고 보니 무진이 가까이 지내는 사람은 경훈을 빼고 만나 본 적이 없었다. 무진의 다른 친구들도 어쩌면 예진과 같은 반응을 보일지도 몰랐다.

"안 어울려요?"

"네? 아뇨, 아뇨. 어울려요. 그냥 왠지 오빠가 누굴 만난다는 게 잘 상상이 안 되어서……."

그 말은 동화도 동의를 하는 바였다. 왠지 무진은 혼자 있는 게 잘 어울린다고 해야 하나? 물론 처음 만났을 때 무진의 생김새가 마음에 든 건 사실이었지만, 혹 차이더라도 상관없다는 생각을 했던 건 역시 그가 풍기는 분위기 때문이었다. 무진은 섬세해 보이고, 깔끔해 보인다. 한마디로 군더더기가 없는 타입이었다.

"그러니까 그게 아니고……."

"무슨 말인지 잘 알았어요. 걱정하지 않아도 돼요."

"결혼…… 하실 건가요?"

"저는 그러고 싶은데, 무진 씨는 잘 모르겠어요."

동화가 웃으며 차를 한 모금 마셨다. 식은 유자차는 단맛과 향이 훨씬 강했다. 잔을 내려놓는데 예진이 여전히 토끼 같은 눈을 동그랗게 뜨고 있었다. 동화는 여전히 미소를 지은 채 예진의 배를 보았다.

"몇 개월 됐어요?"

"아, 6개월이요."

"어? 6개월에 원래 그렇게 많이 부르나?"

"쌍둥이거든요."

예진이 조심스럽게 배를 매만지며 말했다. 동화는 아, 소리를 내며 고개를 끄덕였다. 인화도 이제 몇 개월이 지나면 곧 저런 모습을 하게 될 것이다.

"축하해요."

"고맙습니다."

"남편분은……."

"지금 일하는 중이에요. 학교 선생님이거든요."

살짝 고개를 끄덕이며 슬쩍 시선을 창밖으로 옮겼지만 여전히 무진의 모습은 보이지 않는다.

"저희 여동생도 임신했거든요. 이제 초긴데 뭐 그렇게 먹고 싶은 게 많다고 하는지 모르겠어요. 그것도 입덧인가?"

"아마 그럴 거예요. 저도 그랬었거든요."

"어, 그럼 아이들 여름에 태어나겠네요? 예진 씨가 고생이 많겠다."

"아니에요. 아이들이 걱정이죠."

애정을 가득 담은 눈으로 배를 쓰다듬는 예진을 보며 동화
도 미소를 지었다. 생명이라는 것은 참 고귀한 것이다. 그것
이 어떤 형태가 되었든.

"저기……."

"네."

"제 이야기 들으셨어요?"

"조금이요."

천천히 고개를 끄덕이는 예진을 보며 동화는 슬쩍 아랫입
술을 깨물었다. 혹시 실수라도 한 건 아닌가 싶었다.

"예성 오빤 바이올린을 참 잘 켰어요. 어느 날 기쁜 얼굴을
하며 뛰어왔던 게 기억나요. 바이올린을 정말 잘 켜는 친구가
왔다고. 예성 오빠는 무진 오빠의 연주를 참 좋아했었어요.
저도 그랬고. 제가 다리가 좀 불편해서 어릴 때 친구가 많이
없었어요. 두 사람이 친구가 되어 주었죠."

동화는 그저 말없이 고개를 끄덕였다. 지금은 그냥 예진의
말을 들어 주고 싶었다.

"어느 날 무진 오빠가 그랬어요. 이제 본격적인 연주는 그
만두고 공부를 해서 선생님이 되고 싶다고. 모두가 말렸고 그
중에는 저희 오빠도 있었어요. 항간엔 예성 오빠가 무진 오

빠를 질투한다, 열등감이 심하다는 말들도 많았었고. 사람들은 예성 오빠가 무진 오빠를 말리는 걸 왜 저러나 쳐다보기도 했어요. 저는 절대 아니라고, 우리 오빠가 그럴 리가 없다고 믿었어요. 화재가 나던 날 전까지는."

동화는 쥐고 있는 잔에 힘을 주었다. 예진의 아랫입술이 덜덜 떨려왔다.

"마지막 콩쿠르 때 오빤 정말 쉬지 않고 연습을 했었어요. 이미 건초염이 심해진 상태였고, 신경에 이상도 있었는데 무시하고 연주를 했죠. 오빤 혼신의 힘을 다했다고 믿었어요. 그런데 결과는 2위였죠. 무진 오빠가 없었는데도. 그때 오빤 깨달았던 것 같아요. 결코 찬사를 받는 연주자가 될 수 없음을."

씁쓸한 목소리엔 울음기가 섞여 있다. 동화는 그저 입술을 꾹 깨물었다. 유진이 왜 예진에게 적대감을 가지는지도, 예진이 왜 무진에게 미안해하는지도 알 수 있을 것 같았기 때문이었다.

"불이 나던 날, 아직도 기억해요. 물론 그 불은 오빠가 낸 게 아니었어요. 제 방에 있던 어항 물이 쏟아지면서 합선이 된 게 시작이었어요. 그때 아저씨는 절 먼저 구해 주셨어요. 그리고 걱정 말라고, 예성이도 꼭 구해 오겠다고 다시 불길로 뛰어드셨는데 전 잡지 못했어요."

"그건 예진 씨 탓이 아니에요. 그분은 사명을 다하신 것뿐이에요."

"아뇨. 집이 완전히 무너지기까지 5분 정도의 시간이 걸렸
어요. 그 안에서 아저씨 오빠 설득하고 계셨을 거예요. 그리
고 설득에 성공했죠. 1분만 건물이 더 견뎌 줬어도 두 사람 모
두 살 수 있었을 거예요. 오빠를 부축하고 계단을 내려오는
걸 봤거든요."

털썩, 무엇인가 떨어지는 소리가 들렸다. 동화와 예진의
고개가 옆으로 돌아갔다. 그 자리엔 무진이 서 있었다. 바닥
에는 동화가 예진을 부축하느라 떨어뜨리고 온 장미꽃 다발
이 있었다.

"오, 오빠."

"다행이다. 예성이가 죽으려 했던 건 아니라서…… 정말 다
행이다."

무진의 눈에서 눈물이 뚝 떨어졌다. 무진은 지난 10년이 넘
는 시간 동안 수많은 죄책감에 시달렸을 것이다. 그는 원래
내색을 하지 않는 사람이다. 그래서 주위 사람들은 그가 무던
히 잘 견뎌낸다고 생각했을 것이다. 하지만 그 목소리에 담긴
진심이, 흐르는 눈물이 그동안 그가 얼마나 힘들어했는지를
대변해 주고 있었다.

"오빠……."

무진이 한쪽 무릎을 꿇고 앉아 울고 있는 예진을 안아 주었

다. 예진은 무진을 안고 한참 동안을 울었다. 어떻게든 눈물을 참아 보려 했지만 결국 동화의 눈에서도 눈물이 떨어졌다. 급히 손등으로 볼을 누르고 눈물을 닦아 내었다. 몇 번이나 천장을 바라보며 눈꺼풀을 깜빡였지만 눈물을 참는 건 쉽지 않았다.

한참을 울고 난 예진이 고개를 끄덕이며 무진의 어깨를 다독였다. 새빨갛게 달아오른 예진의 얼굴을 보며 동화도 자신이 그러지 않을까 싶어 손등으로 볼을 눌러 보았다. 손등에 열감이 느껴진다.

아무래도 이제 두 사람을 위해 자리를 피해 주어야 할 것 같았다. 하지만 자리에서 일어나 장미꽃을 다시 주워 들고 동화의 옆으로 앉는 무진 때문에 움직일 수가 없었다. 무진이 주머니에서 손수건을 꺼내 그녀의 앞으로 내밀었다.

"괜찮은데……."

"이 장미꽃, 나 주려고 가져온 거 맞아요?"

"네."

모양이 조금 흐트러지기는 했지만 처음 가져왔을 때와 크게 변한 건 없었다. 짙은 장미향이 주위를 모두 감싸는 느낌이었다.

"예진아."

"응, 오빠."

"이쪽은 윤동화 씨. 나와 결혼할 사람이야."

예진은 진심으로 놀란 표정을 하고 있었다. 하지만 만만치 않게 당황한 건 동화도 마찬가지였다. 사실 이제껏 무진은 결혼에 대해 크게 관심을 보여 오지 않았다. 동화가 먼저 결혼을 하자고 했을 때도 아직은 알아 가는 게 좋을 것 같다며 최소 1년이라는 기간을 명시해 두지 않았던가. 여자 친구라는 이야기 정도만 했을 뿐이지 저렇게 확신을 가지고 '결혼할 사람'이라고 얘기하는 것은 처음이었다.

"오, 오빠. 축하해. 저기, 정말 축하드려요."

무진은 아직 할 말을 찾지 못해 그저 천천히 고개만 끄덕이는 동화를 보며 손을 잡았다. 손수건을 움켜쥔 채 동화는 고개를 숙였다. 마음 한편 어딘가에 아주 작은 불안함이 있었다. 어쩌면 사실 무진은 결혼이라는 것을 원하지 않는 게 아닐까. 무진을 믿지 못하는 것은 아니었다. 다만, 그의 분위기 어딘가가 그러했다.

한참 동안이나 그 분위기가 이어졌다. 무진이 다시 따뜻한 차를 주문해 오고 그것을 절반 정도 마셨을 때야 겨우 진정이 되었다. 입안에서 퍼지는 달큰한 유자차 향을 느끼며 숨을 크게 내뱉었다.

아마 결혼 이야기를 듣기 전이라면 바로 예진에게 물었을 것이다. 하지만 지금 그 말을 뱉음으로써 깨어질 분위기에 용기가 나지 않는다. 아마 이 자리에 유진이 있었다면 단박에 물었을 것이다.

그저 입술만 안으로 말아 넣어 깨물고 두 손을 옴켜쥐었다. 묻기엔 주제 넘을지도 모른다. 아니, 하지만 지난 10년간 무진은 너무 큰 고통 속에 있지 않았던가.

"요즘 다리는 어때? 괜찮니?"

"괜찮아."

"임신 말기쯤엔 다리가 많이 붓는다던데."

"응. 그래서 세정 씨가 시간 날 때마다 주물러 줘."

"그래."

"오빠."

무진이 고개를 끄덕였다. 예진을 대하는 무진의 음성은 뭐라고 할까. 정말 동생을 대하는 것처럼 부드럽고, 따뜻하다. 그리고 눈빛 역시 그러했다.

"이제 오빠 안 찾아올 거야. 오빠도 나 찾아오지 마."

찻잔으로 향하던 무진의 손이 그 자리에서 멈췄다. 얼굴엔 늘 짓고 있는 미소가 사라졌고 금방이라도 울 듯한 눈이 되었다.

"예진아."

"사실 난 혼자 되는 게 무서웠어. 그래서 나도 모르게 계속 오빠에게 의지하고 응석을 부렸던 거야. 너무 오랜 시간

괴롭게 만들어서 미안해. 그런데 정말 무서웠어. 오빠가 날 미워하면 어쩌나. 그래서 정말 날 떠나 버리면 어쩌나. 내가 오빠에게 짐이 된다는 것도 모르고……."

지난 10년간 무진에게 진실을 알려 주지 않고 계속 잡아 두었던 것은 그 이유 때문이었던가? 동화는 내심 예진에게 모진 말을 뱉지 않아 다행이라고 생각하면서도 예진이 미웠다. 아니, 예진이 이해가 되어 한편으로는 눈물이 울컥 솟아오를 뻔했다.

세상에 혼자 남겨지는 건 힘들고, 외롭고, 괴로운 것이다. 그런 느낌을 조금이나마 받아 보았던 동화로선 무진과는 별개로 예진이 이해가 되었다.

"예진아, 나는……."

"내가 혼자 편하려고 오빠를 10년이나 잡아 두고 있었어. 아무 잘못도 없는 오빠를. 나만 아니었더라면 오빠……."

"그건 그냥 사고였어. 인도로 뛰어든 차를 어떻게 피할 수 있었겠어. 시간을 다시 되돌려도 나는 그렇게 할 거야. 나 아닌 다른 누구라도 그렇게 했을 거고. 결국은 네 다리가 더 다치고 말았지만."

"오빠 꿈을 잃었잖아."

무진은 말문이 턱 막힌 것 같았다. 마치 어린아이가 울음을 참으려 하는 것처럼 입술을 꾹 다물고 있었지만 턱밑이 부르르 떨려 와서 금방이라도 터트릴 것 같았다. 몇 번이나 숨을 삼키고 스스로를 진정시켰다.

"예진아, 나는 연주가가 꿈이 아니었어. 정말 그냥 작은 학원을 차리고 음악을 좋아하면 누구나 와서 배울 수 있는 그런 곳을 만들고 싶었던 거야. 다른 사람들이 내게 어떤 기대를 했는지는 모르겠지만 나는 정말 그랬어. 스스로 예술을 말하기에도 거창했고 그저, 나는 음악이 좋았던 것뿐이야. 그때의 난 어렸고 주변 사람들에게 그저 이끌려 갔던 거지."

"오빠."

"진심이야."

그 한마디로 알 수 있었다. 무진은 지금 사실을 말하고 있었다. 무진을 만난 지 얼마 되지 않았을 때 그에 대한 자료를 살피다 날을 지새운 적도 있었다. 동화는 무진이 어떤 연주가였는지, 또래나 후배들 혹은 선배들에게 어떤 영향을 끼친 연주가였는지도 잘 알고 있었다. 하지만 그는 정말 욕심 없이 그저, 좋아하는 일을 했던 것뿐이었다.

"나는 지금이 좋아. 연주를 할 때 행복하지 않았던 건 아니야. 그런데 그땐 만족감이 없었지. 지금은 충만하다는 게 무슨 뜻인지 알 것도 같아. 예진아, 네가 원한다면 더 이상 보지 않아도 좋아. 그저 생각이 날 때 한 번씩 연락해도 좋으니까 네가 하고 싶은 대로 해. 하지만 너 때문에 내가 꿈을 잃었다고는 생각하지 않았으면 좋겠다. 네가 사랑을 하고, 결혼을 하고, 아이를 낳고…… 분명 예성이도 그 모습을 보고 싶었을 거야. 나는 진심으로 예진이 네가 행복했으면 좋겠다."

서럽게 울기 시작하는 예진을 보며 동화가 시선을 옮겼다. 그때 동화의 시선에 들어온 사람은 다름 아닌 유진이었다. 언제부터 저 자리에 서 있었던 걸까. 유진의 표정은 이미 무진의 말을 모두 듣고 난 다음인 듯했다. 그래서 무진을 저런 얼굴로 보고 있는 것일까?

유진이 말없이 그대로 몸을 돌려 카페를 나섰다. 반사적으로 자리에서 일어난 동화가 유진을 쫓아 나갔다.

멀리 가지 못한 유진은 건물 옆 화단에 주저앉아 울고 있었다. 하늘이 흐리다. 묘한 향이 나는 것 같기도 했다. 그때 투둑, 소리와 함께 비가 시작되었다. 앞에 있는 편의점으로 들어가 우산을 사 들고 나온 동화가 그것을 펴고 유진에게 씌워 주었다. 어린아이처럼 엉엉 소리를 내며 울고 있는 유진을 말로 위로할 용기가 나지 않았다.

봄을 알리는 비는 차가웠다. 하지만 심장이 뜨거워서 그게 시리도록 차게 느껴지지 않았다. 그건 유진도 마찬가지일까? 이렇게 사람이 울면 어떻게 위로해야 할지 생각이 나질 않는다. 그래서 안절부절못하고 우산을 씌워 주는 일밖에 할 수 없었다.

한참 동안을 울고 난 유진이 손을 들어 올려 비인지 눈물인지 모를 것을 닦아 내었다. 그리고 토끼처럼 붉게 충혈된 눈을 하고 웃어 보였다.

"너무 추하게 울었네."

다시 전의 유진으로 돌아왔다. 동화가 유진의 옆으로 자리를 잡고 앉았다. 그런 동화의 모습에 놀란 건지 유진이 서둘러 머플러를 벗어 깔아 주려고 했다. 그런 유진의 모습에 동화는 왠지 웃음이 나올 것 같았다. 남매가 배려하는 모습은 똑같다.

"그럼 같이 앉아요."

결국 머플러를 길게 늘어뜨려 만든 뒤 두 사람은 다시 앉았다. 얇았지만 차가운 벽돌의 기운은 막아 줄 정도가 되었다.

"무진 씨의 진심을 알고 놀랐어요. 사실 음악을 하는 사람에게 크든 작든 영향을 주었던 사람이잖아요."

"어쩌면 내가 더 욕심을 부리고 있었나 봐요. 그래서 원망할 대상이 필요했던 거지. 그게 예진이었나 봐요. 그 교통사고는 정말 어떻게 할 수가 없었는데. 앞으로 차가 오는 걸 보면서 몸이 움직이질 않았어요. 그런데 무진이는 바로 예진이에게 팔을 뻗었고 차에 치어 그대로 날아갔죠. 그때 무진이

가 다시 일어나지 못하면 어쩌나, 얼마나 울었는지 몰라요. 그리고 원망했어요. 그때 예진이가 울지만 않았어도, 집에 가지 않겠다고 고집만 부리지 않았어도……. 그런데 그게 다 핑계였던 거죠. 시간은 다시 되돌릴 수 없다는 걸 잘 알면서도."

"혼자 자책했죠?"

유진이 눈을 동그랗게 뜨고 동화를 보았다. 왠지 동화는 유진도 그랬을 거라고 생각했다. 시간을 되돌려 무진을 대신해 손을 뻗고 싶었을 거라고. 왠지 정곡을 찔린 것처럼 유진이 황당한 표정을 짓더니 이내 웃고 말았다.

"하, 진짜 동화 씨 못 속이겠네."

"들어가 보세요. 무진 씨가 기다리고 있을 거예요."

"음, 내가 지금 무진이를 어떤 얼굴로 봐야 할지 모르겠어서……."

왠지 망설이는 유진의 모습은 꼭 유치원생을 보는 것 같았다.

"어떤 얼굴을 해도 괜찮을 것 같은데."

유진이 팔을 뻗어 동화를 껴안았다. 갑작스러운 스킨십에 동화가 잠시 당황했지만 이내 팔을 올려 유진의 등을 두드려 주었다.

"고마워, 동화 씨. 내가 남자였으면 확 데리고 사는 건데.

꼭 우리 무진이 데려가 줘. 같이 들어가자."

"아니요. 저는 무진 씨 학원에 가서 기다리고 있을게요."

유진이 고개를 끄덕이며 자리에서 일어났다. 그리고 씩씩한 걸음으로 카페를 향해 걸었다. 동화는 머플러를 정리하고 우산을 다시 펼쳐 들었다.

비밀번호를 누르고 무진의 학원으로 들어서자마자 히터를 틀어 온도를 높였다. 그리고 젖어 있는 겉옷을 벗어 두고 사무실 안으로 들어갔다.

무진의 성격답게 유리로 된 책상은 지문 하나 없이 깨끗하다. 왼쪽에 있는 서랍장을 열자 잘 개인 하얀 수건이 보였다. 그걸 하나 꺼내 젖어 있는 얼굴과 머리카락을 가볍게 두드리며 물기를 닦아 내었다. 겉옷이 두꺼워 다행히 안은 젖지 않았다.

밖으로 나와 테이블 위에 있는 광고 책자를 뒤적여 국물이 있는 음식을 찾아내 주문을 했다. 막상 시켜 놓고 나서 무진이 언제 올지 모른다는 사실을 깨달아 후회를 했지만 그래도 그가 오면 무엇인가 먹는 게 좋겠다고 판단을 했다.

리모컨을 들어 CD 플레이어를 작동시키자 잔잔한 소나타가 흘러나왔다. 무진은 MP3보다는 CD가, CD보다는 LP가 좋다고 했다. 창밖으로 후두둑 떨어지는 비를 보던 동화는 문이 열리는 소리에 가방이 있는 쪽으로 걸어갔다. 하지만 등 뒤로 느껴지는 차가움과 따뜻함이 섞인 온기에 슬쩍 웃고 말았다. 멀지 않은 거리지만 뛰어온 건지 가쁜 숨을 쉬는 무진의 손을 잡아 주었다.

"혼자 왔어요?"

"누나는 병원에."

"예진 씨는요?"

"남편이 데리러 왔어요."

동화는 고개를 끄덕이며 그의 어깨에 편하게 뒤통수를 기대었다. 왠지 무진은 든든한 지지대를 연상시켰다. 처음 보았을 때의 그 느낌은 시간이 지나도 변하지 않았다. 크고, 단단한 나무 같은 사람이었다.

"나는 무진 씨 꿈이 좋더라."

"그릇이 작은 사람이라 실망하지 않았어요?"

"그게 어떻게 그릇이 작은 사람이에요? 정말 그릇이 작은 사람은 그런 소박한 꿈도 못 꿔요. 무조건 앞을 향해 나가려고 하고, 더 많은 것을 손에 쥐려고 하지."

귓가에 낮은 웃음소리가 들렸다. 동화는 무진의 그 웃음소리가 좋았다. 마음이 따뜻해지고, 충만하게 들어찬 느낌이든다. 어떻게 30여 년을 다른 방식으로 살아왔던 사람이 이렇게 편해질 수가 있는 것일까. 그게 참 신기해서 때론 정말 다른 차원에 와 있는 것 같은 느낌이 들 때도 있었다.

"나는 무진 씨가 행복하다면 그걸로 됐어요."

"그건 내가 해야 할 대사 같은데."

"정말 무진 씨를 만나서 행복해졌어요, 나는."

"나도. 나 역시 동화 씨를 만나서 행복해진 것 같아요. 아니, 행복해졌어요."

절로 웃음이 흘러나올 것 같았지만 동화는 입술을 꾹 다물고 참아 내었다. 무진이 따뜻한 손이 좋았다. 그 손으로 차가운 자신의 손을 잡으면 꼭 같이 뜨거워지는 것 같아서. 그때 손가락 사이로 이질적인 느낌이 들었다. 고개를 숙이자 왼쪽 네 번째 손가락에 자리 잡은 반지가 보였다. 아주 작은 보석이 박힌 금반지였다.

"아버지가 첫 아르바이트를 해서 모은 돈으로 산 반지래요. 이걸로 어머니께 프러포즈를 하셨는데 어머닌 다른 결혼반지는 다 필요 없다고 이거면 된다고 하셨대요. 그래서 이 반지는 내게도 참 소중한 거예요. 물론, 이건 앞으로 동화 씨에게 날 잘 부탁한다는 그런 의미도 돼요."

동화가 손을 빼내 무진의 팔을 잡았다. 그러자 무진의 팔이 느슨하게 풀렸다. 몸을 돌려세우자 무진이 그녀를 내려보며 웃고 있었다.

"거창한 프러포즈를 준비하진 못했어요. 그냥, 진심이면 될 것 같아서."

"무진 씨."

"나는 참 모자란 사람이지만 태어나서 처음으로 욕심을
내 보고 싶어졌어요. 그런데 그게 물건이나 꿈이 아닌 동화
씨예요."

이런 결심을 하기까지 무진은 얼마나 많은 시간을 고민하
고 또 생각했을까. 동화는 그저 고개를 끄덕일 수밖에 없었
다.

"동화 씨, 나와 결혼해 줘요."

15

동화의 숲

　무진은 어딘지 모르게 긴장을 하고 있는 얼굴이었다. 오늘
은 그녀의 집에 무진이 인사를 오는 날이었다. 그리고 황 여
사는 굳이 밖에서 상견례를 할 필요가 있냐며 유진도 부르라
고 했다. 정확히는 인사보다 상견례라는 말이 맞을 것이다.
의외인 건 황 여사가 다른 식구들을 부르지 않았다는 사실이
다. 동화는 왠지 황 여사의 배려를 알 수 있었다.

　"내가 생각이 짧았어요. 밖에서 만나는 게 덜 부담스러웠
을 수도 있는데."

　"아닙니다. 이렇게 저까지 초대해 주셔서 고맙습니다. 사

실 결혼은 동생 혼자 진행해도 충분한데."

"아니에요. 앞으로 자주 얼굴 보고 그래요."

황 여사나 유진이나 천성적으로 밝은 사람들이었다. 그래
서인지 처음 만났음에도 불구하고 꽤나 이야기가 잘 통했다.
특히나 약학을 전공한 황 여사와 의사인 유진은 이야기를 나
눌 때 공통분모도 많은 듯했다.

그런 두 사람을 보며 웃던 동화와 무진의 눈이 마주쳤다.
무진은 식탁 아래로 동화의 손을 살짝 잡아 주었다. 집 안에
서도 역시 서늘한 손이 마음에 들지 않은지 무진이 한쪽 눈
매를 일그러뜨렸다.

"권 서방, 음식이 입에 안 맞아?"

그 말에 동화는 막 물을 마시다 앞으로 뱉을 뻔했다. 물론
황 여사야 재형을 만났을 때도 금세 우리 박 서방이라고 불
러 모두를 경악케 만들었지만 당황스러운 건 여전했다.

재빨리 옆을 보니 무진과 유진 역시 조금 어색해하는 얼굴
이었다. 물론 황 여사는 혼자 아무렇지도 않아 보였지만 말
이다.

"아닙니다, 맛있습니다."

"내가 오늘 힘 좀 썼거든요. 갈 때 가져가. 유진 씨 것도
따로 싸 놨으니까 병원 가져가서 먹어요."

"저까지 신경 써 주지 않으셔도 되는데. 감사히 잘 먹겠습

니다."

　보편적으로 황 여사는 정이 많은 편이었다. 특히나 근영이 세상을 떠나고 난 뒤에 더 신경이 쓰였을 것이다. 동화는 그동안 황 여사에 대해 과소평가하고 있었다는 것을 인정할 수밖에 없었다.

　사실 무진을 만나는 것도 마음에 들어 하지 않을 줄 알았다. 대체적으로 그렇듯 주변 사람들의 결혼 이야기를 듣고 와서 그녀를 더 좋은 자리에 내보내기 위해 애를 썼기 때문이었다. 지금은 그런 황 여사를 이해하게 되었다. 좋은 사람을 만나 행복해지는 그녀가 보고 싶었을 것이다.

　"그래, 사계절 정도는 겪어 보고 결혼을 하고 싶다더니 마음이 바뀌었군."

　윤 회장의 말에 무진의 시선이 올라갔다. 무진은 바로 앞에 앉아 있는 윤 회장을 보며 살짝 웃은 뒤 고개를 끄덕였다.

　"제가 그랬었죠."

　"마음이 바뀐 계기가 궁금한데."

　"그땐 확신이 없었습니다."

　이해를 한다. 그런데 막상 이야기를 듣자니 살짝 속이 아려 오는 것 같기도 하다. 하긴, 그때는 동화도 좋다는 감정이 사랑이 될 거라고는 생각하지 못했으니 말이다. 하지만 그것도 왠지 권무진다워서 좋았다.

"지금은 확신이 생겼다?"

"어차피 답이 하나인데 결정을 내리지 못하는 건 괜한 시간 낭비라고 생각했습니다."

윤 회장은 꽤 재미있다는 얼굴로 무진을 보고 있었다. 반면 황 여사는 무척이나 감동을 받은 얼굴이었다. 두 손을 가슴 앞으로 끌어모아 잔뜩 감동받았다는 얼굴을 하고 있는 황여사를 보자 왠지 웃음이 나올 것 같았다.

"아버님, 어머님. 앞으로 저희 두 사람이 살아가면서 제대로 된 길을 가지 못할지도 모릅니다. 그때마다 손 내밀어 주시길 부탁드립니다."

"허허, 허락을 받으러 와서 무거운 과제를 주는군."

"그게, 제 진심입니다."

두 사람은 손을 잡은 채 천천히 거리를 걸었다. 결혼은 생각했던 것보다 빠르게 진행이 되었다. 동화와 무진은 가까운 사람들만 불러 결혼을 하기 원했다. 황 여사는 마음에 들지 않은 얼굴이었지만 이미 두 명을 먼저 결혼시켰기 때문에 더 욕심내진 않겠다며 한발 물러섰다.

하지만 유진에게서 사이즈도 받아 둔 모양인지 옷 한 벌과 코트, 구두에서부터 가방까지 모두 보낸 모양이었다. 유진은 부담스러워서 어떻게 해야 되냐 물었고 동화는 그게 황 여사의 즐거움이니 그저 받아 달라고 말했다.

무진 역시 동화가 모르는 사이 윤 회장이 슈트를 맞추는 곳으로 끌려갔던 모양이었다. 동화는 괜히 자신의 눈치를 보는 황 여사를 보며 웃고 말았다. 어차피 결혼식을 크게 하지 못하니 다른 건 다 황 여사의 마음에 들게 해 줄 생각이었다. 물론 너무 과하면 그땐 말려야겠지만 말이다.

옅은 분홍빛의 벚꽃이 흐드러지게 피었다. 양옆으로 커다란 벚꽃이 꽃 터널을 만들어 주고 있었다. 많은 사람들 사이에 휩싸이면서도 동화는 행복하다고 생각했다. 그동안 사람들이 많은 곳은 피해 왔었다.

"동화 씨."

"네?"

"음, 억울하지 않겠어요?"

"뭐가요?"

"결혼을 하면 아무래도 심리적으로 자유롭지 못하다는 생각이 든다던데."

"그럼 무진 씨는 결혼하는 게 억울해요?"

동화가 눈을 동그랗게 뜨고 묻자 무진이 웃음을 터트렸다. 무진은 크게 웃진 않는다. 하지만 입매가 시원해서 환히 웃는 느낌이 난다. 순간 살랑살랑 봄바람이 불어와 벚꽃 잎이 꼭 눈처럼 사뿐히 내려앉았다.

"나는 좋은데."

"나도 좋아요."

"그래요?"

"일찍 일어난 사람이 아침을 준비하는 거예요. 늦게 일어난 사람은 설거지를 하고. 같이 빨래를 널고, 청소를 한 다음 출근을 하는 거죠."

"같이 손잡고?"

무진이 동화를 사랑스럽게 바라보며 눈썹 위로 내려앉은 꽃잎을 치워 주었다. 동화는 왠지 저 눈빛만으로도 신뢰를 느낄 수 있다는 생각이 들었다. 무진이 자신을 바라보는 눈빛은 따뜻하고, 꼭 별빛처럼 빛나고 있었다.

"손잡고 출근하기 싫어요?"

"동화 씨가 겨울엔 꼭 장갑을 끼겠다고 약속하면."

역시 계속 차가운 그녀의 손이 마음에 들지 않는 모양이었다. 황 여사가 가져다준 수족냉증에 좋다는 약을 먹어 봤음에도 별 차도가 없어서 결국 관두었다. 딱히 건강에 이상이 있는 건 아니라는 의사의 소견을 듣고서야 무진은 안도를 했다.

"무진 씨 손이 따뜻한데 꼭 그래야 해요?"

"그럼 내 코트 주머니 속으로 넣을게요."

"그렇게 해요, 그럼."

인화는 두 사람을 보고 참 싱겁고 재미없는 커플이라고 했다. 하지만 동화는 아니라고 말했다. 굳이 마주 보고 있을 때 심장이 미친 듯 뛰고 어쩔 줄 몰라 하는 것만이 사랑은 아니라고 생각했다. 곁에 있을 때 편안하고, 그 사람의 얼굴을 보는 게 행복한 마음이 든다면 좋은 거라고 말했다.

"결혼식 날 정 교수님이 피아노 쳐 주시겠다고 하는데 괜찮죠?"

"정 교수님이요? 이별의 곡, 뭐 이런 거 치시는 건 아니겠죠?"

"설마요."

"충분히 그럴 만한 사람 같아서요."

"차 바꿔 주신 것도 결혼 선물이에요."

그러고 보니 무진은 차를 바꾸었다. 그전에 쓰던 것도 오래된 게 아니지 않냐는 물음에 무진은 고개를 끄덕였었다. 하긴, 그 차도 경훈의 선물이라고 했었다.

"재벌가 자식이라 그런가. 씀씀이가 헤프단 말이죠."

"그건 동감."

"참, 우린 어떻게 해요?"

"뭘요?"

"난 그냥 용돈 받아 쓰고 싶은데."

그 말에 무진이 고개를 살짝 기울였다. 아무래도 가계에
대한 건 조금 더 꼼꼼한 사람이 관리하는 게 낫지 않겠나 싶
었다.

어제 인화와 이야기를 하다 나온 주제였다. 인화는 두 사
람 다 씀씀이가 헤펐지만 그래도 여자가 가계를 운영하는 게
더 낫다고 해서 자신이 쥐고 있다고 했다. 남자들에게 괜히
돈을 쥐어 주면 안 좋다고 하면서 말이다.

하지만 동화는 전혀 걱정이 되지 않았다. 무진은 돈이 있
다고 해서 뒤에서 괜한 짓을 할 사람이 아니었다. 그렇게 말
하자 인화는 원래 내 남자는 다 아니라고 말하는 거라며 그
래도 어떻게든 엇나갈 수 있는 길을 모두 막는 게 중요하다
고 했다.

"용돈은 내가 받아 쓰는 게 낫지 않을까 싶은데요."

"왜요?"

"아무래도 내가 동화 씨보다 적게 버니까?"

"거짓말."

동화의 말에 무진이 픽 웃었다. 이미 유진에게 들어서 잘
알고 있었다. 전 세계에서 들어오는 음반 저작권료의 금액이
그녀가 버는 것보다 훨씬 많다는 것쯤은 말이다. 그리고 계
속되는 경훈의 권유에 정교수 자리를 두고 고민을 하고 있다

는 것도.

"난 꼼꼼하지 못하니까 무진 씨가 관리하는 걸로 해요."

"동화 씨가 편할 대로 해요."

"그런데 무진 씨는 정말 교수직 수락할 거예요?"

천천히 걷던 무진의 걸음이 완전히 멈추었다. 덕분에 잡고 있던 손에 조금 더 힘이 들어갔다. 그 힘에 동화도 멈출 수밖에 없었다.

"동화 씨는 교수 사모님이 되고 싶어요?"

"네? 그럼 정말 교수직 수락할 거예요?"

아무 의심 없는 사람처럼 무진이 고개를 끄덕였다. 동화는 한 번씩 권무진이라는 남자가 꾸는 진짜 꿈이 무엇인지 궁금해질 때가 있었다.

동화는 무진을 마주 보고 똑바로 섰다. 그는 키가 커서 이렇게 마주 볼 때면 많이 올려 봐야 한다. 그것을 알고 무진은 다리를 벌려 서 주거나 계단 한두 개쯤 밑으로 내려가곤 했다. 결국 무진은 동화를 인도 위로 올리는 것으로 타협을 보았다. 그제야 마주 본 얼굴의 평행이 비슷해졌다.

"왜요?"

"아니, 내가 교수 사모님 되고 싶다고 하면 진짜 교수가 될 거고 아니라고 하면 안 할 거예요?"

"난 그럴 건데."

"네?"

"나는 그러고 싶어요. 아주 오래, 긴 시간 동안 동화 씨가 웃는 얼굴만 보고 싶어요."

왠지 웃음이 나올 것 같기도 하고 울음이 터질 것 같기도 했다. 아니, 눈물이 어느새 그렁그렁 맺혀서 볼을 따라 흘러내렸다. 결국 무진이 두 손을 들어 올려 그녀의 눈물을 닦아 주었다. 화장이 지워진다는 투정에 무진은 그래도 예쁘다고 말해 주었다.

두 사람은 다시 손을 잡고 천천히 걷기 시작했다. 무진은 솜사탕을 사서 동화의 입에 넣어 주기도 했다. 왠지 이런 데이트가 살면서 처음인 것 같았다.

"무진 씨는 예전에 데이트할 때 어떻게 했어요?"

동화의 물음에 무진은 살짝 당황한 것처럼 보였다. 분명 걸음이 살짝 멈췄다. 이내 아무렇지 않은 듯 걸었지만 말이다.

"평범했는데. 그냥 밥 먹고, 차 마시고?"

"꽃놀이도 해 보고?"

"음……. 그런 적은 없는 것 같은데."

꽤 골똘히 생각하는 무진을 보고 동화가 웃음을 터트렸다. 그런 그녀의 모습에 무진은 그제야 그녀가 자신을 놀리는 것을 알아차렸다.

"나 사실은 되게 억울할 뻔했거든요. 나는 이런 데이트 못 해 봐서."

"그럼 앞으로 우리 많이 해요."

"내가 꽃구경하고 싶다고 하면 데리고 가 줄 거예요?"

무진이 고개를 끄덕였다. 그런 무진을 보며 동화가 잡은 손에 살짝 힘을 주었다.

"말했잖아요. 내가 도시락 쌀 테니까 꽃놀이 가자고."

"기대하고 있어요. 참, 예전에 무진 씨가 살던 집 있잖아요."

"부모님과 살았던 집?"

"네. 2층 집 그대로 두기 아깝잖아요. 나는 리모델링을 좀 했으면 좋겠어요."

무진은 잠시 생각을 하는 듯했다.

"그래서 1층은 무진 씨 학원을 차리고 2층은 우리가 살면 어떨까, 생각했는데."

슬쩍 얼굴을 보자 무진의 눈이 커져 있었다. 어떻게 알고 있었냐는 얼굴이라 동화는 사실을 말해 줄까 잠시 고민을 했다.

근영이 떠나기 전에 무진이 어릴 때 썼던 일기장을 주었다. 초등학생의 글씨 같기는 했지만 크고 정직한 획에 동화는 그것을 읽으면서 몇 번이나 웃었다.

천재라고 불렸으나 무진 역시 그 또래의 아이였다. 다음에 돈을 많이 벌게 되면 1층에 학원을 차려서 배우고 싶어 하는 아이들이 언제든 와서 즐기며 같이 놀았으면 좋겠다는 내용이 적혀 있었다.

"아직도 그 꿈 그대로예요?"

"동화 씨."

"몰래 본 거 미안해요. 그런데 선생님이 주셨단 말이야."

"어, 그게……. 언젠가 나이가 들면 그러고 싶었어요. 아이가 봤을 때 그런 건 굉장하잖아요. 그런데 정말 그렇게 해도 되겠어요?"

정말 그게 꿈인 모양이었다. 이렇게 눈을 반짝반짝 빛을 내며 말하는 것을 보니. 동화는 크게 고개를 끄덕였다. 그게 뭐 그렇게 어려운 거라고 무진은 이제껏 말을 하지 못한 걸까? 설마 황 여사가 멋대로 꾸며 놓은 신혼집 인테리어를 보고 그랬던 것일까?

"어…… 그러니까 나는 생각도 못 해서……."

"친구 중에 인테리어하는 애들이 있어요. 부탁해도 되죠? 혹시 무진 씨가 원하는 분위기 같은 게 있어요?"

"그런 건 구체적으로 생각 안 해 봤어요. 동화 씨 마음에 들면 아무래도 좋아요."

"뭐야, 자기 꿈이면서."

동화가 무진의 팔뚝을 살짝 때렸다. 그럼에도 불구하고 그녀를 위해 주는 마음이 좋아 절로 웃음이 흘러나올 것 같았다.

"사실 꿈은 바뀌었는데."

그 말에 동화가 재빨리 무진을 보았다.

"바뀐 꿈이 뭐예요?"

"이번엔 일기장에도 안 쓸 거예요."

"네?"

물론 무진이 농담을 하고 있다는 것은 잘 알고 있다. 동화가 살짝 삐진 척 입술을 내밀자 고개를 숙인 무진이 입술을 훔쳤다.

동화가 눈을 동그랗게 뜨고 주변을 둘러보며 그의 가슴을 밀쳤다. 하지만 무진은 팔을 벌려 그녀의 어깨를 감싸 안았다.

"동화 씨, 먼저 날 떠나지 말아요."

낮고 그윽한 그 목소리에 벗어나려던 동화가 무진의 등을 안았다.

"내 꿈은 우리가 40이 되어서도, 50, 60을 지나 70이 되어서도 이 길을 같이 손잡고 걷는 거예요. 그리고 더 이상 손을 잡고 걷지 못할 때가 오면, 내가 먼저 동화 씨를 보낼게요. 내가 먼저 떠나서 슬퍼하는 동화 씨를 보긴 힘들 것 같아."

무진의 품에 안긴 동화가 밀려오는 울음을 참으며 고개를
끄덕였다.

따스한 봄, 새로운 설렘이 시작되었다.

에필로그1

◇◇◇◇◇◇◇◇◇◇

그, 봄날

두 사람은 새롭게 리모델링된 집을 보고 뿌듯해했다. 생각했던 것보다 2층 집은 아담해서 황 여사는 그다지 마음에 들어 하지 않았지만 그럼에도 불구하고 온갖 인맥들을 동원해 도와주었다.

인테리어는 아는 친구에게 맡기면 된다고 했지만 황 여사는 이왕 하는 거 무조건 좋아야 한다며 막무가내였다. 물론 동화는 말리려고 했다. 왜 우리 공간인데 엄마 마음대로 하는 거냐면서.

이 다툼을 종결시킨 건 무진이었다.

"동화 씨가 만든 공간이 마음에 안 들면 그때 해 주시면 되잖
습니까. 장모님."

그 장모님이라는 말에 황 여사는 바로 넘어갔다. 그래서
다행히 동화가 생각했던 집으로 꾸밀 수 있었다. 은은한 톤
으로 이루어진 집의 내부는 눈이 편안하고 언제든 쉴 수 있
다는 생각이 들게 만들었다. 문을 열고 들어섰을 때 이곳이
내 보금자리구나 하는 생각이 들게 하고 싶었다.

거실은 창이 크고 천장이 높아서 채광이 반뜩 들어온다.
두 사람은 커다란 화분에 커피나무를 옮겨 심고 가장 햇빛이
잘 드는 곳에 놓았다.

"우리 봉봉이 이제 친구가 생겼네. 무진 씨, 진짜 이름 안
지어 줬어요?"

"생각을 못 했어요."

"그럼 봉봉이 친구 동동이로 할까."

고작 식물 이름을 짓는 것임에도 불구하고 동화는 꽤 심각
해 보이는 얼굴이었다. 오늘 하루 종일 들어오는 짐들을 정
리하고 마지막으로 화분까지 만들었으니 피곤할 만도 한데
지친 기색 하나 없었다. 무진이 장갑을 벗고 흐트러져 내린
동화의 머리카락을 쓸어 올려 주었다.

거의 허리까지 내려왔던 그녀의 머리카락은 현재 어깨선에 닿을 정도로 짧아져 있었다. 왠지 혼자 미용실을 가기 싫다는 동화의 말에 무진이 같이 가 주었다. 그리고 의자에 앉자마자 뭉텅 잘리는 그녀의 머리카락을 보고 놀란 무진이 가까이 다가갔다. 하지만 잘린 머리카락을 보고 웃는 동화에게 무진은 예쁘다고 말해 주었다.

"머리카락이 짧아지니까 어때요?"

"가벼워요. 생각보다 훨씬 더. 진작 자를 걸 그랬나 봐."

그렇게 말하며 동화가 어깨를 으쓱했다. 무진이 고개를 숙여 그녀의 입에 살짝 입맞춤을 했다. 요즘의 무진은 부쩍 스킨십이 잦았다. 물론 동화 역시 무진의 스킨십이 싫지 않아 그대로 받아 주었다.

가볍던 입맞춤이 점점 깊어졌다. 동화는 흙이 잔뜩 묻은 손을 어떻게 하지 못하고 그저 쭉 뻗은 채 무진의 어깨 위에 올려놓았다. 그게 재미있는지 입을 맞추고 있음에도 웃고 있는 그가 그대로 느껴졌다.

숨이 점차 짙어지고, 급박해졌다. 가슴이 크게 들썩이는 것을 무진도 느낀 게 틀림없었다. 그녀를 안아 들고 2층으로 향하기 시작했다. 꺅, 소리를 내며 동화가 결국 무진의 등을 감싸 안고 말았다. 모래로 엉망이 되었지만 상관없었다. 결국 욕실 문을 열고 들어서서 두 사람의 입술이 떨어졌다.

"혼자 씻을 거예요."

"왜요?"

무진이 잔뜩 흥분한 얼굴로 물어왔다. 픽 웃은 동화가 그의 가슴을 슬쩍 뒤로 밀며 욕실 문을 닫았다.

"아직 부부가 아니니까."

그 말과 함께 안에서 들려오는 물소리에 무진은 결국 1층 욕실로 가기 위해 계단을 바라보았다. 그리고 다시 문을 똑똑 두들겼다. 그러자 문이 살짝 열리며 동화의 한쪽 눈이 보였다.

"다음 주면 결혼인데."

"아직 식은 안 올렸잖아요."

"혼인 신고는 했잖아요."

"그래도 안 되니까 1층 가서 씻어요. 7시 약속에 늦겠어요."

결국 동화가 매정하게 문을 닫았다. 무진은 실망한 얼굴을 한 채 1층으로 내려 갈 수밖에 없었다.

무진이 강의를 나가고 있는 작은 소강당을 빌렸다. 강당을 빌린 명목은 '권무진의 은퇴 연주회' 였다. 그래서 가까운 식구들이나 지인들만 초대를 했는데 소강당은 발 디딜 틈도 없이 붐비고 있었다.

황 여사는 플래카드도 왜 저렇게 작은 거냐며 동화에게 타박을 했다. 동화는 정말 가족들, 지인들과 가볍게 할 생각이었다. 말도 없이 은퇴를 한 게 마음에 걸린다는 무진을 위해 계획한 것이었는데 이렇게 많은 사람들이 올 줄은 몰랐다.

게다가 강당 밖은 많은 화환들로 줄을 잇고 있었다. 결국 이렇게 된 배후에는 경훈이 있었다. 가까운 사람들에게 말을 한다는 게 끝을 모르고 뻗어 나가 인터넷에도 올라온 모양이었다. 결국 대강당으로 이동해 달라는 방송이 흘러나왔다.

예전 무진의 팬들과 그의 연주를 좋아하는 사람들, 그리고 음악가를 꿈꾸는 사람들도 많이 찾아왔다. 대강당으로 옮겨 다시 자리를 잡고 앉았다. 그때 무대 오른쪽에서 경훈이 뚜벅뚜벅 걸어 나왔다. 그리고 가운데에 있는 마이크 앞으로 왔다.

"안녕하세요. 정경훈입니다. 권무진 연주회에 바쁜 시간을 내서 참석해 주신 것에 대해 감사드립니다. 자리가 비좁으실 것 같아 저의 간단한 힘으로 장소를 옮겨 드렸는데 괜찮으셨는지 모르겠네요."

그의 우스갯소리에 여기저기서 웃음이 터져 나왔다. 동화는 그런 경훈이 고마워 눈으로 인사를 건넸다. 경훈 역시 고개를 끄덕이며 그녀의 인사를 받아 주었다.

"그럼 갑자기 사라져서 우리를 슬픔에 빠트렸던 권무진 바이올리니스트를 만나 보겠습니다."

경훈이 뒤로 한 발자국 물러서자 무대 왼편에서 무진이 걸어 나왔다. 연주회라고 거창하게 부르고 싶지 않다며 무진은 연미복을 입는 대신 검정 슈트에 흰 셔츠만 입는 것을 택했다. 그가 들어서는 순간 시끄럽던 장내가 쥐 죽은 듯 조용해졌다. 경훈이 손으로 앞을 가리키자 무진이 고개를 끄덕이며 마이크 앞으로 섰다.

"안녕하세요, 권무진입니다."

그의 목소리가 사람들이 가득 찬 공간에 울려 퍼졌다.

"큰 공간으로 옮겼는데도 자리에 앉지 못하신 분들이 계셔서 유감입니다. 사실 일이 이렇게 커질 거라곤 상상을 하지 못했어요."

"제 책임이 조금 있다고 말하죠."

옆에서 말하는 경훈 때문에 다시 사람들의 웃음이 터졌다. 하지만 다들 그런 경훈에게 고마워하고 있었다. 찾아온 기자들도 사진을 찍어 대느라 불빛이 번쩍이며 빛나고 있었다.

"개인적인 일로 연주를 그만두었습니다. 그리고 교통사고로 인해 예전과 같은 연주는 힘이 듭니다. 그래서 부담이 되는 것도 사실입니다. 많이 실망하지 않으셨으면 좋겠네요."

그가 교통사고를 당해 재기가 힘들다는 건 이미 인터넷으로 알려진 사실이다. 그날, 카페에 있던 누군가가 목격을 하고 올렸으니 말이다. 이곳에 있는 사람들 중 누구도 완벽한 연주를 들으려 오지는 않았을 것이다. 그지 연주가이자 음악가였던 한 사람의 마지막 공연을 보러 온 것임이 틀림없다.

"먼저 차이코스스키의 바이올린 협주곡 D 장조입니다."

언젠가 무진이 그랬다. 차이코프스키는 음악가의 처음과 마지막이라고 말이다. 그가 눈을 감고 연주에 집중을 했다.

누군가가 차이코프스키의 음악은 예측 불가하다고 말했었다.

처음 이 곡을 완성하자마자 차이코프스키는 혹평을 들었다고 했다. 환상적인 멜로디를 그 당시의 사람들이 받아들일 수 없었기 때문 아닐까.

어렵게 초연에 성공한 뒤 '괴기한 음악', '악취가 나는 음악'이라는 혹평을 들었을 때 차이코프스키는 어떤 생각을 가졌을까. 하지만 브로드스키의 끈질긴 집념으로 인해 마침내 성공적인 협연을 이루게 되었다고 했다. 그에 감명받은 차이코프스키는 헌정자였던 아어 대신 브로드스키에게 곡을 헌정하였다.

무진은 차이코프스키의 음악이 좋다고 했다. 전통, 그 정형화된 틀을 깨는 건 무척이나 어려웠을 텐데도 불구하고 차이코프스키는 악평과 싸우며 결국 세계에서 제일 사랑받는 음악가가 되었다고 말이다.

차이코프스키의 음악은 따뜻하고 아름다운 음악이다. 그건 무진을 대변하는 말이기도 했다. 마치 무진의 바이올린 음은 꿈을 꾸게 만드는 것 같았다. 귀에 익숙한 멜로디가 나올 땐 동화는 저도 모르게 웃으며 고개를 끄덕였다.

20분에 달하는 긴 곡이 그렇게 끝을 맺었다. 잠시 멍한 얼굴로 앉아 있던 사람들이 너도 나도 일어나 박수를 치기 시작했다.

동화는 음악에 대한 것은 잘 모른다. 하지만 그가 지금 현역 시절과 거의 다름이 없어 연주를 했다는 것 정도는 알 수 있었다. 황 여사와 인화도 어쩔 줄 모르는 얼굴을 하고 있었다. 우레와 같은 박수 소리는 한참이 지나도 끝이 나지 않았다. 결국 앞으로 나선 건 경훈이었다.

"저도 감동받았지만 여러분들도 마찬가지신 모양입니다. 그런데 조금 질투 나려고 하네요. 저한텐 이렇게까지 박수 안 주셨던 것 같은데."

그 말에 눈물을 흘리던 사람들이 모두 웃음을 터트렸다. 경훈이 다시 뒤로 물러서며 무진에게 마이크를 양보했다. 무진은 이마로 흘러내린 머리카락을 살짝 쓸어 올리며 다시 앞으로 나섰다. 그리고 언젠가 그녀가 주었던 손수건을 주머니에서 꺼내 손바닥을 닦아 내고 있었다. 레이스가 달린 손수건을 본 사람들이 웅성대는 소리가 들려왔다. 동화는 왠지그게 재미있어서 웃고 말았다.

"연습할 땐 이 정도의 연주를 할 수 없었는데 오늘 컨디션이 좋았던 모양입니다."

그가 웃으며 말을 하자 사람들이 다시 박수를 쳤다.

"재활을 꽤 공을 들여 했음에도 불구하고 어깨가 크게 좋진 않습니다. 20분이나 연이어 연주를 한다는 것은 꽤 무리가 가는 일이었어요. 그럼에도 차이코프스키를 첫 연주로 생각한 건 역시 음악가에게 처음과 끝인 음악이니까요. 지금도어깨에 무리가 오고 있는 게 사실입니다. 그래서 두 곡밖에준비하지 못했어요. 다음 들려 드릴 곡은 여러분들도 잘 아시는 곡입니다."

"마지막 곡으로 선택한 이유가 있으신가요?"

경훈이 짓궂게 물었다.

"제가 다음 주면 결혼을 합니다."

그 말에 여기저기서 소란스러운 말소리가 터져 나왔다. 경훈 역시 무진이 이 자리에서 직접 그 사실을 말할 거라 생각하지 못했는지 정말 놀란 얼굴이었다. 그러나 이내 여유를되찾았다.

"그 사실에 슬퍼하실 분들 많을 것 같은데요. 결혼하실 분은 어떤 분입니까?"

"봄."

"네?"

"봄 같은 사람입니다. 다음은 베토벤의 바이올린 소나타 '봄' 입니다."

에필로그2

림林

무진은 육아에 탁월한 재능을 보였다. 사실 무진이 그렇게 까지 아이를 키우는 데에 최선을 다할 거라고 생각하지 못했 다. 그는 동화의 몸이 완전히 안정을 되찾을 때까지 조리원 에 있었으면 좋겠다고 이야기했다. 그래서 그녀는 조리원에 4주나 머물다 결국 집에 가고 싶다고 말을 하고 나서야 그곳 에서 벗어날 수 있었다.

그럼에도 불구하고 백일까지는 꼼짝 없이 친정집에 있어 야 했다. 물론 그걸 제일 좋아한 사람은 윤 회장과 황 여사였 다. 손자를 이렇게 볼 수 있어 얼마나 좋은지 모르겠다며 말이다. 특히 윤 회장은 아이가 태어나자 태어나 주어 고맙다며 그 이름으로 직접 땅까지 사서 선물을 했을 정도였다.

무진은 대학 강의만 신경을 썼다. 영인의 건물에 있던 학원을 닫은 뒤 집의 1층에 차리겠다고 했지만 계속 미뤄지고 있었다. 길어진 신혼여행으로 두 사람이 개강을 하기 전까지 유럽 여행을 다녔기 때문이다.

3개월 만에 한국에 들어왔을 땐 임신 사실을 알게 되었다. 그렇게 아이가 태어나고, 육아를 하게 되며 결국 지금까지 학원을 차리지 못했다.

거기다 2층은 방이 하나뿐이었다. 두 사람 모두 함께 살 꿈을 꾸면서 아이 방은 생각하지 못한 것이다. 그래서 결국 지금은 1층에 안방을, 2층엔 아이의 방을 둔 상황이었다.

아이를 낳고 5개월 뒤부터는 동화가 다시 가게에 나갔다. 하지만 무진은 늘 집에서 아이를 보았다. 무진은 동화가 아이를 낳았다고 해서 아이에게 모든 걸 희생하기를 원치 않았다. 보통 부성애나 모성애는 훈련과 학습에 의한 것이라고 말하는 무진은 아이를 키우게 되면서 특히나 부성애에 더 눈을 뜬 듯했다.

"나는 바이올린 말고 피아노가 좋은데."

"왜 피아노가 좋아?"

"크잖아. 큰 게 멋있어."

다섯 살이 된 아이는 어느새 말이 많이 늘었고, 논리적이되었다. 무진은 그런 아이를 보고 귀엽다는 듯 머리를 쓰다듬었다.

"엄마!"

퇴근을 하고 들어서자 아이가 먼저 동화를 반겼다. 신나게달려가던 아이가 습관처럼 자리에 멈춰 섰다. 무진이 먼저다가가 동화를 한 번 끌어안고 나서야 아이의 차례가 돌아왔다. 그것은 이 집만의 룰이었다. 무조건 엄마 먼저, 그다음이아빠, 그다음이 아이였다.

"엄마, 보고 싶었어."

"엄마도 우리 림이 엄청 많이 보고 싶었는데. 오늘 뭐했어?"

"아빠한테 바이올린 배웠어. 엄마, 근데 나는 바이올린 싫어."

"그럼 우리 림이는 뭐가 좋을까?"

동화가 슬쩍 무진을 보았다. 무진도 어쩔 수 없다는 얼굴로 어깨를 들썩이며 앞치마를 입은 채 부엌으로 들어갔다.

"공룡."

"공룡?"

"나 크면 공룡 될래."

"우와, 우리 림이 크면 엄청 멋있어지겠다. 그런데 그건 되고 싶은 거고 바이올린은 하는 거잖아."

"그럼 그냥 피아노만 할래. 바이올린은 싫어."

"왜 바이올린이 싫을까?"

"손가락 아프단 말이야."

그렇게 말하며 림이 왼쪽 손을 내밀었다. 보들보들 해야 할 손가락 끝은 붉게 변해 있었다. 현을 많이 짚느라 아픈 모양이었다. 동화가 그 부분에 쪽 하고 입을 맞춰 주었다.

"어때? 이제 안 아파?"

"엄마!"

아이 특유의 맑은 목소리로 웃으며 림이 안긴 채 그녀의 품으로 파고들었다. 그런데 갑자기 팔이 가벼워진다. 어느새 다가온 무진이 림을 안아 바닥에 내려놓고 있었다.

"엄마 허리 아파. 밥 다 됐으니까 가서 젓가락 놓고."

그 말에 림이 쪼르르 부엌으로 달려갔다. 림의 뒷모습을 보던 동화가 욕실에서 손을 씻고 나와 부엌으로 들어갔다. 세 식구의 단란한 저녁 식사 시간이 시작되었다.

림을 씻기는 건 무진의 몫이었다. 아마 씻기고 재운 다음에야 안방으로 올 것이다. 동화는 뜨거운 물로 한참을 씻고 나서야 안방으로 들어섰다. 림의 이름은 유진이 지어 주었다. 모두를 품어 주는 커다란 숲이 되라고 말이다. 무진은 외자인 이름이 별로 마음에 들지 않는 듯했지만 동화는 무척이나 좋았다.

따라 들어온 무진이 그녀를 뒤에서 안아 주었다.

"하기 싫다는데 너무 시키는 거 아니에요?"

"잘하면서 엄살이에요."

"아닌 거 같은데."

"진짜라니까. 듣다 보면 깜짝깜짝 놀라. 난 저 나이 땐 그렇게 못 했는데."

"무진 씨 그때 안 배웠었잖아요."

그 말에 무진이 웃으며 팔에 힘을 풀었다. 동화가 뒤로 돌아서자 무진은 팔을 뒤로 둘러 그녀의 허리를 감싸 안았다. 무진이 혹시라도 집착을 하나 싶었지만 저런 반응을 보니 정말 재능이 있긴 한 모양이었다.

하긴, 저번에 경훈이 와서도 심각하게 말을 했었다. 재능이 있으니 미국에 한번 데리고 나갔다 오겠다면서. 왜 미국이냐 묻자 거기에 경훈과 무진이 배운 스승이 있다고 말했다.

"그런데 진짜 정 교수님도 그렇고. 재능 있는 거 맞아요?"

"맞다니까요. 아무리 내 자식이라도 콩깍지 씐 거 아니에요."

무진의 눈엔 거짓이 없다.

"림이는 공룡이 되고 싶다고 하던데."

"전엔 버스가 되고 싶다고 하더니."

동화가 웃으며 팔을 뻗었다. 그러자 무진이 그녀를 끌어안아 주었다. 무진은 시간이 흘러도 늘 우선순위는 동화라는 것을 알게 해 주었다.

사실 아이가 생기고 나면 변하는 게 아닐까 조금 고민을 한 적도 있었다. 이유는 인화가 자꾸 재형이 아이만 찾고 자기는 찬밥이 되었다고 계속 말을 했기 때문이었다. 하지만 무진은 늘 언제 어디에서건 동화가 먼저였다.

그 모습에 충격을 받은 인화는 몇날 며칠 재형을 들들 볶았다고 했다. 재형은 그게 분기마다 있는 행사라며 이젠 이골이 난 듯했다. 다행히 재형도 좋은 모습으로 변화하고 있었다. 역시 형부의 능력이 좋다면서 인화는 무진에게 이것저것 선물들을 사다 날랐다.

무진이 동화의 목덜미에 얼굴을 묻고 몇 번이나 입을 맞추었다. 동화는 손을 들어 올려 그런 무진의 머리를 쓰다듬어 주었다.

"동화 씨."

"네."

"오늘 청소하다가 발견한 건데. 어머니가 주셨다던 그 편지 있잖아요."

"봤어요?"

"안 봤어요. 궁금한데 참았어."

"보고 싶어요?"

여전히 그 자세 그대로 무진이 고개를 끄덕였다. 그냥 보면 됐을 텐데도 그대로 넣어 둔 모양이다. 무진은 그런 사람이다.

"무진 씨, 사랑해요."

"내가 동화 씨를 더 사랑하는 거 같은데."

"내가 여전히 1순위인 거 맞죠?"

"당연하죠. 사랑해요, 동화 씨."

무진의 따뜻한 음성에 동화가 고개를 끄덕였다. 그리고 힘을 주어 무진의 등을 끌어안았다. 따뜻하고, 행복했다.

에필로그3
◇◇◇◇◇◇◇◇◇◇
그 녀 에 게

　동화야.

　이렇게 불러 보는 게 얼마 만인지 모르겠구나. 사실 갑자기 학교를 그만두게 되었을 때 너에게 말을 할까 고민을 했었다. 그런데 그렇게 하지 않은 건 역시 반짝반짝 빛나는 예쁜 사람으로 남고 싶어 그랬던 거야. 이해해 줄 수 있지?

　동화야.

　난 너에게 좋은 선생님이었니? 혹시라도 네게 모진 말을 했었던 건 아닌지 모르겠구나. 그런 일이 없었길 바라지만 말이야. 늘 친구 같은 선생님이 되어 주고 싶었는데 나도 모르게 화를 냈던 건 아닌지, 신경질을 부렸던 건 아닌지 말이야. 정말 격 없이 다가가 주고 싶었는데. 너의 기억 속에 난 어떤 사람으로 남았었는지 참 궁금하구나. 나중에 들려주겠니?

동화야.

나는 네가 우리 무진이와 만나고 있다는 게 참 좋다. 무진이는 내 아픈 손가락 중의 하나야. 유진이는 강단이 있고 넉넉한 성격인 줄 알았고, 무진이는 음악을 해서인지 감수성이 예민하고 섬세한 줄 알았어. 의외로 둘이 반대였더라.

그래서 나도 모르게 유진이에게 신경을 더 썼던 모양이야. 무난한 성격이라 무진이는 아마 날 많이 봐준 걸 거야. 그 애는 그런 애거든.

네가 적응을 하지 못하고 있을 때 무진이도 좋지 않은 일이 많았어. 가까이 다가가려고 굳이 애를 쓰진 않았지.

그런데 동화 널 보니 무진이가 절로 떠오르는 거야. 그래서 물어봤더니 의지할 수 있는 친구가 있으면 좋을 거라고 하더라.

그때 사실 무진이도 친한 친구를 잃고 많이 힘들었을 텐데. 그런데 무덤덤하게 말하는 무진이를 보고 내가 더 감동을 받았던 것 같아.

동화야.

무진이를 만나서 행복하니? 나는 네가 무진이를 만나 행복

하길 바란다. 혹시라도 물론, 그런 일이 없기를 바라지만 무진이
가 좋지 않은 남자라고 느껴질 땐 헤어져도 좋아. 진심이란다.

연애를 하든, 결혼을 하게 되든 늘 네가 1순위라는 걸 잊지
않았으면 한다. 여자는 사랑만 받기에도 모자란 존재거든. 물
론 우리 무진이가 좋은 남자이길 기도하는 수밖에 없겠구나.
제 아빠를 닮았다면 참 좋은 남편이 될 거야.

동화야.

부탁을 하나 하고 싶다. 만약 네가 무진이를 버리게 된다면
가차 없이 버려 주었으면 좋겠다. 그게 무진이를 위한 일이야.
동정 같은 건 일체 없었으면 좋겠다. 잔인하다고 느껴지지? 하
지만 그게 두 사람을 위해 좋은 일이야.

하지만, 동화야. 혹시라도 네가 무진이의 반려가 된다면 아낌
없이 사랑해 주었으면 좋겠다. 언제나 늘, 그때마다 최선을 다
하고 행복하게 말이야.

비록 내가 두 사람이 끝까지 함께하는 모습을 보고 가지는
못하겠지만 상상하는 것만으로도 행복하다. 두 사람이 살아
가면서 어떻게 마음 좋을 일만 있겠니. 그냥 다 터트리도록 해.
쌓지 말고 그때그때 푸는 게 진리다. 인생 선배의 말이니까 믿
어도 돼.

동화야.

내가 할 수 있는 말은 많지가 않다. 그저 두 사람이 행복했

으면 하는 거야.

우는 날보다 웃는 날이 많기를 원한다. 불행한 날보다 행복한 날이 많길 원한다. 사랑하지 않는 것보다 사랑하는 날이 많기를 바란다.

—따뜻한 봄을 기다리며, 근영.

안녕하세요, 최양윤입니다.

우선 〈동화의 사랑〉을 읽어 주셔서 감사드립니다. 동화의 사랑은 〈Voyage〉라는 글을 쓸 때 같이 구상했던 쌍둥이 같은 존재라고 해야 할까요?

저는 대부분 캐릭터 구상을 할 때 여자 주인공에 더 감정 이입을 하게 되고, 먼저 그리게 되는데요. 동화의 사랑은 처음부터 '권무진'이라는 남자를 만들어 놓고 시작하게 된 글이에요.

세상에 이런 남자가 있었으면 좋겠다, 하는 바람 같은 거라고 해야 할까요? 제 개인적 취향으로 천천히, 깊어지는 그런 남자 말이죠. 그런데 쓰면서 그게 잘 표현이 되었나 모르겠습니다.

무진이는 숲 속에 있는 커다란 나무 같은 존재였으면 좋겠다고 생각했어요. 변치 않는 나무처럼 말이죠. 세상을 살면서 욕심을 내려놓는 사람이 얼마나 될까요? 제가 되지 못할 것을 알아서 그런 캐릭터를 만들고 싶었는지도 모르겠습니다.

조용하고, 잔잔한 글이 되었는지 모르겠어요. 시간이 흐른 뒤에 제가 다시 이 책을 펼쳐 봤을 때 나는 동화처럼 무진이처럼 살고 있나 생각해 보고 싶습니다. 무조건 높이, 많은 것을 가지려고 하는 사람이 아니었으면 좋겠어요.

저는 언제나 즐겁게, 이야기를 쓰고 싶습니다. 이렇게 동화의 사랑을 마치며 책으로 나올 수 있게 도움을 주신 봄 출판사 관계자분들과, 정수경 팀장님께 감사드립니다. 봄이 시작되는 길목에서 봄 같은 동화의 사랑이 나오게 되어 참 기쁩니다. 이제 우리에게도 봄이 찾아왔으면 합니다.

이렇게 마무리를 하며, 저는 또 다른 이야기로 인사드리도록 하겠습니다. 늘 행복하시고, 건강하세요.

—최양윤 올림.